Véronique Ovaldé, née en 1972, vit et travaille à Paris. Elle est l'auteur de plusieurs romans, dont *Toutes choses scintillant*, *Déloger l'animal*, *Et mon cœur transparent*, et d'un album pour la jeunesse *La Très Petite Zébuline*. Elle a obtenu le prix du Roman France Télévisions, le prix Renaudot des lycéens et le Grand Prix des lectrices de Elle pour *Ce que je sais de Vera Candida*.

Véronique Ovaldé

LA GRÂCE
DES BRIGANDS

ROMAN

Éditions de l'Olivier

TEXTE INTÉGRAL

ISBN 978-2-7578-4308-6
(ISBN 978-2-8236-0235-7, 1ʳᵉ publication)

© Éditions de l'Olivier, 2013

I
Maria Cristina Väätonen

Les calmes après-midi
du bord de mer

Maria Cristina Väätonen, la vilaine sœur, adorait habiter à Santa Monica.

La première raison de cette inclination, celle qu'elle n'avouerait sans doute pas ou alors seulement sous forme de boutade, en riant très fort et très brièvement, c'est qu'elle avait la possibilité à tout moment de déguster des cocktails de crevettes et des glaces à la pastèque sur le front de mer.

Elle pouvait s'asseoir dans un restaurant pour touristes aisés où le serveur l'interpellait par son prénom et ajoutait toujours des cacahuètes pilées à ses crevettes – il ne disait pas cacahuètes, il disait, Je vous ai mis des arachides, Maria Cristina, et il roulait les *r* suavement, peut-être pour faire croire qu'il n'était pas du coin. Et elle pouvait s'installer sur la terrasse du restaurant à une table qu'aucun client de passage n'aurait eu le droit d'occuper. La terrasse surplombait la baie du haut de ses pilotis, et on y sirotait des sangrias avec lenteur en contemplant le soleil qui disparaissait au fond du Pacifique dans une apothéose fuchsia. Puis Maria Cristina pouvait décider de prendre sa décapotable verte et rouler le plus vite possible sur l'autoroute, remonter la nuit Mulholland Drive au volant de sa voiture et sentir le vent frais qui vient des jardins des multimillionnaires, les jardins qu'on arrose à minuit pour que les orchidées et les roses au nom latin se sentent à leur aise, elle pouvait goûter sur son visage l'humidité des bambouseraies qu'on fait pousser en plein désert, et ensuite rentrer chez elle à l'heure qui lui plaisait, garer sa voiture en mordant sur le trottoir près du petit chemin qui descend vers la plage, claquer la porte de son appartement, jeter les clés par terre, se défaire de ses vêtements en les laissant simplement tomber sur le sol, mettre très fort la musique et allumer toutes les lumières comme si elle avait une minicentrale électrique pour son usage personnel dans le sous-sol.

Elle pouvait faire tout cela mais ne le faisait quasiment jamais.

La possibilité seule l'enchantait et lui suffisait.

Maria Cristina Väätonen aurait probablement aimé être une femme scandaleuse.

Malgré ce désir, elle ne faisait que goûter plaisamment sa vie d'écrivain et la modeste notoriété que son succès accompagnait. C'était l'autre raison pour laquelle elle appréciait d'habiter à Santa Monica : une communauté d'écrivains dépressifs et/ou cacochymes y vivait, arpentant les pontons comme de vieux squales à la recherche d'éperlans. Ils avaient tous tenté de devenir scénaristes ou présentateurs d'émissions culturelles, ils avaient réussi ou échoué, là n'était pas la question, et ils fumaient des cigarillos en regardant la mer et en imaginant s'exiler à Tanger, Paris ou Kyoto. L'un de ces vieux écrivains était l'homme le plus important de la vie de Maria Cristina.

Maria Cristina avait trente ans (ou trente et un ou trente-deux) et se trouvait encore dans l'insouciant plaisir d'écrire, acceptant la chose avec une forme d'humilité et le scepticisme prudent qu'on accorde aux choses magiques qui vous favorisent mystérieusement.

Le 12 juin 1989, très précisément à 12 h 40 (Maria Cristina a indiqué le jour et l'horaire dans son journal), elle reçoit un appel téléphonique qui fait basculer, pense-t-elle après coup avec un brin d'emphase, tous les possibles de sa vie en un vague souvenir, une nostalgie douce.

Le téléphone sonne dans la cuisine depuis un moment et Maria Cristina finit par se lever pour décrocher. Elle est dans son bureau en train de rédiger une communication sur le plagiat dans la littérature nordique et la sonnerie du téléphone l'exaspère. Maria Cristina a toujours besoin de silence quand elle travaille. Elle a besoin de s'isoler du monde. La majorité du temps elle écrit la nuit. Et elle boit la nuit aussi d'ailleurs. L'écriture, la nuit et l'alcool sont indissociables.

(J'ai abandonné le projet d'écrire l'histoire de Maria Cristina Väätonen comme s'il s'était agi d'une biographie, d'une notice, ou d'un document bourré de références impératives et de notes de bas de page. J'ai décidé de faire avec l'approximation. J'ai décidé de faire avec ce que je sais d'elle. Et avec ce qu'on m'a dit d'elle. Je ne suis peut-être pas la personne la plus à même d'aller au bout de cette entreprise. J'ai rencontré Maria Cristina tardivement. Mais je veux essayer d'approcher la vérité de ce qui s'est déroulé jusqu'au 17 janvier 1994, ou du moins donner un sens à ce qui s'est passé ce 17 janvier, traquer les indices tout au long de la vie de Maria Cristina Väätonen. Je me permets des déductions, je me permets de remplir les blancs, je me permets de compléter. Et ces circonstances dans lesquelles des décisions impossibles à justifier ont été prises font de la vie de Maria Cristina Väätonen comme de toute vie une trajectoire fortuite – une trajectoire qui pourtant, de loin, ressemble à une

11

existence déterminée menée par une créature tenace et volontaire ayant une idée précise de sa destination.)

Elle est assise à son bureau, vêtue d'une sorte de chemise multicolore beaucoup trop grande pour elle, les deux pieds nus bien à plat sur le sol, le cou rentré dans les épaules, concentrée et tendue.

Quand elle entend sonner le téléphone, Maria Cristina pense que Dolores Mendes sa femme de ménage va aller décrocher, s'asseoir sur le tabouret du bar comme si elle allait entamer une longue conversation et dire comme elle dit toujours, Villa Väätonen, bonjour.

Dolores Mendes dit, Villa Väätonen, bonjour. Ce genre de formule laisse entendre que l'endroit est habité par tout un tas de gens du nom de Väätonen. En fait Maria Cristina vit au rez-de-chaussée d'une résidence qui dispose d'un patio et d'une piscine, rien qui ne ressemble à une villa mais plutôt à un motel bien entretenu, un élégant parallélépipède blanc à façade ABCD avec diagonales qui se croisent en E.

J'imagine que cette expression de Dolores Mendes, le Villa Väätonen, est la conséquence des différents postes qu'elle a occupés précédemment chez de *vrais* gens riches et qu'elle devait à cette époque formuler ce type d'annonce à chaque fois qu'elle décrochait le téléphone, Villa Nicholson, bonjour, ou bien Famille Nicholson, ou n'importe quoi dans le même goût qui fait résolument années cinquante et bourgeoisie pré-Kennedy.

Maria Cristina, chaque fois qu'elle entend Dolores prononcer ces mots, grimace douloureusement, parce que peut-on vraiment être de gauche et avoir Dolores Mendes pour femme de ménage (une femme de ménage, il est vrai, avec qui l'on boit des caïpirinhas le soir à la table de la cuisine, une femme de ménage cubaine sans papiers et avec trois enfants à nourrir), peut-on donc être de gauche, être une intellectuelle, et dans une certaine mesure une féministe, et supporter que votre femme de ménage qui vient d'une île misérable et tyrannisée dise ce genre de choses au téléphone ?

Maria Cristina sort alors de son bureau en pestant et en criant à plusieurs reprises le nom de Dolores pendant le trajet jusqu'au téléphone. Elle décroche le combiné et émet un oui exaspéré en scrutant les alentours pour voir où est passée Dolores, elle aperçoit un mot sur le buffet qui doit indiquer que celle-ci a dû partir plus tôt parce que son ex-mari est venu kidnapper les enfants une nouvelle fois et qu'elle n'a pas voulu déranger Maria Cristina parce que quand Maria Cristina travaille, respect, il ne faut pas la déranger, etc., moult circonvolutions et justifications.

Mais au téléphone la voix fait :

– Maria Cristina ?

Et Maria Cristina reconnaît cette voix même s'il y a plus de dix ans qu'elle ne l'a pas entendue. Ou plutôt elle ne l'identifie pas instantanément parce que les voix vieillissent et qu'elle n'a pas souvent entendu cette voix par l'intermédiaire d'un écouteur, mais elle ressent une telle bouffée d'anxiété qu'elle tourne sur elle-même pour attraper une bouteille de quelque chose de froid et d'alcoolisé sans avoir à poser l'appareil.

Il y a du gin près de l'évier. Elle fait une tentative en tirant au maximum le fil du téléphone et en allongeant son bras comme si cette chose-là était réalisable. Et puis se rendant compte du ridicule de la situation elle s'assoit par terre et elle ferme les yeux.

– C'est bien moi, dit-elle.

– Maria Cristina, Maria Cristina, Maria Cristina,

répète la voix sur une petite mélodie qu'elle module comme si elle allait perdre la raison.

Maria Cristina se frotte les tempes.

– Que veux-tu, maman ?

Et elle s'étonne d'appeler cette impulsion électrique maman. C'est comme un mot nouveau, encore vierge. Elle répète un peu plus fort :

– Que veux-tu maman ?

– Oh, Seigneur Dieu, ne me crie pas dessus, Maria Cristina.

Et Maria Cristina s'étonne encore et aussitôt que les choses en restent finalement toujours là où vous les avez laissées, elle se dit, Et maintenant elle va pleurer, et elle entend dans l'écouteur les reniflements de sa mère, toute une vague d'humidité poisseuse qui lui ceint les poumons en pénétrant par ses oreilles. Elle se dit, C'est du bidon, parce qu'elle sait que sa mère se comporte comme elle imagine qu'une mère doit le faire. Elles ne se sont pas parlé depuis dix ans *donc* sa mère se laisse submerger par l'émotion et des vagues de sanglots étouffés. Elle oublie que c'est elle qui a sommé sa fille la dernière fois qu'elles se sont adressé la parole de considérer que dorénavant elle n'avait plus de mère. Marguerite Väätonen, née Richaumont, joue son rôle comme tout ce qu'elle fait : assez imparfaitement mais avec ses tripes. Elle a toujours pensé que c'était suffisant.

Maria Cristina regarde autour d'elle, les piles de livres, les entassements divers, les vases de tulipes – Dolores dispose une fois par semaine des tulipes dans les deux vases de l'entrée, c'est le luxe nécessaire de Maria Cristina, les fleurs coupées, et tout particulièrement les tulipes alanguies, un peu trop d'eau et elles ne se dressent plus, elles s'amollissent, quel plaisir de les voir abdiquer –, les chaussures près du paillasson, toutes sortes de chaussures, mais colorées pour la plupart, les joints du carrelage blanc, la poussière, parce que Dolores n'est pas la reine des femmes de ménage, des moutons et des poils de chat qui oscillent doucement à cause de l'air s'infiltrant sous la porte, toutes choses familières et apaisantes.

– Oh ça fait si longtemps.

Maria Cristina n'a rien à répondre, elle colle à la pulpe de son index le sable serti dans les joints du carrelage.

Le chat passe devant elle, l'ignorant, comme s'il réfléchissait en plissant les yeux et en comptant ses pas. Il feint de ne pas remarquer qu'elle est à sa hauteur. Le chat est tricolore. Ce qui induit que c'est une chatte.

Maria Cristina a envie de demander à sa mère comment elle a déniché son numéro. Mais elle renonce à poser cette question. Elle n'a au fond besoin d'aucune explication. Sa mère s'est débrouillée pour la retrouver. Le reste ne serait que bavardages et justifications de l'exploit.

– Il faut que je te parle de ta sœur.

– Je suis très occupée.

– Oui je sais je sais je sais, je devine. Mais c'est important Maria Cristina.

(Cette sale manie de ponctuer toutes ses phrases du prénom de son interlocuteur, comme pour le piéger, comme pour ne plus le lâcher ou se souvenir à qui elle s'adresse.)

– Ma sœur est malade ?

– Il faudrait que tu viennes, Maria Cristina.

(Et celle de ne pas répondre directement aux questions.)

– Mais je ne peux pas (ce qui est sous-entendu là c'est

l'impossibilité de refaire le chemin jusqu'à la maison rose, jusqu'aux cerisiers en fleur et jusqu'à la sœur).

— Il faut que tu viennes, Maria Cristina.

— Ce n'est pas possible (Maria Cristina prononce ces mots en les séparant distinctement les uns des autres comme si elle s'adressait à un enfant instable, d'ailleurs elle parle trop fort tout à coup. Panique-t-elle ?).

— Il faut que tu viennes à Lapérouse, Maria Cristina.

Maria Cristina pose délicatement le combiné sur le sol, elle se lève et va chercher la bouteille de gin qui est bien trop loin pour ses bras non extensibles, elle se sert un verre et elle reprend le combiné.

— Que se passe-t-il ? demande-t-elle.

Elle boit une gorgée.

— Je dois savoir ce qui se passe avant de faire tout ce chemin.

— C'est à cause du petit Peeleete.

— Qui est le petit Peeleete ?

— C'est ton neveu Maria Cristina.

— Meena a un fils ?

Maria Cristina lève la tête, il y a cette affiche sur le mur devant elle, une affiche qui dit : « Une femme a autant besoin d'un homme qu'un poisson rouge d'un sac à main. »

Elle ferme les yeux, le chat repasse devant elle, elle entend ses petits coussinets qui se décollent du sol, elle soupire, elle sait que sa mère va la capturer avec ses explications alambiquées, elle ne souhaiterait que le silence. Alors elle prononce prudemment, Je vais voir.

Dégringolade architecturale

Après avoir compris ce que sa mère attend d'elle, Maria Cristina appelle Rafael Claramunt pour lui exposer l'affaire.

Elle laisse le téléphone sonner une bonne cinquantaine de fois, elle est toujours assise par terre sur le carrelage avec le chat qui passe et repasse devant elle dans le rayon de soleil comme s'il gardait l'entrée de quelque chose.

Le chat s'appelle Jean-Luc. À cause de Jean-Luc Godard. C'est le chat de Claramunt qu'elle a récupéré quand celui-ci a déménagé et qu'il a considéré qu'il ne pouvait absolument pas héberger un chat s'il ne disposait plus d'un parc de deux hectares. C'est une femelle mais visiblement Claramunt l'ignorait. *Le Mépris* est l'un de ses films préférés. Jean-Luc a vingt ans. Il ne sort plus que très rarement, il reste les yeux plissés, immobile ou quasiment immobile, marchant au ralenti sur ses coussinets miteux.

Claramunt ne répond pas. Maria Cristina raccroche et respire doucement. Elle soulève ses cheveux, les torsade et pose son crâne contre le mur pour les maintenir et ne plus les avoir dans la nuque, il fait chaud, le climatiseur est encore en panne. Elle se dit qu'il faut qu'elle se coupe les cheveux très courts. Qu'elle les rase peut-être comme elle l'a fait il y a quelques années. Elle applique ses paumes bien à plat sur le carrelage, ses mains vont laisser des traces humides, la fraîcheur semble monter dans ses poignets et péniblement jusqu'à ses coudes. Le chat lui ne laisse aucune trace si ce n'est ces milliers de longs poils roux qui flottent au-dessus du sol.

Elle se lève et sort de l'eau pétillante du frigo (je peux restituer cette scène avec précision, je l'ai vue faire ça cent fois), elle boit à la bouteille, une main serrant la porte du frigo comme si, en basculant la tête en arrière, elle risquait de perdre l'équilibre ou qu'elle venait juste d'apprendre à tenir debout. L'eau pétillante lui fait mal dans l'arrière-gorge. C'est comme l'attaque du gin, en plus rafraîchissant.

Elle va dans sa chambre enfiler une robe, elle marche les yeux presque fermés, concentrée sur ses pensées.

Elle choisit la robe bleu Pacifique – c'est Claramunt qui a dit ça la première fois qu'elle l'a portée. Le Pacifique n'est pas bleu ou alors très loin d'ici. Ici il est brumeux, le ciel s'y noie dans une couleur de potage de décembre même si le soleil brille presque continuellement.

Elle remonte ses cheveux en chignon, ils sont très bruns avec des mèches rousses à cause du chlore ou de l'iode ou du soleil ou de la combinaison des trois. Ils sont emmêlés et forment comme un nid d'oiseau quand elle les coiffe ainsi. Elle se passe un rouge vermillon sur les lèvres. À part ce rouge catégorique Maria Cristina ne se maquille jamais. Quand elle a rencontré Claramunt, à l'époque où elle travaillait pour lui, elle ne se serait jamais présentée devant lui sans tout un fouillis de fards à paupières qui lui donnaient, pensait-elle, l'éclat d'une héroïne tragique.

Dorénavant elle n'utilise plus que ce rouge et laisse le soleil brunir sa peau et créer au coin de ses yeux de petits réseaux de rides émouvants – c'est *elle* qui trouve cela émouvant. Elle a décidé de faire plus que son âge. Cette décision correspond à un projet global.

Pour le reste, Maria Cristina est une femme menue, son corps dense pourrait être plus harmonieux si elle prenait la peine de faire du sport. Mais pour l'instant son corps lui convient. Elle le considère comme un accessoire pratique et de bonne qualité qui ne lui a jusqu'à maintenant jamais fait défaut. Il n'y a pas de corrélation, pense-t-elle, entre son corps et son esprit – qu'elle perçoit comme quelque chose de mouvant, fragile et vibrant à la manière d'un hologramme –, son corps est le moyen de transport de son esprit, c'est tout. C'est ainsi que pour le moment elle voit les choses.

Maria Cristina sait que, quel que soit le système d'évaluation de son interlocuteur, elle se situe dans la catégorie des jolies femmes. Elle détient une sorte de beauté mobile, transitive. Elle a un grand don pour le mimétisme, et elle a appris à adopter l'allure et le rythme de ceux qu'elle admire ou de ceux qu'elle veut approcher (elle brigue cette négligence tranquille de fille bien née soluble dans n'importe quelle situation).

Maria Cristina vit parfois dans un monde de contradictions.

Elle sort et récupère sa voiture garée le long du trottoir à côté des deux clochards qui habitent là et qui pour une raison ou une autre ne sont jamais délogés malgré les plaintes du voisinage. On raconte que l'un est un ancien flic, celui qui a une jambe en moins, sectionnée en haut de la cuisse. Le carton placé à côté de son matelas indique qu'il l'a perdue au Vietnam. Les deux hommes se disputent souvent, s'insultant et

19

s'alpaguant par le col, se bousculant puis s'accrochant l'un à l'autre comme des boxeurs exténués. Au fond ce sont des petits vieux alcooliques et très conformistes, elle les a entendus engueuler un type l'autre jour parce que celui-ci utilisait une scie sauteuse chez lui un dimanche matin la fenêtre ouverte.

Elle les salue. Ils lui font des minauderies et esquissent une courbette en l'appelant, Princesse. Elle les entend glousser derrière elle et émettre des bruits répugnants – à cause de la robe bleue. Elle fait alors ce que personne ici ne ferait, elle se retourne et lève bien haut son majeur.

Monsieur Murray, le type qui a la terrasse au dernier étage de la résidence, lui a dit qu'il avait vérifié s'il s'agissait de délinquants sexuels. Maria Cristina ne sait pas comment on vérifie ce genre de choses et ne sait pas non plus pourquoi cela intéresse monsieur Murray qui n'a pas d'enfants, pas de femme, mais seulement un chien et un surpoids d'au moins cent cinquante livres.

Maria Cristina démarre, elle se dirige vers Pasadena, là où l'air sent moins le crabe. En chemin elle s'arrête pour acheter des fraises chez le primeurs avec son parking de gravillons et sa devanture clignotante (une gigantesque orange souriante surplombe la boutique en préfabriqué pour se signaler aux automobilistes). Elle est fascinée par les fruits qui ne sont pas de la bonne taille. En Californie les tomates sont grosses comme des melons et les melons aussi gros que des pastèques. Elle a l'impression d'être dans un vieux film de science-fiction. Les fruits luisent d'une manière à la fois avenante et inquiétante sous les néons du magasin.

Elle achète une barquette de fraises – qui ressemblent à des personnages de dessin animé, il ne leur manque que la parole. Les fraises ne sont pas pour elle. Pour rien au monde elle ne mangerait de ces fruits contre nature. Elle les apporte à Claramunt qui aime tout ce qui est artificiel.

Claramunt habite dans une résidence qui ressemble à celle qu'occupe Maria Cristina. Il n'aime pas cet endroit. À l'époque où Maria Cristina l'a rencontré, il vivait dans un manoir au milieu d'un parc. Un manoir construit en 1952 sur les hauteurs de Beverly Hills avec des matériaux que la vieille dame qui l'habitait avant lui avait fait venir de France – cette ancienne star du muet s'y était effondrée aristocratiquement, entourée de faux trophées de chasse mais de vraies pierres des Tuileries. Il y avait une serre dans le parc du manoir, c'était là que la vieille dame recevait ses invités – ce que Claramunt avait également fait quand il avait racheté l'endroit à la mort de la vieille dame.

Une résidence avec coursives et digicode ne peut pas remplacer un lieu aussi spectaculaire. Claramunt passe une grande partie de son temps à énumérer les inconvénients à habiter dans un bâtiment moderne à faible coût d'entretien. Il sort sa chaise longue sur la coursive, encombre le passage et déplace son siège dix centimètres par dix centimètres toute la journée pour suivre la course du soleil. Maria Cristina perçoit une forme de désespoir dans ce désir de rester au soleil en permanence, une sorte de dépression élégante de chien de race.

Claramunt la voit arriver depuis la galerie du deuxième étage. Il a les yeux fermés mais, avec cette intuition effrayante qu'il cultive pour mettre les autres mal à l'aise, il sait que Maria Cristina vient de pénétrer dans la résidence. Il la hèle pour signaler sa présence, comme si c'était nécessaire.

Elle grimpe jusqu'à lui. Il lui désigne un tabouret à

côté de lui sur lequel sont posés plusieurs livres, tout cela sans ouvrir les yeux, sans qu'aucun muscle de son visage ne bouge. Il est habillé tout en blanc comme d'habitude. On l'imaginerait porter des chemises de lin ou de coton mais il préfère les tissus synthétiques parce qu'ils crissent sous l'ongle et que l'odeur de sa transpiration indispose ses interlocuteurs. Et qu'aime plus au monde Rafael Claramunt sinon indisposer ses interlocuteurs ?

Rafael Claramunt a été un immense écrivain (si tant est qu'on puisse l'être au passé sans être tout à fait mort) avant que sa consommation excessive de drogue ne mette fin à ses rêves de Nobel. Il ne fait actuellement plus grand-chose d'autre que fumer de l'héroïne et manger. Il est d'une corpulence largement au-dessus de la moyenne, même dans un pays où l'on élève les petits enfants avec des hormones de croissance et des produits laitiers.

La mère de Maria Cristina aurait pu dire, si elle l'avait rencontré, ce qui est une chose absolument impossible quel que soit l'espace-temps où l'on se place, mais en imaginant qu'elle se soit retrouvée face à un homme de ce calibre par on ne sait quelle fortuité, elle aurait sans doute dit, Tu parles d'une armoire à glace. Mais l'air de langueur un peu dépravée qu'il arbore dément cette appréciation. Si Rafael Claramunt est un gigantesque personnage il ne fait rien de cette singularité à part s'amuser du saisissement qu'elle provoque chez tout un chacun.

Il y a dix ans Maria Cristina était très amoureuse de lui. On ne peut pas vraiment considérer que ce n'est plus le cas.

– J'aimerais savoir ce qui amène la lumière de

mes jours auprès de son vieux protecteur, dit-il en se tournant vers elle avec lenteur.

Il la regarde de ses yeux perspicaces d'un bleu électrique presque factice, ses pupilles sont aussi petites que des têtes d'épingle. Il a des traits d'une grande beauté même s'ils donnent l'impression d'être perdus au milieu de son visage, ce visage qui ne paraît pas à la même échelle que le vôtre. On dirait un défaut de perspective.

D'une certaine manière cela fascine Maria Cristina. Elle pense que sa grâce inhospitalière a à voir avec la monarchie absolue et ses descendants. Elle trouve qu'il ressemble à un acteur qui joue le rôle d'un roi cruel, un roi qui vous rappellerait en permanence qu'être la lumière de ses jours est non seulement un privilège mais aussi une charge.

Maria Cristina dépose la barquette de fraises géantes sur le tabouret qui sert de table basse.

– Je vais d'abord boire un verre d'eau à l'intérieur, je reviens, dit-elle.

– Prends ton temps, Plaisir de mes Sens. Je ne bouge pas.

L'appartement de Claramunt est sombre et encombré de tout ce dont il n'a pas réussi à se débarrasser quand il a été obligé de revendre le manoir. Les stores en bois sont toujours fermés comme s'il craignait que la lumière du jour n'abîme ses livres et ses peintures. La sensation d'entrer dans une caverne est accentuée par la crudité de la lumière extérieure. À cause de l'obscurité il semble faire frais. En réalité il fait chaud et nuit. L'odeur de Claramunt, une odeur d'homme, piquante, suante et d'une certaine façon nourrissante, envahit aussitôt Maria Cristina. Elle la respire à pleins poumons. Elle voudrait lui prendre un foulard, un de ces foulards de soie qu'il porte tout le temps, pour le garder, le rapporter chez elle, et le humer quand l'envie lui en prend. Ce désir dure une fraction de seconde. C'est comme une épine de ronce glissée dans sa chaussure. Maria Cristina secoue la tête, écarquille les yeux et va jusqu'au robinet. Elle laisse couler un moment l'eau qui est tiédasse et trop javellisée.

– Il y a de l'eau au frigo, crie Claramunt depuis l'extérieur.

Maria Cristina ouvre le réfrigérateur, énorme, ventru, ronronnant, ses entrailles lumineuses sont pleines de nourriture stockée dans des boîtes de plastique translucide au couvercle coloré. Chaque couleur correspond à un certain type de denrée. Rouge pour les légumes, vert pour le bœuf (boulettes, ragoût, émincés) – le choix des couleurs n'est pas anodin, il dit que Claramunt déteste les évidences –, bleu pour le poulet, jaune pour les soupes, etc. Maria Cristina prend de l'eau dans la porte du frigo puis elle jette un œil par l'entrebâillement de la porte du bureau de Claramunt. Tout y paraît fossilisé sous une très fine couche de cendre pompéienne, l'ordinateur a deux mille ans, il ne doit plus fonctionner, mais il y a des notes écrites à la main posées à côté, et des piles de livres en équilibre précaire, on pourrait croire que quelqu'un a travaillé ici il y a encore peu de temps. Elle entre dans le bureau, juste un instant. Elle se souvient de l'époque où elle travaillait pour lui. Maintenant tout est en vrac, il y a ses vieux contrats d'édition éparpillés sur le sol. Maria Cristina les ramasse, elle ne peut s'empêcher de lire les deux pages sur lesquelles ses yeux tombent et n'auraient pas dû tomber. Ou peut-être que tout était dans ce désordre pour qu'elle tombe un jour sur les contrats que Claramunt signait avec Rebecca Stein. Elle ne prend pas instantanément la mesure de ce qu'elle vient de lire.

C'est comme si elle entreposait l'information quelque part afin de la faire jaillir le moment voulu.

Maria Cristina ressort dans la lumière éblouissante et s'assoit à côté de Claramunt.

– Comment vas-tu ? commence-t-elle en n'étant plus du tout sûre de vouloir lui dire ce qu'elle est venue lui dire.

– Comme tu peux le voir j'attends le grand tremblement de terre et tente d'éloigner mes esprits animaux. Mais je suis dérangé en permanence par le freluquet d'à côté qui m'importune parce qu'il ne sait pas téléphoner autrement qu'accoudé à la rambarde. Il tire le fil jusqu'à la coursive et il parle il parle il parle. L'infect personnage est bonne à tout faire dans un hôtel mais il harcèle son agent toute la journée, ou alors il prend des rendez-vous galants qui, espère-t-il, lui permettront de devenir la nouvelle coqueluche de nos collines, il suce des bites dans son appartement, *les fenêtres ouvertes*, et s'adonne à ce passe-temps avec une tendance plébéienne à la fioriture. Si les réputations existaient encore, je prendrais un malin plaisir à ruiner la sienne.

La façon de s'exprimer de Claramunt, avec de l'italique et peut-être même des lettrines ornementées, si elle exaspère une bonne partie des gens, amuse Maria Cristina et la détend, c'est comme si elle se retrouvait en terrain connu. Elle lui prend la main et lui serre deux doigts. Il répond à cette pression et ouvre un œil.

– Quelle raison t'amène jusqu'à moi, Pleine de Grâce ?

– J'ai rêvé cette nuit d'un homme qui avait sept doigts à la main gauche.

– Ce n'est pas pour me raconter cela que tu es venue me voir.

– Non.

25

– Quelque chose te chagrine, ma Toute Belle ?

– Je me pose des questions.

– À quel propos ?

– À propos des enfants.

Il la regarde avec stupeur, fronce les sourcils.

– Si tu as l'intention que je te fasse un enfant, si tu ressens le moindre tiraillement dans tes entrailles, il me semble, avant tout, nécessaire de te détromper. Je peux t'assurer que tu serais la première et sans doute l'unique personne avec qui je me lancerais dans cette sorte de débat si toutefois je n'avais pas définitivement abandonné la partie. Je ne couche plus avec personne. Et je ne suis, de toute manière, qu'un gros homme infécond.

– Il ne s'agit pas de cela.

– Alors si nous pouvons éliminer cette sollicitation, explique-moi de quoi il retourne.

Maria Cristina soupire.

– Tu détestes les femmes enceintes.

– C'est faux. Elles ne sont pas toujours à leur avantage et cela choque quelque peu mes normes esthétiques.

– Je n'aime pas quand tu parles comme ça. On dirait un insupportable phallocrate qui n'en a qu'après les petits seins d'adolescentes, gros comme des prunes, et les chutes de reins parfaites.

– Mais tu sais que c'est faux, mon Extravagante.

Il sourit, porte la main de Maria Cristina à ses lèvres et pose la sienne sur la cuisse de la jeune femme. C'est une main formidable qui échappe elle aussi aux dimensions communes, c'est comme si un petit animal en fourrure avait décidé de s'endormir sur la cuisse de Maria Cristina. Elle a d'ailleurs l'impression d'avoir tout à coup beaucoup plus chaud. Une sorte de problème de ventilation sous son crâne. Comment élucider l'effet que produit sur elle ce gros et pédant toxicomane ?

– Ne me dis pas que tu es enceinte.

– Non non grands dieux non.

– Alors que se passe-t-il, Soleil de mes Nuits ?

– J'ai reçu un coup de fil de ma mère.

– …

– Je ne lui avais pas parlé depuis dix ans.

– Je suis surpris.

– De quoi ?

– Je suis surpris qu'elle t'appelle puisque tu as dit toi-même qu'elle était morte il y a une quinzaine d'années.

– Je n'ai jamais dit qu'elle était morte.

– Tu l'as écrit.

– Ce livre était un roman, Clar.

– Pardonne ma vulgarité. Mais tout aurait donc été réel dans ton premier *roman* excepté la mort de ta mère ?

– Et celle de ma sœur.

– Tu as une sœur vivante ? Elles ne sont pas mortes dans un accident de voiture alors qu'elles se rendaient à je ne sais quelle cérémonie religieuse que ta mère affectionnait tellement ? Si tant est que cette dernière indication fût véridique.

– Non elles ne sont pas mortes.

– Tu me vois charmé de cette nouvelle.

Claramunt se renfonce dans son siège et tente une dernière mise au point.

– Et pourquoi ne m'as-tu jamais dit qu'elles étaient toujours vivantes ?

– Je ne t'ai jamais vraiment parlé d'elles.

– Si. Mais toujours au passé.

Maria Cristina se rend compte qu'elle n'a pas fait

les choses dans le bon sens. Elle s'étonne un instant que Claramunt en sache tant et si peu à son propos.

Il a retiré sa main de sa cuisse. Il a l'air offusqué comme lorsqu'elle l'a quitté il y a de cela quelques années. Elle sent qu'il va dire quelque chose d'acerbe. Il va vouloir la blesser. Il ne lui demande pas pourquoi la mort de sa mère et celle de sa sœur sont les seuls éléments inauthentiques du livre. Il est vexé qu'elle ne lui ait pas fait confiance. Mais c'est elle qui dit :

– Laisse tomber.

– Je ne te comprends pas, Maria Cristina.

– Laisse tomber.

Elle se lève, retourne dans l'ombre de l'appartement pour déposer le verre qu'elle avait emporté dehors, et voit sur le rebord de l'unique chaise de la cuisine un foulard violet avec des motifs tarabiscotés, elle le prend et le glisse dans son sac.

– Je repasserai, Clar. Il faut que je m'aère.

– Va.

Il fait un geste de la main comme s'il la congédiait. Claramunt est un homme dont l'orgueil est parfois un handicap.

Maria Cristina sort de la résidence et remonte dans sa voiture. Elle regarde l'heure et se dit qu'elle devrait pouvoir retrouver Joanne au restaurant où celle-ci travaille.

Les filles qui trouvent leur place

Joanne est ce qui se rapproche le plus d'une meilleure amie pour Maria Cristina. Elles se sont connues à l'époque où Maria Cristina est arrivée en Californie et qu'elle a commencé à travailler pour Claramunt – dans son manoir.

Joanne était la colocataire de Maria Cristina et il s'était très vite avéré qu'elle était enceinte. Elles avaient attendu ensemble ce bébé. La terre tremblait beaucoup à cette période, ce qui, au début, avait terrifié Maria Cristina puis l'avait simplement désorientée. Joanne passait tout son temps allongée sur le canapé à regarder des matches de hockey à la télé et à se goinfrer de chips au paprika en buvant des sodas aux édulcorants.

Le bébé était né. C'était un garçon. Joanne l'avait appelé Louis comme son propre père. Maria Cristina avait brodé tous les habits du nouveau-né à son prénom. Sa mère lui avait appris le passé empiétant, le point de chaînette, le point de fougère, le point de nervure et le point de croix. C'était agréable que ce savoir-faire servît enfin à quelque chose.

Louis a maintenant une douzaine d'années, il porte des pantalons rouges et une unique mitaine en cuir clouté. C'est un gentil garçon qui ne veut pas ressembler à un gentil garçon. Il vient nager régulièrement dans la piscine de la résidence de Maria Cristina.

Joanne est barmaid. Quelquefois afin d'arrondir ses fins de mois elle travaille pour une société de messagerie rose. Elle parle à des types qui appellent un numéro surtaxé, elle leur dit comment elle est habillée, que leur voix l'excite et ce qu'elle ferait avec eux s'ils étaient là.

Maria Cristina est parfois auprès d'elle quand ces types appellent. Elle écoute son amie dire des choses très crues comme si elle jouait dans un film porno. Son nom de messagerie rose est Dahlia. Les besoins sexuels des hommes fascinent Maria Cristina. Elle s'est déjà dit plusieurs fois qu'il faudrait qu'elle écrive quelque chose là-dessus. Quand elle en a parlé à Joanne, celle-ci a trouvé que c'était une bonne idée. Puis elle a redouté d'apparaître dans un livre de Maria Cristina.

– Je ne veux pas de problèmes avec mes patrons.

– Tu n'en auras pas. Ce ne serait ni un documentaire ni un témoignage. Ce serait un roman.

– Oui oui.

Mais Joanne semble parfois plus gênée qu'avant par l'activité de son amie. C'est peut-être dû au succès de Maria Cristina, ou à ce qu'on dit en général des romanciers qui pillent la vie de ceux qui les entourent. Si elle réfléchissait à la question, Maria Cristina serait blessée par la méfiance de Joanne. Elle évite donc de trop y penser.

Maria Cristina gare sa voiture sur le parking devant l'établissement où Joanne est barmaid. C'est un restaurant galerie d'art bistrot salle de spectacles. Tous les murs intérieurs sont peints en noir. Les gens qui travaillent là sont jeunes, célibataires, tatoués, et portent des habits bizarres. Joanne est plus âgée qu'eux. Elle a quelque chose d'une ancienne égérie – ce qu'elle n'est pas. Comme un mannequin qui aurait été la muse d'un couturier. Elle rit très fort, elle est très maigre et elle appelle tout le monde Coco. Joanne est vraiment à l'aise avec ce qu'elle devient en vieillissant. Qu'elle ait fait un bébé toute seule n'est un problème pour personne ici.

Joanne sort justement fumer une cigarette, elle dit souvent qu'elle a besoin d'air au milieu des murs noirs et puis c'est dehors qu'elle passe ses coups de fil. Elle a un téléphone mobile Motorola. Maria Cristina croit se souvenir que c'est sa boîte de messagerie rose qui le lui a fourni. Peu de gens en disposent. Maria Cristina n'y voit aucun intérêt. Elle déteste l'idée d'être joignable à tout moment. Et elle trouve ça ridicule que son amie parle seule sur le parking du restaurant. Elle lui dit, Tu t'aliènes, Joanne. Mais Joanne hausse les épaules, elle adore posséder quelque chose que personne ne détient.

Maria Cristina et Joanne s'embrassent et s'assoient sur le muret à l'ombre. Maria Cristina n'aime pas l'odeur du macadam chauffé au soleil ni celle des gaz d'échappement de tous les abrutis qui font tourner leur moteur pour écouter leur autoradio. Joanne s'en amuse et répète que c'est son côté « fille de la campagne », Maria Cristina se récrie, elle réplique qu'elle exècre la campagne, c'est simplement que cette odeur de bitume lui colle autant aux poumons que le revêtement lui colle aux semelles.

L'air est parfaitement immobile, on dirait presque un dimanche après-midi.

Des corbeaux se bagarrent en plein soleil, au loin près du fast-food, ils mangent des restes de beignets de poulet, ils habitent là maintenant et sont devenus exclusivement carnivores.

– Ma mère m'a appelée pour me dire que ma sœur avait eu un enfant, commence Maria Cristina.

– Bonne nouvelle.

– Pas vraiment.

– Ah oui c'est vrai. Ta sœur elle est pas un peu (Joanne se tape la tempe de l'index) marteau ?

– C'est ça.

– Et le gamin il est comment ?

– Je ne sais pas.

– C'est un garçon ou une fille ?

– Un garçon.

– Et il s'appelle comment ?

– Peeleete.

– Pilite ? C'est un prénom ça ?

– J'imagine.

– On dirait le nom d'un truc qui se mange. Genre barre chocolatée. (Joanne prend une voix aiguë :) Surtout n'oublie pas ton pilite aux amandes.

– Peut-être.

– Ou alors une maladie chronique. Ma pilite m'a reprise. J'ai souffert toute la nuit.

Maria Cristina fronce le nez, Joanne a épuisé son stock de blagues concernant le neveu en question alors elle se tait un moment et écrase sa cigarette dans la petite boîte en métal qu'elle a emportée dehors. La direction ne veut pas de mégots sur le sol devant le bar.

– Je t'ai parlé de ce type que j'ai rencontré à la salle de gym la semaine dernière ? reprend-elle.

– Non. Ou peut-être que oui. Je ne me souviens plus.

– Tu ne te souviens jamais de ce que je te raconte.

– Si. C'est juste que tu rencontres beaucoup d'hommes.

– Pas tant que ça.

– Je ne sais pas comment tu fais. Moi je ne rencontre personne.

– C'est parce que tu es toujours amoureuse de ton Claramunt.

– Pas du tout.

– Ou alors c'est parce que tu ne sors pas de ton bureau.

– C'est parce que je bosse, Jo.

– Non, c'est parce que tu réfléchis trop.

C'est ce qu'on dit aux gens qui agissent peu ou qui se rendent facilement malheureux, pense Maria Cristina. Mais réfléchir aux choses n'est-ce pas une grande partie de son métier ? (Là, elle entend Clar la reprendre : Écrire n'est pas un métier. Elle se dit qu'elle devrait se faire tatouer cet adage sur l'avant-bras pour ne pas l'oublier.)

– J'étais simplement passée te dire bonjour et te parler du fils de ma sœur.

– Ton neveu.

– Mon neveu.

– Le petit Piliiiite (Joanne roule des yeux en prononçant le prénom).

– Ma mère veut que j'aille le chercher.

– Pour lui montrer la Californie ? Mais il a quel âge ?

– Je ne sais pas.

– Tu ne t'es pas beaucoup renseignée.

– En fait elle veut que j'aille le chercher et que je le garde.

– Garder garder ?

– Garder garder.

Joanne siffle entre ses dents.

– C'est la merde, dit-elle.

Et elle saute sur ses pieds, ajoutant :

– Je dois y retourner. Ce connard de Nick surveille mes pauses. Je t'appelle tout à l'heure, on en discutera.

Maria Cristina la regarde partir. Joanne lui fait un petit signe et lui envoie un baiser par-dessus son épaule, elle sent bien qu'elle a été un peu rapide avec Maria Cristina alors elle articule muettement, Ne t'inquiète pas, puis elle passe la porte battante du bar et disparaît dans l'obscurité.

La grâce

Maria Cristina part à l'aéroport le lendemain matin.

Joanne ne l'a pas rappelée la veille au soir. Maria Cristina ne lui en veut pas. Elles entretiennent une amitié un peu oublieuse.

Elle a passé la soirée à se dire que deux des trois personnes qu'elle imaginait interroger pour leur exposer son cas de conscience se sont dérobées. Elle a aussi essayé de joindre Judy Garland sur sa CiBi mais il n'a pas répondu, sans doute en vadrouille quelque part. Elle en a conclu qu'elle n'avait décidément pas beaucoup d'aptitudes pour choisir son entourage.

Elle a fait ses bagages. Elle ne sait pas ranger ses affaires, elle ne sait rien plier, tout est en vrac dans sa valise. Elle a donné à manger à Jean-Luc et laissé des instructions à Dolores pour qu'elle prenne soin de la chatte. Elle a indiqué qu'elle resterait absente quelques jours. Elle a écrit : « J'ai une affaire à régler dans le Nord. » Elle ignore pourquoi elle formule la chose ainsi. On dirait qu'elle part enquêter sur un meurtre en Alaska.

Maria Cristina gare sa voiture sur le parking, elle procède à l'enregistrement sans encombre et s'installe dans le vaste hall d'attente.

Elle est incapable de lire ou de travailler, elle a

pourtant emporté des documents pour une intervention prochaine à UCLA, mais son esprit est focalisé sur ce qui l'attend à Lapérouse. Et comme elle a peu d'indices, cet effort est vain. Elle ne sait même pas à quoi ressemble sa mère maintenant. Elle craint de voir son propre visage tel qu'il sera dans quelques années. Et puis elle se rassure en pensant qu'elle a tout fait pour éliminer son *air de famille* et qu'il ne doit plus y avoir grand-chose de commun dans leurs traits. Elle n'a ni la même corpulence ni le même faciès que ses parents. Son esprit fait un va-et-vient incessant entre l'effroi et la réassurance.

Pour retrouver son calme, elle se concentre sur les gens autour d'elle. Maria Cristina est fascinée par les femmes laides et avenantes – les femmes avec de très gros bras blancs recouverts d'une irritation pareille à un érythème, le menton qui disparaît dans le cou, les traits aplatis par le surpoids, la bouche comme un bouton et les yeux étrécis à cause des lunettes (montures rigolotes, verres épais de myope), elles portent de très gros colliers fantaisie (perles en bois disproportionnées), des robes floues mais sans manches (et c'est à ce genre de détails qu'on devine que ces femmes sont à l'aise avec leur embonpoint), elles ont les épaules tombantes, bouteille Saint-Galmier. Elles sont si désinvoltes, si aimables, qu'on a envie de s'approcher d'elles et de demeurer dans leur rayonnement. Les enfants voyageurs ne s'y trompent pas. Quand ils pleurent et qu'elles leur parlent (Maria Cristina n'oserait jamais adresser la parole à l'un de ces enfants de peur qu'il ne se mette à pleurer de plus belle), ils se calment instantanément et se mettent à converser de façon rudimentaire avec elles. Elles leur parlent fort comme si elles avaient l'habitude des poupons ou des petits humains en général, comme si elles allaient sortir une guitare et entonner une chansonnette folk.

Il y a toujours plusieurs de ces femmes dans les aéroports, coincées dans des sièges en métal percés de multiples trous ronds de cinq centimètres de diamètre. Ce qui laisse à penser que les gens qui ont inventé ce type de siège n'ont qu'une très vague idée du confort.

Les hommes qui accompagnent ces femmes sont chétifs, portent des chaussures de randonnée, assument une calvitie naissante et ont l'air agréablement surpris de fréquenter d'aussi « belles natures ».

L'observation, comme en tout temps, est une activité qui calme Maria Cristina. Que ce soit celle des animaux de la forêt ou celle de ses contemporains.

Au moment où elle embarque elle a retrouvé un peu de sérénité malgré sa peur de voler, et le fait qu'elle va tenter, pendant tout le voyage, d'empêcher l'avion de s'écraser rien qu'avec la force de sa volonté.

Retour à l'état sauvage

La route entre l'aéroport, où Maria Cristina a loué une voiture, et Lapérouse est d'une monotonie oppressante. Les forêts ont été rasées, il ne subsiste que quelques érablières folkloriques et des bouleaux. Sinon il n'y a plus que de vastes centres commerciaux et des milliers de voitures patientant sur tous les parkings qui ont recouvert la terre, encapsulant sa pulsation sous leur chape asphaltée. Plus on progresse vers l'intérieur du pays, plus le bord de route est parsemé de pancartes qui promettent un retour à la ferme. D'immenses champs de colza uniformisent le paysage et disséminent dans l'air leur pollen empoisonné. Maria Cristina tousse tout le long du chemin. Elle est accrochée au volant et fixe la route en écarquillant les yeux. On pourrait croire qu'elle a peur de s'endormir. Ou qu'elle a mal aux yeux. Mais elle finit par se détendre. C'est comme une sorte d'autohypnose. Maria Cristina adore conduire, elle aime que son corps ait acquis des réflexes qui lui sont propres. Elle peut conduire et être ailleurs en même temps. Ses pieds font ce qu'ils ont à faire. Elle sait qu'aller jusqu'à Lapérouse va la replonger dans son enfance, qu'elle pourrait considérer ce trajet comme une tentative de réconciliation même si elle se fout de la réconciliation, ou du moins c'est ce dont elle se persuade, elle se fout de parler à sa mère et que celle-ci ait du mal à s'abstenir de lui reprocher son absence à l'enterrement du père, elle se fout de ce que sa mère dira à propos de sa vie en Californie, elle dira, Du moment que tu es heureuse, mais ce sera faux, la mère de Maria Cristina prononcera ces mots parce qu'elle pensera qu'une mère doit les prononcer, la mère de Maria Cristina a sûrement été vexée par le succès de sa fille et ce qui était écrit sur elle dans son premier roman, vexée et sans doute jalouse, puisque la jalousie est bien le nerf de la guerre dans cette famille, elle a été vexée et jalouse si du moins elle a été informée du succès de sa fille, et elle a dû en être informée, il y a la radio et la télévision à Lapérouse, même si Marguerite Richaumont n'écoute que les vêpres à la radio, elle anime d'ailleurs peut-être encore l'émission locale qu'elle présentait par le passé (*Plus près de toi, Seigneur*), Lapérouse n'est pas aussi rétrograde qu'elle, la ville a dû suivre plus ou moins le mouvement général et s'intéresser à ce qui se passe au-delà de ses frontières, ses limites se sont faites plus poreuses, quelqu'un a pu arrêter Marguerite Richaumont dans la rue principale de Lapérouse et lui dire, J'ai vu votre fille à la télévision, et Marguerite Richaumont a dû hausser les sourcils, et ensuite elle a fait comme si elle était au courant pour que personne ne mesure l'étendue de leurs dissensions ou elle s'est offusquée de cette information en serrant son cabas contre son ventre et en répondant, Je n'ai pas de fille qui s'appelle Maria Cristina.

Pourquoi Maria Cristina s'est-elle aussitôt envolée au moindre commandement de sa mère, pourquoi a-t-elle laissé tomber son sublime confort angelin, ses palmiers cosmétiques, ses amis et son Pacifique, pourquoi a-t-elle répondu dans la seconde à l'injonction de sa mère, pourquoi retourner à Lapérouse, attendait-elle un signe de sa mère depuis tout ce temps, aspirait-elle à une réconciliation, que celle-ci lui dise, Nous sommes toujours là, nous t'attendons. Maria Cristina se sent-elle vraiment encore coupable ?

Elle s'arrête pour se dégourdir les jambes puis reprend la route, elle voit du coin de l'œil la carte étalée à sa droite sur le siège passager. Le plaisir des cartes. Quelque chose qu'elle doit tenir de son père, elle tient beaucoup de choses de cet homme, il lui montrait des cartes et des plans, les cartes de la Finlande, de sa côte de Laponie et de son fjord, des cartes sous-marines de l'océan Arctique.

Quand elle pense à son père, elle revoit une photo, l'unique photo qui existe de ses parents, l'unique photo qu'elle ait jamais vue d'eux. Ce n'est pas la photo de leur mariage – on ne photographiait pas souvent les mariages à Lapérouse et sa mère avait décrété que c'était une dépense inutile de faire appel à Stevens le photographe du bourg : convoler marquait une étape importante et nécessaire dans une existence, nul besoin d'une image pour s'en souvenir. D'ailleurs il n'y avait aucune photo de qui que ce soit chez ses parents. Ils ne possédaient pas d'appareil et sa mère refusait d'acheter des photos de classe où posaient tant d'enfants de gens qu'elle n'aimait pas. Maria Cristina n'a donc jamais vu qu'une seule photo chez ses parents et sur celle-ci il y a non seulement son père et sa mère mais aussi sa sœur, sa sœur qui ne doit mesurer sur cette image qu'une soixantaine de centimètres, elle est dans les bras de sa mère, c'est la seule photo de la famille et Maria Cristina n'y est pas (alors que c'est elle qui a parlé d'eux, qui a écrit sur eux, c'est elle qui a fait rempart au néant), et que dit cette photo de l'intimité de ses parents, peut-on y percer une part du mystère que reste toujours l'intimité des parents. Quand elle était enfant, elle fixait la photo en espérant faire apparaître quelque chose qui avait trait à cette intimité, ses parents ne se touchaient pas sur cette image, sa mère regardait l'objectif et son père regardait au loin, elle aurait tant voulu déceler une once de tendresse, J'aurais voulu qu'ils s'aiment, qu'ils s'effleurent, je ne demandais pas qu'elle lui prenne le bras ou que leurs doigts s'entre-lacent, je voulais seulement qu'ils n'aient pas l'air si intensément isolés, ils sont déjà si asséchés et si raides, ils sont encore très jeunes pourtant, ma mère a-t-elle ressenti un jour une langueur de jeune fille, ma mère a-t-elle été autre chose un jour que ce petit merle sec, personne ne sourit sur cette photo, tout est silencieux, même Meena a la bouche fermée, elle ne glapit pas comme elle glapissait toujours, on ne voit que son visage et sa minuscule main gauche ouverte comme un soleil, le reste de son corps est enveloppé dans une couverture blanche, c'est incroyable le silence de cette photo prise sur le perron de la maison rose devant la porte fermée comme s'ils avaient été foutus dehors, ils sont devant cette porte close, chaque protagoniste retranché, formé de nuances de gris, de petites taches de poussière d'argent, Maria Cristina est cachée dans cette photo, elle est dans les profondeurs de l'image, elle est dans le ventre de sa mère, et personne ne le sait encore, c'est comme s'il existait un deuxième plan ou une infinité de plans indécelables et que la surface du papier impressionné les obstruait afin que soit seule-ment visible le chagrin sec des familles malheureuses.

Maria Cristina secoue la tête au volant de sa voiture de location, mon Dieu, c'est cette route qui la rend tout à coup si larmoyante, elle revient à son trajet, elle regarde le bitume et la réconfortante ligne jaune, la carte exposée à sa droite, lisible et rassurante, elle a cette bienfaisante impression de maîtriser l'espace et le territoire, sa vie entière et son objectif.

La végétation change peu à peu, la température aussi. On dirait qu'on entre dans l'hiver, mais un hiver humide et verdoyant, Maria Cristina qui pense n'aimer dorénavant que le soleil et l'océan s'inquiète, elle ouvre sa fenêtre, et la terre dégage une forte odeur d'humus et de champignons qui se métamorphosent. Cette odeur lui est si familière. C'est l'odeur de la forêt et de l'enfance. Il y a maintenant trop de lacs et trop d'arbres et plus Maria Cristina avance vers Lapérouse plus le nombre de bestioles mortes augmente sur le bas-côté, fauchées par les voitures.

II
LES VÄÄTONEN-RICHAUMONT

La préhistoire

Les parents de Maria Cristina Väätonen se sont rencontrés, semble-t-il, en 1952. Ce qui est certain c'est que chacun venait d'un endroit éloigné de Lapérouse, où finalement leurs chemins se sont croisés cette année-là. C'est toujours surprenant la façon dont les gens paraissent accorder leurs agendas ou du moins – puisque je les vois mal, l'un comme l'autre, posséder un agenda ou quelque chose qui s'y apparenterait – la façon dont ils paraissent adapter la mesure de leurs pas afin d'arriver au même endroit au même moment. En ce qui concerne les parents de Maria Cristina cela a à voir avec un train que l'un rata, et à une dispute que l'autre provoqua.

Le père de Maria Cristina Väätonen descendait du Nunavut où sa famille finlandaise avait émigré il y avait plusieurs générations. Sa propre mère s'appelait Kokoilla. Ce qui voulait dire quelque chose en finnois. Mais les versions divergent trop pour s'y attarder – et au fond ça n'a aucune importance, Maria Cristina a toujours détesté que les prénoms veuillent dire quelque chose, les choses sont des choses, les gens sont des gens.

Au cours du dix-neuvième siècle, les ancêtres de Maria Cristina avaient traversé l'océan Arctique pour installer une petite colonie tout au nord du Nunavut. Ils avaient cohabité avec les Inuits qui vivaient là depuis plusieurs millénaires et qui les avaient accueillis avec beaucoup d'amabilité, on leur avait prodigué quelques conseils indispensables pour survivre sous ces latitudes (L'endroit habité le plus froid de la planète, se rengorgeaient les Inuits qui étaient sans doute plus orgueilleux qu'informés), ils s'étaient acoquinés et si bien intégrés que lorsque de nouveaux colons venus du sud, plus belliqueux ou plus convaincus de leur mission civilisatrice, arrivèrent dans les mêmes contrées, ceux-ci ne firent pas de détail et les parquèrent avec les Inuits, leur interdisant de chasser les ours et les phoques, imposant des quotas de bœufs musqués, les enrôlant pour aller puiser le pétrole sous la glace et les traitant comme des animaux sauvages inamendables.

Le père de Maria Cristina lui avait raconté qu'à l'époque où ses ancêtres finlandais s'étaient installés dans ce fjord du Canada, l'océan Arctique n'était pas un océan. Ils auraient donc marché depuis la Laponie jusque-là, auraient perdu certains d'entre eux à cause des ours et des loups et établi leur campement dans ce fjord parce qu'il leur faisait penser à leur pays natal.

Cette relation de l'histoire familiale posait plusieurs problèmes à Maria Cristina : elle ne croyait absolument pas que l'océan fût entièrement en glace à l'époque de ses ancêtres – la colonie s'était installée vers la fin du dix-neuvième siècle, alors qui peut croire que l'océan Arctique n'était pas un océan à cette période somme toute fort peu lointaine, on avait d'ailleurs montré à Maria Cristina des images d'orque géante dévorant des pêcheurs dans de petits kayaks qui prenaient l'eau (preuve qu'il y avait bien un océan), des images divertissantes et édifiantes – et elle ne comprenait pas pourquoi ces Finlandais s'étaient donné tant de mal pour trouver un endroit qui ressemblait autant à celui qu'ils avaient quitté. Un endroit avec les mêmes sinistres caractéristiques : froid polaire, voisinage clairsemé et animaux anthropophages.

Le père de Maria Cristina était un jeune homme assez amène, un géant tranquille que l'on avait longtemps pris pour un esprit simple. Il avait eu la malchance de naître d'une mère morte ou plus précisément d'une mère en train de mourir, celle-ci ayant fatalement défailli au moment même de l'accouchement à cause d'une déficience cardiaque. La pauvre Kokoilla, dont c'était la première grossesse, avait fait appeler la sage-femme du village quand les contractions étaient devenues insoutenables et elle avait vaillamment mis au monde son garçon malgré l'infarctus qui l'avait terrassée en plein effort, rendant plus qu'incertaine l'issue de cette parturition. Ce qui est remarquable, c'est que son corps ait pu se délivrer du bébé qui l'encombrait et que la pauvre Kokoilla ait continué *même en étant morte* la respiration dite du « petit phoque » qu'elle avait apprise de sa propre mère.

Le corps avait ignoré cet état et continué le boulot.

Quand le bébé jaillit des entrailles de sa mère, la cage thoracique de celle-ci cessa de se soulever et le père du père de Maria Cristina se retrouva veuf et père dans le même instant. Il n'éleva pas son fils et le confia aux grands-mères de l'enfant, chacune l'ayant chez elle une semaine sur deux, alternant sa garde comme un couple progressiste.

Ce garçon dont l'enfance fut entachée par ce drame primal quitta Bruse Fiord dès que cela lui fut possible. C'est-à-dire qu'il attendit que la communauté à laquelle il appartenait fût indemnisée par l'État canadien pour la vilaine façon dont elle avait été traitée au début du vingtième siècle – pendant la colonisation. Le gouvernement canadien en 1952 était devenu fort accommodant pour des raisons liées à la guerre froide et à l'hégémonie que géants russes et petits géants canadiens tentaient d'exercer sur ces territoires presque vierges mais stratégiques. Et aussi pour s'attirer les bonnes grâces des occupants de cette région dont le sous-sol recélait des millions de tonnes de pétrole.

Le jeune homme déguerpit dès qu'il leur fut alloué à chacun, « par tête de pipe », aimait-il dire, la somme de trente-sept dollars. Ce qui lui permit d'acheter le billet de sa liberté.

Le père de Maria Cristina n'avait jamais appris à lire. Ce n'était pas absolument indispensable quand vous passiez une bonne partie de l'année à chasser le phoque ou à ramasser des moules sous la banquise – lorsque la marée est basse et que la mer fait place à un territoire d'algues, de crevettes et de petites flaques d'eau salée à l'abri sous la glace, la lumière y est bleue et c'est comme marcher au sec dans un fond sous-marin – et que vous passiez le reste du temps à vendre votre force de travail à la blanchisserie de Bruse Fiord où l'on nettoyait le linge des trois pensions qui logeaient messieurs les ingénieurs pétrolifères.

Quand le père de Maria Cristina décida de partir il emprunta le bateau de ravitaillement bimensuel, accosta à Iqanuk au bout de douze jours de navigation d'île en île et prit le chemin de la gare.

Je ne sais pas exactement pourquoi il a quitté son Bruse Fiord natal, il aurait pu demeurer à l'endroit qu'il avait toujours connu, y bâtir une famille ou du moins conserver des relations avec son voisinage, ses chiens et ses deux mères de substitution. C'est extrêmement difficile de deviner ce qui crée l'impulsion première chez un garçon né avec une mauvaise étoile – c'est ainsi qu'on disait dans son village – mais qu'on protège gentiment comme on protège le chiot à trois pattes de la portée (en sachant qu'il finira par être bouffé par ses congénères mais allez savoir pourquoi une incompréhensible tendresse porte vers ce petit être incomplet).

Le fait qu'il n'eût jamais appris à lire et qu'il signât d'une magnifique initiale chacun des documents qu'il se devait de parapher l'entraîna de façon imprévue à Lapérouse – il me faut préciser qu'il lisait néanmoins mais avec quelque difficulté l'alphabet inuktitut, ce qui ne lui était pas de la moindre utilité dès lors qu'il avait décidé de quitter Bruse Fiord.

À Iqanuk il se trompa de train. Il rata celui qui partait pour Vancouver. Il avait pensé pouvoir mémoriser sa destination puisque Vancouver commençait par la même initiale que son nom de famille. Mais comme il se prénommait Liam, le L de Lapérouse l'induisit en erreur. C'est dire comme il était candide.

Il rata donc son train et en prit un pour Lapérouse.

Là il descendit sur le quai et regarda autour de lui.

Le monde avait d'autres couleurs. De la glace verte du fjord, des aurores boréales et de la toison sale des chiens il ne restait plus rien. Lapérouse était une petite ville morne abritant une branche déviante de mennonites et quelques familles catholiques qui se méfiaient des mennonites autant que les premiers colons britanniques s'inquiétaient des Apaches. Elle était bâtie sur pilotis à cause des marais alentour et était plongée la moitié de l'année dans une brume assez dense. Elle parut tropicale à Liam Väätonen, sans doute à cause des cerisiers en fleur qu'il aperçut dès son arrivée. Le climat en effet était doux et humide, la ville légèrement enclavée et l'atmosphère semblable à celle d'une serre. On aurait pu se croire sur le mont Liban, mais Liam Väätonen n'avait aucune idée de ce qu'était le mont Liban, en revanche il avait une vague idée de ce que pouvaient être des arbres fruitiers et cette connaissance parcellaire du monde, il le devina, ne l'aiderait pas à se faire respecter. Il lui fallait accroître son expérience dans les meilleurs délais. Il était prêt à reprendre le train, mais comme il avait dépensé les trente-sept dollars de réparation du gouverneur il décida d'aller voir en ville ce qu'il pourrait y faire, sans dévoiler surtout d'où il venait. Liam Väätonen n'aimait pas que l'on se moquât de lui, il savait qu'il donnait à voir à ses interlocuteurs une grande carcasse au déplacement un peu lent et que sa placidité naturelle laissait présager un manque de fulgurance que ses congénères pouvaient tourner à leur avantage.

À Lapérouse il y avait des voitures et des chevaux.

Si nous admettons que nous sommes en 1952 et que la situation se déroule en juin – selon cette version de l'histoire il faut bien que le bateau d'approvisionne-ment ait pu naviguer afin de tirer Liam Väätonen de Bruse Fiord, pour ce faire la débâcle doit avoir déjà partiellement libéré l'océan, et n'oublions pas non plus que les cerisiers sont en fleur –, le ciel devait être à peu près exempt de brume.

Aussi la ville de Lapérouse a-t-elle certainement paru beaucoup moins morne à Liam Väätonen qu'elle ne l'était en réalité.

Sur ce il croisa Marguerite Richaumont, elle lui plut, il lui fit une cour empressée et l'épousa.

Évidemment les choses ne se sont pas passées aussi simplement que cela. Mais c'est ainsi qu'on racontait cette histoire à Maria Cristina et à sa sœur quand elles étaient enfants. Et pendant longtemps cela leur avait suffi.

– Comment vous êtes-vous rencontrés ? commençait Meena, l'aînée des deux filles Väätonen.

– Je venais de me disputer avec papy Richaumont, répondait leur mère, je suis sortie de son camion et votre père était là sur le bas-côté.

– Oui mais comment ? insistait Maria Cristina (qui n'était pas encore la vilaine sœur à l'époque).

– Comment quoi ?

– De toute façon tu ne comprends jamais rien, Maria Cristina, soupirait Meena.

– Comment es-tu sortie du camion de papy Richaumont s'il était en train de rouler ?

– Je ne sais pas, on avait dû s'arrêter à un feu.

– Il n'y avait pas de feu à cette époque à Lapérouse, objectait Maria Cristina.

– Eh bien il a freiné à un carrefour. J'ai sauté du camion.

– Tu as sauté du camion ? s'extasiait Meena.

– Vous transportiez du papier pour l'imprimerie de Lapérouse ? demandait Maria Cristina.

– Oui je l'accompagnais souvent pour aller de la papeterie à l'imprimerie.

– Des bobines ou des rames à plat ?

– Mais on s'en fiche, intervenait Meena en se tapant le front et en levant les yeux au ciel.

En tout état de cause, voyant Marguerite sauter du camion sur la chaussée en criant, cheveux défaits et toute en gesticulations, Liam Väätonen avait cru avoir affaire à une jeune fille qu'il fallait sauver des griffes d'un camionneur indélicat, il s'était donc posté devant le véhicule et avait intimé au conducteur de sortir. Le père de Marguerite Richaumont avait ouvert sa portière, tenté de s'expliquer avec le grand gaillard qui lui barrait la route mais celui-ci, ne comprenant pas bien ce qu'on lui disait, l'avait forcé à descendre.

– Et pourquoi vous vous disputiez ?

– Avec votre père ?

– Mais non avec papy Richaumont. Pourquoi es-tu sortie comme une furie du camion ?

– Comme une furie, répétait Meena perplexe. (Ce que racontait sa sœur lui semblait souvent dénué de sens commun.)

– Je ne sais plus. Je devais l'asticoter.

Clôture du dossier.

Papy Richaumont tenait une papeterie à quatre-vingts kilomètres de là et livrait deux fois par mois l'imprimerie de Lapérouse qui était son principal client. Jusque-là rien d'exceptionnel. Il avait eu neuf enfants dont cinq vivants et la dernière était Marguerite Richaumont. Il avait du mal à faire manger toute sa famille avec son activité de papetier. Ils habitaient tout près de la rivière Omoko dans une grande maison attenante au moulin de la papeterie. La maison prenait l'eau et son humidité n'était pas pour rien dans la mauvaise santé et la précocité des décès des enfants Richaumont.

– Tu es vraiment sûre qu'on peut dire que les enfants sont morts à cause de l'humidité de la maison ? demandait Maria Cristina.

– Les murs suintaient, tu passais la main dessus et ta main était aussitôt trempée.

– Mais tu crois que ça a un lien ?

– Leurs poumons devaient être dans le même état, disait Marguerite Richaumont.

– Je ne comprends pas.

– Leurs poumons devaient finir par moisir, expliquait Marguerite Richaumont à ses filles avec un sourire inquiétant, comme si cette justification était la seule recevable et que son irréalisme ne la choquait pas le moins du monde. Et puis Jésus les rappelait à lui.

– Bon et qu'est-ce qui s'est passé ? s'impatientait Maria Cristina.

– Quand ?

– Quand vous vous êtes rencontrés.

– Eh bien je me suis tout de suite dit que ce garçon serait mon mari et le père de mes enfants.

– Et lui ?

– Lui quoi ?

– Lui, il s'est dit la même chose à ton propos ?

– Absolument pas. Les hommes ne se disent pas des choses comme ça. Jamais. Ou alors ce ne sont pas des hommes. Jésus seul peut veiller sur leurs intérêts.

Quand sa mère prononçait des sentences de ce genre, Maria Cristina était désorientée. Elle ne lui paraissait pas la personne la plus à même d'avoir un avis aussi péremptoire sur le sujet. L'expérience de sa mère en matière d'hommes était d'une indigence affligeante, et quant à son expérience du monde en général, n'en parlons même pas.

En l'occurrence, Liam Väätonen, ce premier jour, n'avait guère eu de telles pensées ; il n'était pas sentimental, il voulait seulement se comporter en preux gentilhomme (cela ressemblait plus à un réflexe qu'à une pensée déterminée) et il n'avait pas plus d'idées derrière la tête que d'argent dans sa bourse.

Marguerite d'ailleurs n'attirait pas, comme on le lui faisait remarquer assez souvent, le regard.

Elle était petite et chafouine et ressemblait singulièrement à un chien de prairie. Elle avait, cela dit, une voluptueuse poitrine qui ne lui avait causé jusque-là que des ennuis.

Le père Richaumont avait expliqué la situation à l'insistant jeune homme, c'était une dispute de famille, un étranger n'avait pas à y mettre le nez, de toute façon rien de délictueux, un mot en entraînant un autre, alors si le jeune homme voulait bien laisser sa fille remonter dans le camion et lui céder le passage, cela l'arrangerait souverainement puisqu'il avait déjà du retard sur sa livraison à l'imprimerie.

À partir de là les versions divergent.

Soit Liam Väätonen a tenu à les accompagner pour une raison difficile à déterminer après coup : son désœuvrement (que faire dans les dix prochaines heures ?), sa curiosité (à quoi ressemble donc une imprimerie ?), son chevaleresque engagement (ne pas laisser cette jeune fille aux griffes d'un homme qui prétend être son père). Toujours est-il que selon cette variante, il est monté dans le camion et les a escortés jusqu'à l'usine.

Soit il laisse la jeune fille remonter dans le camion, elle lui confirme elle-même qu'elle est bien la fille de son père et que ce à quoi il a assisté n'est que son énième coup de sang. Ils se retrouvent peu de temps après (disons une semaine) dans les rues de Lapérouse et passent un petit moment ensemble ; cette première scène ayant créé un lien de familiarité entre eux.

Je préfère pour ma part la première variation, elle explique l'enthousiasme de Liam Väätonen pour l'imprimerie (l'odeur de l'encre et du papier, le bruit des presses, l'admirable manière dont se tiennent les conducteurs des machines quand ils grillent une cigarette à la porte de l'entrepôt, conscients d'être des ouvriers du livre ou de l'imprimé en général, ce qui était à cette époque-là une façon d'appartenir à une forme d'aristocratie) et elle permet de comprendre aussi pourquoi il fut embauché dès que le chef d'atelier l'aperçut et put mesurer la largeur de ses épaules et la solidité de sa carcasse.

– Comment a-t-il pu signer son contrat d'engagement puisqu'il ne savait pas écrire ?

– Mais on ne signait rien en ce temps-là, s'agaçait Marguerite Richaumont. On se topait dans la main et c'était bon.

– Oui mais dans une imprimerie, le minimum c'est de savoir lire.

– Votre père a dû se dire qu'il apprendrait sur le tas. Et puis quoi qu'il en soit il n'avait été embauché au début que pour accompagner le livreur de l'usine et décharger le papier.

– Tu nous avais dit qu'il déchargeait les bidons d'encre.

– Mais on s'en fiche que ce soit de l'encre, du papier ou des pommes de terre, intervenait Meena.

Ce qu'il est suffisant de savoir c'est que Marguerite Richaumont trouva le Liam Väätonen à son goût, elle se dit qu'il allait la tirer du moulin où elle croupissait, que sa drôle de façon de parler lui plaisait, que venant de si loin il ne rechignerait peut-être pas à l'emmener encore plus loin vers le sud, qu'elle connaîtrait Chicago, sa banlieue, ses maisonnettes en dur, sans moisissure sur les murs, il avait l'air taciturne mais son faciès de Lapon ne la rebutait pas. Elle passa à l'offensive, le laissa lui prendre sa virginité dans l'entrepôt de papier où elle tournicotait quand son père faisait ses livraisons, le présenta à sa famille et l'épousa peu de temps après. (Cette liberté de mœurs s'explique chez Marguerite Richaumont par le fait qu'elle n'avait pas encore rencontré son Seigneur Jésus-Christ et espérait encore trouver un sauveur à sa mesure en la personne de Liam Väätonen.)

– Vous n'étiez donc pas amoureux ? aurait demandé Maria Cristina si elle avait su précisément ce qui s'était déroulé en 1952.

C'est ce genre de questions que voulait éviter Marguerite Richaumont.

On n'avait d'ailleurs pas le droit de prononcer le mot « amour » dans la maison si ce n'était pour évoquer celui de Notre Seigneur. Si l'amour n'était pas spirituel, il n'était qu'un échange de liquides plus ou moins malodorants, une confusion des sens ou une perte de discernement.

– Mais je croyais que c'était lui qui t'avait fait la cour et que tu avais fini par céder ?

– Ah ? Je ne me souviens plus d'avoir dit ça. Mais pourquoi tu poses toutes ces questions Maria Cristina ?

– Elle travaille pour la police, disait Meena.

Et elle envoyait une pichenette sur la tête de sa sœur, qui répliquait aussitôt avec un coude balancé dans le nez de Meena.

– Arrêtez de vous chinoiser, disait Marguerite Richaumont en quittant la pièce, agitant les mains autour de ses oreilles et fermant les yeux pour éviter d'avoir à les séparer.

La transfiguration des imbéciles

Les deux sœurs se bagarraient tout le temps. Elles étaient comme deux petits animaux impitoyables. Elles se tapaient sur la tête, se tiraient les cheveux, se mordaient et s'écorchaient. Elles s'inventaient des insultes, se piquaient avec des épingles de nourrice, ne se nettoyaient pas les ongles pour pouvoir s'infecter quand elles se griffaient, tentaient en permanence de se monter dessus, de s'empiler l'une sur l'autre et d'être celle qui serait tout en haut. Mais aussi elles s'embrassaient, se juraient qu'elles avaient la meilleure sœur qui fût et s'assuraient qu'elles n'auraient pas survécu dans cette famille si elles avaient été fille unique.

Leur père s'était en effet peu à peu révélé moins placide qu'indifférent et leur mère indéniablement dérangée.

Elle passait une grande partie de son temps à engueuler ses filles, et une autre partie à s'en excuser et à demander pardon au Seigneur. Elle se mettait brusquement à tourner en rond dans la maison, elle montait et descendait les escaliers, on entendait les portes claquer et son chuchotis rageur qui répétait, J'en ai marre, j'en ai marre, j'en ai marre, parfois elle disait, Ils me font tous suer, et personne n'aurait pu dire si ce *Ils* correspondait à son mari et à ses deux filles – le masculin prévaut toujours même dans ces cas extrêmes – ou si ce pronom englobait sa famille, son propre père, les habitants de Lapérouse, les mennonites et certaines puissances mystérieuses. Marguerite Richaumont était de ces gens qui entretiennent un commerce assidu avec l'invisible. Elle tombait alors à bras raccourcis sur l'une de ses filles si d'aventure celle-ci n'avait pas eu la présence d'esprit de sortir de la maison pour éviter la fureur maternelle. Elle se mettait à la secouer, elle la faisait asseoir dans la cuisine en la tenant par une épaule. Puis elle se lamentait sur la bêtise et les vices cachés de la fille qu'elle avait réussi à alpaguer, Mais que vas-tu devenir, que vas-tu devenir ? Et elle prenait à témoin un auditoire fantôme.

– Je ne comprends pas ce qu'elle veut, je ne comprends rien à ce qu'elle veut, d'ailleurs elle ne veut rien, rien ne l'intéresse, elle pourrait rester toute la journée à se brosser les cheveux, regarder ses rognures d'ongle sur le perron et lire des bandes dessinées pornographiques. On ne peut rien faire d'elle. Et de l'autre non plus. On ne peut rien faire de ces gamines.

Elle finissait par insulter sa fille.

– Tu es complètement abrutie.

Puis elle passait à un stade plus lyrique.

– Et tu me feras pleurer des larmes de sang.

En général la gamine malmenée se réfugiait à l'intérieur d'elle-même, ne répondant rien, ballottée par la tempête maternelle, devenue sourde et insensible dans l'instant (pleurer aurait été périlleux), feinte impassibilité que ne supportait pas non plus Marguerite Richaumont, Regarde-moi, écoute-moi, ne ferme pas les écoutilles, et puis Marguerite se calmait brutalement et elle se mettait à sangloter comme si en se réveillant elle s'était surprise dans cette posture, la main tirant le chandail de sa fille, les yeux hors des orbites. Elle s'excusait, et c'était un débordement de larmes, de promesses, de morve et de chuintements. Le soir même elle venait voir la petite qu'elle avait éreintée, elle s'asseyait sur le bord du lit, lui caressait les cheveux, blonds pour Meena, noirs pour Maria Cristina, elle leur disait, Tu es tellement belle, tu es la plus belle chose que j'ai faite. Elle disait, C'est le Malin qui m'inspire ces paroles. Et parfois, mais pas toujours, elle se remettait à pleurer et elle disait, Oh pardon, pardon, c'est comme si j'étouffais d'angoisse, mais tu le sais, tu le sais que je t'aime, et la petite disait qu'elle le savait et elle consolait sa mère en pensant je ne sais quoi, que peut penser une petite fille qui console sa mère de la traiter mal.

Marguerite Richaumont, la plupart du temps, fréquentait les dames paroissiales et faisait la domestique pour la Demoiselle – centenaire richissime qui habitait la villa la plus cossue de Lapérouse. Cette Demoiselle s'appelait Charlotte Lapérouse, elle était la descendante sacrifiée de la famille fondatrice. Sacrifiée parce que fille et vierge jusqu'à sa mort. Elle donnait la majorité de son argent au diocèse pour contrer les suppôts de Satan – les mennonites. L'absence de péchés de pauvre dans la vie de la Demoiselle, sa richesse et l'apparat de ses appartements ne confortaient pas Marguerite Richaumont dans sa condition d'esclave, bien au contraire. Cette situation lui procurait la satisfaction de fréquenter les belles sphères et de s'imaginer en être.

Si l'emploi de Marguerite Richaumont était celui d'une bonne, elle-même se disait gouvernante. Elle servait la Demoiselle à table avec un petit tablier blanc, elle devait parler un français irréprochable, et à l'époque où la Demoiselle invitait encore le curé, le médecin, l'avocat du comté et quelques vieilles dames catéchistes, elle rougissait de leurs compliments sur la qualité de sa cuisine. Elle leur était infiniment reconnaissante de l'honneur qui lui était fait de renifler la fumée des cigares de monsieur le curé – elle allait dans son enthousiasme jusqu'à lui donner du Monseigneur – et l'insigne distinction de débarrasser leurs restes.

Ils la faisaient venir jusqu'à la salle à manger après les digestifs, la félicitaient et l'appelaient tous « notre chère Margot ». Elle se voyait déjà adoubée. Elle en gloussait de plaisir.

Maria Cristina et Meena, sportives et progressistes, disaient de leur mère :

– Elle pète plus haut que son cul.

1 Richaumont = 2 Väätonen

Marguerite Richaumont continua toute sa vie de s'appeler Marguerite Richaumont même si elle s'était mariée avec un Väätonen. Ce n'est pas que l'idée d'abdiquer son propre nom – et sans doute une partie de son identité – en faveur de celui de Liam Väätonen la perturbait. Elle affirmait simplement à qui voulait l'entendre que Marguerite Richaumont, il allait sans dire, ça sonnait mieux. Quelles qu'elles soient, Marguerite Richaumont ne gardait jamais ses opinions pour elle.

Pour ma part, je pense qu'elle avait cette fierté caractéristique et incompréhensible des petits propriétaires terriens qui ne possèdent plus grand-chose à force d'échanges « tope-moi dans la main » au-dessus du grillage, mais qui conservent, avec une parcelle près de la rivière, le secret espoir de recouvrer le prestige d'antan. Richaumont, dans ce coin du Canada, signifiait bien plus que Väätonen.

Plan précis de la bicoque

La maison où habitait la famille Väätonen possédait quatre pièces, quatre fenêtres (avec, dans la salle de bains, un soupirail à barreaux scellés grossièrement un jour d'anxiété intense), des toilettes pleines d'araignées au fond du jardin, un poulailler et en tout et pour tout six portes légèrement dégondées. L'une de ces portes ne servait à rien. Comme elle était un peu gondolée, Marguerite Richaumont avait poussé une armoire devant pour l'obstruer totalement. Cette porte de couloir n'existait pas du côté du salon et cela désorientait les deux sœurs Väätonen. C'était comme un trompe-l'œil.

Le salon était une pièce que rien n'égayait jamais. Même le sapin de Noël y était érigé dans son plus simple appareil. Aucune fioriture, aucun scintillement, aucune possibilité d'y accrocher quoi que ce soit – chaussette ou pantin avec barbe en coton hydrophile. Que représentait ce sapin païen, odorant et encore plein de sève au milieu du salon ? Peut-être s'agissait-il d'une concession faite aux origines finlandaises de Liam et à ses lutins vêtus de rouge, ou peut-être la vue de cet arbre séquestré éveillait-elle des sentiments confus chez Marguerite Richaumont ? Allez savoir.

Aucune des quatre fenêtres n'était orientée vers le sud. Maria Cristina avait sa théorie sur la question – elle avait lu quelque part que les sultans plaçaient leurs concubines dans des harems dont toutes les fenêtres étaient tournées vers le nord afin qu'elles ne perçoivent pas le passage des jours. Maria Cristina pensait que leur enfermement était inséparable du défaut d'orientation de leur maison (dans un pays où il faisait parfois dangereusement froid).

Devant la maison se trouvait un perron avec quatre marches en béton rugueux, celui qui égratigne les genoux pour toujours.

La maison était modérément laide, elle était bâtie sur des fondations en pierres locales (des pierres provenant de la rivière Omoko qui coulait non loin – celle-là même qui alimentait le moulin à papier des Richaumont) et contrairement aux maisons surélevées en bardeaux blancs et aux maisons en brique janséniste alentour, la maison des Väätonen était rose. Je ne peux pas croire que Liam Väätonen ait réellement décidé de peindre sa maison en rose. Je crois que la couleur a tourné, qu'un pigment s'est comporté de manière imprévue et que ce qui devait être orangé, peut-être même saumoné, est devenu rose. Habiter une maison rose n'est pas facile. À l'école, des esprits facétieux avaient surnommé la fratrie Väätonen, les sœurs Rose-cul, en hommage à la couleur audacieuse de leur habitat.

Les deux sœurs Väätonen dormaient dans la même chambre (j'ai compté la cuisine comme une pièce, je ne suis pas agent immobilier), cette chambre donnait plein nord sur une petite allée appelée Allée de l'Avenir et qui aboutissait drôlatiquement au cimetière de Lapérouse.

Liam avait loué cette maison quand Marguerite Richaumont était tombée enceinte de Meena puis ils avaient fini par l'acheter parce que Marguerite Richaumont avait follement insisté, ne supportant pas d'être locataire dans un village aussi miteux que Lapérouse, et elle avait tant harcelé le propriétaire qu'il avait fini par lâcher prise, de toute façon que pouvait-il faire de cette maison sur son terrain inondable. Beaucoup de décisions dans la famille Väätonen découlaient de la conscience qu'avait Marguerite Richaumont de son propre standing. Liam avait ajouté un appentis à la maison pour les lessives de Marguerite (et pour ses crises de nerfs : c'est là qu'elle s'enfermait et pleurait et tempêtait, et chacun attendait la fin du cataclysme à l'intérieur de la maison ou en prenant le frais sur le perron) mais il n'était jamais allé jusqu'à lui installer des toilettes – Marguerite Richaumont n'y tenait pas tant que ça, elle aurait voulu que la maison s'agrandisse mais les toilettes, ces lieux d'aisance et de pestilence, lui paraissaient avoir leur juste place au fond du jardin. Quelle idée vulgaire de vouloir les inclure dans la bâtisse. Elle aurait rêvé d'une maison qui croîtrait sans cesse, perdant le noyau initial, ou plutôt l'engloutissant, rejoignant dans son ampleur le poulailler mais évitant les toilettes grâce à je ne sais quel tour de passe-passe, s'étendant, augmentant, dévorant le jardin et rejoignant la route dans une sorte de ruée bâtisseuse.

La maison des Väätonen était un vrai problème dans la vie des sœurs. Non seulement elle était rose, mais elle était aussi laide et mal entretenue (le jardin semblait à l'abandon, la vigne vierge mangeait le muret, les orties et la viorne poussaient partout), ce qui les emplissait de honte. Quand un camarade les raccompagnait, elles tentaient toujours de finir le chemin seules, elles disaient au bout de l'allée, Laisse-moi ici, c'est mieux comme ça, à cause de ce malaise qui les prenait à la vue de leur maison. Et puis celle-ci était souvent fermée à double tour, que ses habitants soient à l'intérieur ou à l'extérieur. Ce qui en faisait une exception à Lapérouse puisque dans le village personne ne cadenassait sa maison. Et les filles Väätonen n'en avaient bien entendu pas les clés. En rentrant de l'école elles se retrouvaient souvent assises sur le perron, leurs sacs lâchés et dégringolés jusqu'à la forêt vierge du jardin, se chamaillant ou se racontant des secrets, s'assoupissant à moitié, moroses, et regardant le ciel, tête en arrière, nuque renversée, les deux coudes sur le ciment. Quand quelqu'un passait devant la maison et les interpellait en se croyant finaud ou amical (Alors, les filles, on est à la porte ?), les deux sœurs jetaient à l'importun un coup d'œil circonspect, ne répondaient rien et grognaient vaguement. Le voisin rapporterait sans doute leur manque de politesse à leur mère et elles se feraient engueuler. Mais elles s'en foutaient : à trop se faire rabrouer, on perd le goût d'être en paix.

Pourquoi la maison rose était-elle fermée à clé ? Je pense que la seule explication était la peur de Marguerite Richaumont. Elle avait peur de tout et particulièrement des gens qu'elle ne connaissait pas ou pensait ne pas connaître. Elle était peu physionomiste et arrivait à ne pas identifier ses propres frères quand ils venaient la voir et tiraient la bobinette, elle écartait le rideau de la cuisine, fronçait les sourcils, plissait le nez, et il fallait montrer patte blanche pour avoir le droit de passer le seuil, elle expliquait ce manque d'acuité en disant coquettement, Je connais tellement de monde, ce qui était faux de toute évidence. Il existe toujours, cela dit, la possibilité qu'elle fût myope ou atteinte d'un cas particulièrement précoce de démence.

Elle avait en effet très tôt montré les signes d'une dérive mystique inguérissable. Elle devint un membre actif de l'église de la Rédemption Lumineuse. Elle disait que Dieu lui parlait dans son sommeil, que ses rêves n'étaient que batailles d'anges et de démons. Ce qui faisait qu'au matin elle se mettait à confectionner des fleurs en papier pour la kermesse de Lapérouse et à broder divers canevas dont le dessin de base était de son invention, avec des christs verdâtres entourés d'éclats de lumière, et elle avait sommé Liam de lui fabriquer un petit autel lumineux et clignotant où elle avait placé une Vierge Marie en plastique au milieu de centaines de fleurs en tissu et en papier de bonbons froissé et brillant – parce que l'effet était proprement saisissant.

Sa religiosité était brutale, virulente, indignée. Elle ne connaissait aucun recueillement. Solliciter la capricieuse miséricorde de Dieu se faisait bruyamment – elle scandait ses prières debout au milieu du salon.

Ce lent cheminement vers la sainteté se doublait d'une tendance à la paranoïa qui ne fit que s'accentuer avec les années.

Elle ne donna jamais les clés de la maison à ses filles sans doute parce qu'elle craignait qu'elles ne laissent candidement rentrer quelqu'un avec elles, quelqu'un qui se serait emparé de ses bassines à confiture (en cuivre), des chenets de la cheminée (en étain) et de ses poupées à l'effigie de Jésus (en laine). Ou alors c'était parce qu'elle pensait que ses filles feraient entrer intentionnellement des camarades peu recommandables et qu'elles aideraient ces affreux personnages à dévaliser la maison ou à y mettre le feu. Je pense que la vérité oscille entre ces deux hypothèses. Marguerite Richaumont estimait en effet que le vice et la naïveté alternaient dans le cœur de ses filles.

Tout cela d'ailleurs alors que Maria Cristina n'avait pas encore treize ans et Meena quatorze. Avant que Meena ne fût définitivement stoppée dans son élan et n'eût quatorze ans toute sa vie.

La vulgarité
selon Marguerite Richaumont

 – laisser derrière soi un sillage de parfum
 – regarder depuis la rue à travers les vitres d'un bar ou d'un bureau de paris
 – porter du rouge
 – rire devant un homme en montrant ses dents
 – laisser ses cheveux longs détachés
 – jouer au bingo ou au loto et à tout ce qui induit que le hasard existe
 – boire des sodas
 – chausser des lunettes de soleil quand il ne fait pas soleil
 – manger entre les repas
 – fumer
 – arborer des bijoux (excepté alliance et médaille de baptême)
 – monter sur un escabeau
 – lire des romans
 – prendre un bain de soleil
 – montrer ses bras

Maria Cristina et Meena avaient fini par se demander si le péché de vulgarité ne concernait que les femmes ou si les hommes étaient astreints au même genre d'impératifs. Elles questionnèrent leur mère qui ne répondit pas et les renvoya, en haussant les épaules, aux obligations de leur sexe auxiliaire.

L'encombrant désespoir
des fillettes

Lapérouse était une petite ville calme et froide au milieu des forêts. La communauté mennonite qui y habitait élevait depuis toujours des chiens de traîneau qu'elle envoyait dans le Nord avant l'embâcle. Et récupérait après. Les chiens servaient pendant l'été au transport du bois dans la forêt de sapins, là où les chevaux ne seraient pas passés. Tout le monde se satisfaisait de ce système. En Alaska on n'aurait eu que faire des chiens au moment de la fonte des glaces – force eût été de les éliminer pour ne plus avoir à les nourrir durant les longs mois de lumière. Cette activité (l'élevage de chiens) permit à la ville de recevoir la médaille d'honneur du gouverneur en 1946 (j'ai les archives), en raison de sa participation à l'effort de guerre. Les chiens s'étaient retrouvés acheminés sur le vieux continent par train puis par cargo, là où les chevaux et les véhicules manquaient. Ils avaient été réquisitionnés pour la Belgique et la France. Les mennonites avaient lutté pour se soustraire à cette mesure – cette guerre-là ne les concernait pas, ils avaient déjà du mal à faire vivre leurs familles. Mais on ne les avait pas écoutés. On avait pris leurs chiens qu'on avait envoyés de l'autre côté de l'océan et qui n'étaient jamais revenus, sans doute mitraillés ou gazmoutardés (les mennonites étaient approximatifs quant à l'histoire du monde). Et on les avait décorés – les mennonites.

L'imprimerie de Lapérouse, quand Liam Väätonen commença d'y travailler, produisait essentiellement des tracts religieux et le journal local. Liam Väätonen avait fini par être intégré à l'équipe des conducteurs de nuit – les conducteurs de presse, s'entend. Son physique jouait immanquablement en sa faveur. On a tous tendance à faire confiance aux colosses taciturnes. Il fut donc choisi pour lui le métier d'imprimeur. Le contremaître se rendit compte trois mois après l'avoir fait passer dans l'équipe que Liam Väätonen ne savait pas lire. Quand il lui en fit le reproche, On ne peut pas être imprimeur et illettré, c'est une chose impossible, pourquoi n'as-tu rien dit ? Liam Väätonen répondit placidement, Vous ne me l'aviez pas demandé. Le contremaître hésita puis garda Liam Väätonen puisqu'il avait réussi à compenser ce handicap pendant ces trois mois par une mémoire phénoménale. Ce qui est plus surprenant c'est que malgré cette belle mémoire et une intelligence tout à fait normale il n'ait pas été tenté d'apprendre à lire par lui-même pour s'éviter un camouflet. Il était sans doute moins orgueilleux et moins ambitieux que son contremaître semblait le penser. Celui-ci lui fit alors promettre d'apprendre à lire. Marguerite Richaumont que Liam venait d'épouser se refusa à cet exercice. Elle argua de son propre manque de patience – elle n'avait pas tort – et demanda à l'une de ses sœurs aînées de se prêter à cet apprentissage. Elle avait choisi prudemment la plus laide et la plus maussade de ses sœurs. Marguerite n'était tout de même pas tombée de la dernière pluie, et si elle n'avait pas beaucoup d'expérience dans la vie elle avait en revanche de belles intuitions paranoïaques. En effet, existe-t-il plus exemplaire relation que celle du maître et de l'élève pour se transformer, s'il s'agit d'adultes consentants, en idylle amoureuse ?

Quand Liam se maria avec Marguerite Richaumont il était clair qu'il n'avait aucune intention d'avoir un enfant. Probablement pour ne pas faire courir le moindre risque à son élue (rapport à sa propre naissance), mais aussi à cause d'une forme de désespoir qu'on pouvait percevoir chez lui certains soirs de brouillard. Il pouvait se laisser à dire des choses comme, À quoi bon se reproduire ?

Mais Marguerite Richaumont ne l'entendit pas de cette oreille. Elle mit quelques années à déjouer la vigilance de son époux et les caprices de sa propre fertilité – Marguerite Richaumont était une femme qui n'avait ses règles que six fois par an. Cependant, à force de prières, de conviction et de régimes à base de chou blanc bouilli, elle finit par tomber enceinte de Meena. Et comme souvent dans ce genre de cas, la chose, qui pourtant relevait d'une mécanique autrefois en berne, se répéta quelque temps plus tard, et Maria Cristina naquit.

Toute son enfance on serina à Maria Cristina qu'elle était née grâce à l'infinie miséricorde du Seigneur et *au retour de couches* – expression qu'elle comprit mal pendant longtemps et d'après l'usage qu'elle en fait dans son premier roman il apparaît qu'elle ne chercha jamais à bien l'entendre. La moue désolée de sa mère quand elle en parlait et l'acquiescement compréhensif des bonnes dames catéchistes avaient toujours propulsé Maria Cristina dans une dimension étrange où des lutins guerroyeurs revenaient au bercail tout ensanglantés et créaient panique et tremblements dans les rythmes délicats de ces dames.

Chaque matin la première pensée de Maria Cristina était : Un jour de moins à vivre. La formule, outre son caractère un peu affecté, prenait un sens tout particulier en raison de son éducation. Ne l'élevait-on pas dans la certitude que le royaume de Dieu l'attendait, que le Seigneur l'accueillerait le moment venu dans ses grands bras puissants recouverts de soie sauvage ? Cette pensée égrenée quotidiennement expliquait peut-être son soulagement à l'idée de quitter un jour ou l'autre la maison rose-cul pour le royaume divin. Pour ma part je crois qu'elle disait son chagrin de vivre un jour de plus à Lapérouse et du coup un jour de moins dans le vaste monde, ce monde palpitant qui l'enthousiasmait et la terrifiait tout à la fois.

Pour s'endormir Maria Cristina projetait son propre enterrement et imaginait le regret qu'on aurait d'elle.

Et quand elle regardait le calendrier elle songeait qu'elle passait chaque année, insouciante, la date anniversaire de sa future mort, cette date funeste qui marquerait sa fin, cette date qu'elle vivait à chaque fois dans l'ignorance. Et l'importance de ce 27 février ou de ce 30 avril ou de ce 15 juillet dans sa propre trajectoire la laissait pantelante. N'était-il pas surprenant qu'aucun petit signe ne lui révélât le caractère crucial que cette date revêtirait pour elle ? Tout n'était-il donc que fortuité et hasard ?

Pour s'accommoder de ce tempérament inquiet, Maria Cristina occupait une grande partie de son temps à rester dans la forêt, immobile comme un caillou au pied d'un arbre, les doigts enfoncés dans la mousse, espérant le passage d'un élan ou d'un renard, se pénétrant du chant des oiseaux, de leurs alertes et de leurs tentatives de séduction. Elle respirait le plus lentement possible. Persuadée de pouvoir gouverner son corps matériel.

Quand elle rentrait de ses excursions sylvestres sa mère la regardait d'un air soupçonneux, suspectait une impardonnable attirance sensuelle pour la forêt et l'enfermait un jour ou deux. Comment imaginer que ce qu'aimait Maria Cristina par-dessus tout, c'était réussir à se faire passer pour un arbre auprès des habitants de la forêt et calmer quelque peu ses angoisses qui déjà envahissaient une grande partie de ses territoires privés ?

De l'importance de ce qui est tu

Liam Väätonen préférait Maria Cristina à Meena.

Maria Cristina avait peut-être un physique un peu plus lapon que Meena. C'est une drôle d'affaire cette histoire des airs de famille. Liam Väätonen n'aurait jamais pu déclarer que, s'il préférait Maria Cristina à Meena, c'était parce qu'elle lui ressemblait. Il aurait été choqué par une pareille idée – un peu comme si on lui avait annoncé qu'il avait des tendances homosexuelles. D'ailleurs il n'aurait rien assumé dans cette assertion, ni la préférence ni la ressemblance.

Cette ressemblance était difficile à déterminer ; la carrure de Meena était plus proche de celle de son père mais il y avait quelque chose chez Maria Cristina qui évoquait à Liam Väätonen le visage de sa propre mère – pour se faire une idée de la question il n'avait qu'une photographie de celle-ci, cliché pris le jour de ses noces avec le père de Liam, où elle apparaissait chétive et modestement souriante, semblant *a posteriori* donner raison à la funeste défaillance qui l'emporterait. Mais ne devinons-nous pas toujours après coup sur le visage de ceux que nous aimons la présence de la fatalité qui nous les arrachera ? En tout état de cause Maria Cristina ressemblait à la petite personne sur la photo que Liam Väätonen gardait dans son portefeuille.

Silhouette fantomatique et racornie qui sentait le cuir et la sueur.

Ces considérations sur les ressemblances ont toujours beaucoup intéressé Maria Cristina. Quand elle était petite elle avait tenté de faire la liste des éléments qu'elle tenait de chacun de ses parents, dix de son père, dix de sa mère. Elle avait réitéré l'expérience à l'adolescence, à son départ de Lapérouse et à son arrivée à Santa Monica. Les résultats étaient sinon probants, du moins amusants. Il s'agissait d'une gymnastique narcissique assez inoffensive. Et qui au fond cultivait une forme d'humilité (surtout chez une personne comme Maria Cristina qui se retrouvait si profondément en rupture avec sa famille). Elle appelait l'expérience : Ce que je tiens de mes parents. Et s'amusait à la proposer à ses compagnons et camarades.

Sa sœur Meena quand elles étaient enfants ne voulait point se prêter au jeu. Elle disait à Maria Cristina, Tu cherches à te valoriser.

Elle disait, Tu truques les résultats.

Elle disait, Tu cherches à m'humilier.

Elle filait comme on le voit, même avant ses quatorze ans et l'événement qui chamboula tout, un indéniable mauvais coton.

(À huit ans, Maria Cristina avait fait la liste de ce qui lui venait de son père comme suit : 1. les yeux ; 2. le menton ; 3. le pessimisme ; 4. l'amour de la nature ; 5. la préférence donnée aux animaux sur les hommes ; 6. le silence ; 7. le nom.

Concernant son héritage maternel elle avait écrit : 1. le manque d'appétit ; 2. le mauvais caractère ; 3. le pessimisme ; 4. le nez ; 5. le sommeil agité ; 6. une certaine façon de regarder les gens dans les yeux.

Elle n'avait donc pas réussi à se trouver dix ressemblances avec chaque géniteur.)

Ayant seulement dix mois de différence, les sœurs Väätonen durent inventer une manière de se démarquer l'une de l'autre. Elles adoptèrent vite un territoire qui leur était propre : l'une choisit l'accroissement de sa carcasse et les colères jupitériennes, tandis que l'autre se recroquevillait et se transformait en un petit être sensible et rusé.

Maria Cristina avait une ossature d'oiseau-mouche, les cheveux noirs, des yeux de fennec, le menton pointu et une peau diaphane et bleutée.

Meena, d'un blond flamboyant, était bâtie pour élever des rennes dans la toundra et établir des campements par moins soixante. Le reste de son ébauche de féminité était à l'avenant : un peu grossière, étrangement indéterminée.

Maria Cristina avait été un bébé accommodant et silencieux sans doute pour contrebalancer la clameur et les cris poussés par sa sœur depuis sa naissance. Chacun utilise une stratégie à sa portée quand il tombe dans une famille comme celle des Väätonen-Richaumont. Elle devint une petite fille dissimulatrice et discrète. Quand elle ne se battait pas avec sa sœur et n'était pas dans la forêt, elle lisait. Elle allait à la bibliothèque de Lapérouse, prenait des livres qui louaient le Seigneur et les présentait à sa mère quand elle revenait. Au fond de son sac, elle cachait un ou deux romanciers démoniaques qu'elle lut trop tôt, Henry Miller ou Norman Mailer. La littérature passait en fraude dans la maison rose. Même Meena n'était pas au courant. Avoir connaissance de cette contrebande aurait pu lui servir de monnaie d'échange dans un moment critique.

Maria Cristina avait compris que le plus simple, et la

garantie de sa survie (elle n'y allait pas de main morte avec la grandiloquence) en un terrain aussi hostile que sa famille, serait de plaire à chacun. Mais le système ne fonctionna jamais avec sa sœur qui l'asticotait et lui répétait sans cesse, Je sais tout de toi, je suis la seule à tout savoir de toi. Ce qui plongeait Maria Cristina dans une forme de stupeur. Elle eut pendant un temps la certitude que sa sœur l'espionnait constamment, qu'elle ne dormait jamais et surveillait son sommeil, et qu'au moindre faux pas elle la vendrait au plus offrant.

C'était une famille où la méfiance était de mise.

Liam Väätonen avait un caractère placide mais les asticotages de sa femme et sa propre propension à boire de la gnôle de feuilles de frêne tout au long du jour avaient entamé cette bonne disposition. Ce flegme s'était assez vite transformé en mélancolie. Il se taisait parfois pendant plusieurs jours d'affilée. Comme perdu dans ses pensées. Les gamines imaginaient qu'il boudait ou qu'il avait parié avec lui-même de ne plus leur parler. Il rentrait de l'imprimerie pour déjeuner, il s'asseyait sans un mot à table, changeait la fréquence de la radio (Marguerite Richaumont mettait toujours un programme religieux et lui, il passait toujours sur un jeu avec questions de culture générale, candidat instituteur et applaudissements du public) et il mangeait en regardant par la fenêtre mal orientée de la cuisine comme s'il tentait de se rappeler quelque chose. Les petites faisaient le moins de bruit possible avec leurs fourchettes, s'envoyaient souterrainement des coups de pied dans les tibias et grimaçaient. Un jour ou l'autre, Liam finissait par se remettre à parler, il répondait subitement à une question de son jeu radiophonique, les filles regardaient leur mère et lui il faisait comme si de rien n'était, comme si tout était normal sous le soleil de ce monde moderne.

Sa façon de fumer les yeux mi-clos en se balançant sur sa chaise laissait imaginer qu'il faisait le compte des années qui lui restaient et s'interrogeait sur le moment où il s'était fourvoyé, où il s'était de toute évidence trompé de virage et avait emprunté la route si insatisfaisante qu'il suivait depuis son arrivée à Lapérouse. Ce sont des pensées que tout homme déroule un jour et la façon dont il regarde sa femme et ses enfants est sans équivoque.

Le soir il rentrait trop tard pour dîner avec les filles. Il mangeait seul à la cuisine en écoutant la radio, il hochait la tête, fumait, caressait la tête de son chien, lisait le journal du début à la fin, sans oublier les notices nécrologiques et les publicités pour le bois de chauffe, avec ce plaisir de ceux qui ont appris à lire sur le tard, et Marguerite venait s'asseoir auprès de lui, elle buvait une tisane qui dégageait une odeur forte de bois mouillé brûlé et parlait à son mari. Elle lui parlait des factures de gaz, des filles, de leurs disputes incessantes, comme un sergent-chef au rapport, elle lui parlait de Dieu, de son père qui n'allait pas bien et de la papeterie qui battait de l'aile, elle lui donnait des nouvelles de la Demoiselle, chez qui elle travaillait, des voisins et des enfants des voisins de cette manière que seules les femmes ont de donner des nouvelles des gens qu'elles connaissent à peine.

Il finissait parfois par l'interrompre :

– Tu vas passer une heure à me parler d'une gamine de huit ans que je n'ai jamais vue ?

Et elle répondait, vexée :

– Tu l'as déjà vue. L'été elle cueille des canneberges dans la tourbière du père Hermann.

Il secouait la tête avec le même détachement que celui qu'il affectait quand Maria Cristina, enfant, lui montrait une planche illustrée pleine de dauphins et lui disait :

– Je voudrais être celui-ci, et toi tu voudrais être lequel de dauphin ?

Liam haussait les épaules et répondait :

– Pourquoi veux-tu que j'aie envie d'être un dauphin ?

– Non, mais choisis-en un, papa.

– Ce n'est pas possible, mon trésor. Je détesterais être un dauphin.

Et tout cela était dit sans animosité aucune.

Maria Cristina n'aimait pas que son père la préfère et Meena faisait comme si de rien n'était. Mais l'élection insupportable était là, visible dans de tout petits gestes, des inclinations, des leçons de finnois destinées exclusivement à Maria Cristina, des injonctions, des « Tu m'accompagnes ? » qui s'adressaient toujours à Maria Cristina et jamais à sa sœur. Marguerite Richaumont tentait de rétablir l'équilibre – en répétant à ses filles qu'elle les aimait pareillement, que le Seigneur ne ferait aucune différence entre elles quand leur heure serait venue, qu'elles devaient s'acquitter du même nombre de corvées, qu'elles étaient aussi jolies l'une que l'autre, que si l'une avait de beaux yeux, l'autre était bien bâtie, et qu'elles étaient pareillement malignes (ce qui n'était pas forcément une qualité). Toutes ces paroles accentuaient la crispation des deux fillettes et les renvoyaient aux privilèges dont l'une jouissait malgré elle, et au désamour dont l'autre pâtissait.

Il y avait de rares moments où la présence de ses deux filles paraissait à Liam une bénédiction, il les regardait tenter d'attraper un hérisson dans le jardin ou bien cueillir des fleurs, il était assis sur le perron à se rouler une cigarette, et il les appelait en leur disant, Ah mes bisons, mes brigands, venez auprès de votre vieux père. Les petites arrivaient en courant, se blottissaient contre lui et il les relâchait quelques secondes plus tard sombrant de nouveau dans sa grande lassitude.

Maria Cristina avait très vite montré des dispositions scolaires surprenantes. Elle était docile et finaude. Sa tendance à lire avec assiduité le moindre imprimé qui lui tombait sous la main lui valait les bonnes grâces de son institutrice. Elle s'était même lancée dans l'écriture d'un roman très inspiré par sa courte vie, roman dont elle cachait le cahier dans le poulailler. Meena affichait pour sa part un caractère bien trempé et une répugnance affirmée pour les études (les deux sœurs étaient dans la même classe, ce qui n'arrangeait pas leurs difficiles relations).

Ce qu'il est intéressant de noter c'est que l'apparente docilité de Maria Cristina était en fait un type de *résistance*. Mais une résistance tranquille et adaptée au contexte. Une résistance à ce que sa mère pensait faire d'elle, une résistance à son milieu. Une sécession silencieuse en quelque sorte.

Il est certain que Meena était la seule personne à avoir remarqué le désir de Maria Cristina de se fondre dans leur milieu (tenue camouflage) tout en s'adonnant à ses deux passions coupables : l'une pour les supputations diverses à l'égard de ses contemporains (elle était convaincue d'avoir des dons médiumniques qui lui permettaient de deviner l'avenir) et l'autre pour les livres. Cette dernière passion, ça ne faisait pas un pli, l'entraînerait loin de Lapérouse, puisque les livres servent, comme on le sait, à s'émanciper des familles asphyxiantes. Meena devinait que ses propres chances de sortir de leur petite ville et de la maison rose-cul étaient bien moins solides que celles de sa jeune sœur.

Elle imagina que le sport l'y aiderait, alors elle se mit à la lutte gréco-romaine, lubie de leur professeur de gymnastique. Elle s'attela à devenir la meilleure lutteuse de tout le comté. Elle usait de sa carrure exception-nelle pour rouster sa sœur encore plus régulièrement, lui répétant, Ah si je me retenais pas, la menaçant et se plaignant de tout, se réconciliant périodiquement aussi avec elle puisque Maria Cristina était la meilleure oreille dont elle disposait dans la famille Väätonen. Les deux filles partageaient la même chambre, le même désir d'échapper à Lapérouse, à l'hostilité ambiante et à l'archaïsme mennonite qui contaminait tout, elles partageaient également le même désarroi face à leur mère tout aussi archaïque que ses ennemis, les men-nonites précités.

Le reste du monde pour elles ressemblait à un rêve myope : au-delà des frontières de Lapérouse, tout semblait flou, soyeux et indéterminé. Leur détestation confuse des adultes de Lapérouse et leur enfance morne leur faisaient croire que l'univers alentour était un champ à l'herbe verte et parfumée – ou une mégalo-pole ultra-excitante. Elles voulaient être prêtes dès que l'occasion se présenterait, prêtes à déguerpir, prêtes pour le vaste monde.

Les moyens qu'elles employaient pour résister étaient désarmants par leur manque d'envergure : elles avaient par exemple pris l'habitude de porter des boucles d'oreilles clipées (le percement du lobe étant proscrit) qu'elles avaient obtenues au marché noir derrière l'église et qu'elles arboraient dès que le premier tournant de la route les éloignait de chez leur mère ; Maria Cristina fourrait dans son sac sa vareuse bleu marine qu'elle remplaçait par une petite veste noire satinée trouvée dans les poubelles d'un vide-grenier (même les mennonites de Lapérouse acceptaient que leurs filles portent du satiné) ; Meena se barbouillait de rouge à lèvres orangé, et chacune tenait l'autre par le poids de sa clandestinité, comme deux ânes attachés à la même corde.

Elles se mesuraient du regard, se plaignaient d'être tombées dans une famille comme celle-ci, s'apitoyaient sur leur sort (ce qui n'était pas un moindre plaisir) et s'envoyaient des torgnoles en imaginant malgré tout que lorsque l'une trouverait le moyen de partir elle emmènerait l'autre avec elle.

La situation telle qu'elle existait depuis la naissance des filles se termina au début du printemps 1969, le jour même où les serpents jarretières à flancs rouges sortirent de leur hivernage.

Comment Maria Cristina
devint la vilaine sœur

Au printemps les serpents jarretières à flancs rouges émergent de la neige où ils ont hiverné de longs mois. Comme ils ont froid, les mâles émettent les mêmes signaux que les femelles afin qu'ils se rejoignent tous et se groupent et se trémoussent et se recouvrent et se réchauffent. Ils sont des dizaines de milliers à avoir cette ingénieuse idée. Il s'agit du plus grand rassemblement de serpents au monde.

Qui aurait pu deviner que Meena avait une peur panique des serpents ? Elle ne le savait pas elle-même. Et qui aurait pu deviner qu'à la vue de ces masses compactes de bestioles grouillantes (par ailleurs inoffensives) elle s'affolerait tant qu'elle irait tout droit se jeter du haut de la route et ferait une chute de plusieurs dizaines de mètres jusqu'au torrent ? Comment imaginer que Maria Cristina à cause de son intérêt pour la faune des sous-bois provoquerait la disgrâce de sa sœur, sa commotion cérébrale, son impossibilité de dépasser l'âge mental d'une adolescente et ses crises d'épilepsie à répétition ?

Ce jour de mai, les deux gamines partirent pour la forêt qui forme la frontière entre Lapérouse et Chamawak. On l'appelle parfois « la forêt des doigts tremblés », ce qui intimide les jeunes enfants mais qui ne veut pas dire grand-chose, il est permis de se demander d'ailleurs s'il ne s'agit pas simplement d'une allusion aux trembles qui étaient l'essence la plus courante de la forêt il y a de cela un petit siècle. Maria Cristina avait dit à sa sœur, Je vais te montrer quelque chose d'extraordinaire. Et Meena l'avait suivie en râlant. Elles marchèrent dans la forêt jusqu'à l'endroit que Maria Cristina avait repéré. Tout près de la route, au-dessus du torrent, des centaines de serpents jarretières à flancs rouges avaient élu domicile sous une souche de hêtre, dans un renfoncement un peu escarpé. Et ce ne fut sans doute que cela : un jour de printemps ; un jour de congé ; une excursion dans la forêt de Chamawak ; de la terre meuble à cause des pluies d'avril ; des pierres qui roulent ; une fille qui crie, qui dégringole et qui se tait ; une autre fille pétrifiée.

Meena avait fini sa chute la tête posée sur un gros rocher de granit au milieu de la neige qui fondait dans un joli bruit de gouttière percée. On aurait cru qu'elle se prélassait là afin de profiter des petites taches de soleil qui traversaient les feuillages.

Maria Cristina avait été si excitée de lui faire partager le spectacle de la renaissance des serpents qu'elle n'avait pas pensé un seul instant que leur vision pût être perturbante pour un esprit sensible. Elle n'avait pas pensé que sa sœur serait terrorisée ou peut-être l'avait-elle pensé, parce que, au fond, que peut-il se passer dans la tête d'une jeune adolescente, peut-être avait-elle vraiment eu envie de faire peur à sa sœur, d'éprouver son propre courage ou sa supériorité, il est impossible de le savoir. De toute façon elle n'avait pas deviné que Meena se reculerait en hurlant, paniquerait, perdrait l'équilibre et déraperait.

Maria Cristina reviendrait des centaines de fois sur

les circonstances du drame et à force de les ressasser elles perdraient leur véracité, elles prendraient une couleur cinématographique, à tel point qu'elle pourrait visualiser la situation d'un autre point de vue que le sien, elle se verrait descendre la pente abrupte à la suite de la chute de sa sœur comme on se voit dans un rêve quand on perçoit la situation depuis un autre endroit, une autre conscience, un autre objectif que le sien propre. Elle verrait le décor comme un dispositif qu'elle aurait elle-même mis en scène. Comment savoir ce qui était vrai, ce qui était oublié, et ce qui était recomposé. Après coup ce jour devint le jour le plus funeste de sa vie et la décision d'emmener sa sœur dans la forêt la plus grande erreur de jugement de son existence, de l'existence qu'elle avait vécue et de celle qu'elle vivrait dorénavant. Elle se trompait en considérant cette erreur comme une décision isolée et fortuite. Les drames ne surviennent pas dans le hasard et le chaos des choses. Les erreurs de jugement participent d'une grande organisation souterraine qui se répand en racines et radicelles vivaces sous vos pieds, lesquelles attendent leur heure, patiemment, muettement, creusant leurs chemins multiples et fertiles, endurantes pourritures, jusqu'au moment où elles sortent de terre, explosent au grand jour et vous enserrent les chevilles pour vous soustraire à la lumière et vous emporter dans leur obscurité.

Et si on met de côté la fatale erreur de jugement de la jeune Maria Cristina, quelle fut alors la cause de ce drame ?

Si les filles étaient libres ce jour-là (un mardi en plein après-midi) et que Maria Cristina avait décidé d'emmener sa sœur aînée voir de plus près la sortie des serpents jarretières à flancs rouges, c'est parce que leur institutrice était absente. L'institutrice qui s'occupait de tous les gamins de Lapérouse jusqu'à leurs quatorze ans était restée chez elle, clouée au lit par un rhume de printemps. Et si elle était malade c'est qu'elle avait jugé bon d'ôter l'avant-veille son pull bleu ardoise tricoté par sa vieille mère, pull trop épais, trop chaud, trop laid, qu'elle avait retiré lors du pique-nique dominical afin d'exhiber sa petite robe fleurie prairie. Sans son pull la froidure résiduelle de l'hiver s'était jetée sur sa blanche poitrine. Alors qui donc était la cause première de la chute de Meena et de son malheur ? Le mouton à la toison disgracieuse. Ou éventuellement la vieille mère de l'institutrice.

Marguerite Richaumont pour sa part trouva une autre raison au drame. Elle décréta que sa fille était tombée parce que le Seigneur l'avait voulu ainsi mais aussi parce que l'amas de cailloux qui formait le chemin (c'était en effet un chemin plus qu'une route) s'était effondré au passage de Meena. Et si le chemin était ainsi mal fait c'était à cause de la paresse et de la négligence des ouvriers chinois qui œuvraient si mal sur les chantiers publics de la région. La faute en était donc aux Chinois.

Meena resta plusieurs semaines à Toronto en observation. Puis elle fut *relâchée* – ce fut le terme qu'employa Marguerite Richaumont qui avait fini par sombrer dans une sorte de psychose active. Elle se consacra aux soins que requérait l'état de sa fille aînée et de sa tête cassée. La Demoiselle offrit un lit médicalisé (on pouvait y attacher Meena quand les crises la prenaient, crises qui s'estompèrent bienheureusement avec le temps) et Marguerite Richaumont créa un parti pour protéger Lapérouse contre l'invasion chinoise du Malin. Elle nomma son parti : Lapérouse et son Seigneur envers et contre tous. Elle récupéra de l'argent auprès de la vieille Demoiselle qui n'y comprenait goutte, et voulut faire imprimer ses tracts par Liam. Comme il refusa catégoriquement et que c'était au fond la première chose qu'il lui refusait dans sa vie, elle ne lui adressa plus jamais la parole.

III

CLARAMUNT

Ce qu'il en fut dit

Tout ce que je viens de raconter là, toute l'histoire ou plutôt toute la préhistoire väätonienne, Maria Cristina l'a décrit elle-même dans son premier roman, *La Vilaine Sœur*. J'ai veillé à vérifier quelques informations qui me semblaient exagérées et je n'ai évidemment pas fini ce récit comme Maria Cristina termine le livre : par le prétendu accident de voiture qui aurait coûté la vie à sa mère et à sa sœur, et lui aurait permis de quitter son foyer lapérousien.

Les raisons qui lui ont fait choisir cet épilogue-là à son enfance sont multiples. Celle qui me paraît la plus probante est la nécessité qu'elle a ressentie de clôturer l'épisode lapérousien de sa vie et d'*inventer* quelque chose.

Maria Cristina n'avait pas encore dix-huit ans quand le livre a paru.

On lui a demandé ce que ça faisait d'être née dans ce genre de famille et comment on vivait après avoir presque tué sa sœur.

Ce n'étaient pas les questions de poétique qu'elle avait candidement escomptées.

Elle a d'abord répondu, Tout est dans le livre.

Au début elle a eu peur de ce vacarme. Heureusement Claramunt, qui avait été l'intermédiaire pour la publication du manuscrit, était là. Il ne lui a, à aucun moment, lâché la main tant qu'elle n'a pas eu pied.

Le pont de la rivière Kwaï

Maria Cristina Väätonen avait publié *La Vilaine Sœur* deux ans après avoir fui Lapérouse. Elle avait obtenu une bourse d'études en 1976, la seule année où le régime autoritaire de Marguerite Richaumont s'était assez assoupli pour laisser partir l'une de ses ressortissantes.

C'était ainsi que Maria Cristina racontait parfois la chose (il y avait donc plusieurs versions à ce départ) mais la réalité était tout autre.

Elle avait en fait quitté sa mère et son père contre leur avis explicite.

L'idée d'abandonner Lapérouse et son atmosphère délétère (où la culpabilité l'entravait à chaque pas et la faisait hésiter parfois lors des examens scolaires où pourtant elle excellait) s'était précisée quand le professeur Jean Howard Lapoussette lui avait proposé de demander pour elle une bourse d'études dans une université américaine à cause de ses « puissantes qualités » d'analyse de textes. Maria Cristina étant mineure il lui fallait l'aval express d'au moins l'un de ses deux parents.

Le professeur Jean Howard Lapoussette, cheveux gris argentés, démarche un peu raide de celui qui a du mal à vivre sous des latitudes aussi froides et humides, était tombé sous le charme de la jolie Maria Cristina.

Ou du moins c'est ce qu'on racontait au lycée de Cha-mawak. Loin de rendre moins légitimes les réussites scolaires de Maria Cristina, ce penchant romantique du professeur le transformait en un être gentiment pathétique et faisait de Maria Cristina une briseuse de cœurs malgré elle puisqu'elle avait à peine remarqué l'ardeur de sa flamme. Cependant il ne me paraît pas nécessaire de porter outre mesure attention à ces ragots. Je les mentionne simplement pour exposer un climat.

Quant à Meena, elle fronçait le nez en croisant Maria Cristina dans la maison rose : l'idée même que sa jeune sœur allât aux États-Unis poursuivre des études sur la fonction du politique dans la littérature nordique de l'entre-deux-guerres la dégoûtait profondément. Son sujet d'études évidemment lui échappait. Elle avait seulement compris que sa sœur escomptait un avenir plus radieux. Ce qui était suffisant pour attiser son ressentiment.

Liam Väätonen décréta publiquement qu'il ne vou-lait pas que sa fille quittât Lapérouse pour s'en aller de par le vaste monde. Marguerite Richaumont parlait toujours du pays du Grand Imposteur quand elle devait nommer les États-Unis. (La chose n'était d'ailleurs pas claire. Parlait-elle du président Ford ou du capitalisme en général, ou encore de la fallacieuse liberté qu'on semblait donner à chacun là-bas ?) Ou bien elle disait l'Infâme Babylone. Liam convoqua ce qu'il appelait un conseil de famille – c'est-à-dire qu'ils se retrouvèrent à sa demande tous les quatre dans la petite cuisine de leur maison sous le collant tue-mouches – et il fit la leçon à Maria Cristina.

On pouvait voir le visage béat de Meena et celui plus énigmatique de sa mère.

– Ce n'est pas parce que l'éminent professeur Jean

Howard Lapoussette te met ces idées en tête qu'il faut te précipiter chez les Américains. Il pense que tu es douée et qu'un brillant avenir s'ouvre à toi, mais cet homme n'est jamais sorti de son lycée et ne connaît rien à la vraie vie, qui plus est à la vie chez les Américains, à la façon dont ils siphonnent le cerveau des jeunes filles, surtout des jeunes filles qui viennent de Lapérouse. Tu seras malheureuse, Maria Cristina, si tu pars là-bas. Tu seras malheureuse et en plus de cela tu ne reviendras pas.

Toutes les femmes de la maison se tournèrent vers lui en espérant qu'il expliciterait cette dernière phrase, les deux postulats ayant l'air contradictoires, mais il quitta la pièce en traînant un peu la patte et alla s'allonger sur son lit, les yeux au plafond, comme il faisait toujours.

Marguerite se leva pour faire chauffer le bouillon, Meena se mit à équeuter des haricots, ayant presque oublié, à cause de sa mémoire volatile, les raisons du rassemblement, se souvenant obscurément qu'on venait de parler de Maria Cristina, mais à propos d'un sujet qui la dépassait. Maria Cristina se réfugia dans leur chambre à toutes deux et elle en cadenassa la porte (ce qui était rigoureusement interdit, les pièces n'appartenaient à personne dans cette maison et surtout pas à celles qui désiraient déguerpir et abandonner leur famille). Meena hurla :

– Papa, elle s'est enfermée.

Mais Liam Väätonen ne sortit pas de son lit (on pouvait déjà voir là les prémices de sa tragique dépression).

La nuit même, alors que tout le monde dormait dans la maisonnée, Liam Väätonen se faufila dans la chambre de ses filles et secoua avec douceur Maria Cristina. Elle ouvrit un œil et vit le visage blanc taché de rousseur de son père légèrement phosphorescent, elle eut un sursaut mais il lui fit signe de se taire, la sœur était au-dessus dans le lit superposé (on ne saurait jamais si elle dormait vraiment ou si elle entendit les paroles de son père), et il dit à sa plus jeune fille :

– Il faut que tu t'en ailles, ma truite, il ne faut pas que tu restes, tu n'auras jamais jamais rien ici, tu ne seras rien, il faut quitter Lapérouse et aller vers le nouveau monde, n'écoute rien de ce qui te sera dit pour te retenir, file droit dans tes bottes et n'obéis jamais.

Et comme Maria Cristina semblait vouloir répondre à son père, ou du moins le questionner, lui demander pourquoi il lui disait cela maintenant et s'il avait bu trop de gnôle d'ortie, il lui mit la main sur la bouche et ajouta :

– Je ne veux pas t'entendre. Si jamais tu ne pars pas je te foutrai moi-même dehors, à coups de pied au cul.

Le lendemain il emmena sa fille à son bureau de chef d'atelier à l'imprimerie afin qu'elle pût préparer son dossier de candidature en toute discrétion, puis il le relut, l'agrafa et le posta avec la délectation de celui qui dynamite un pont stratégique.

Maria Cristina reçut la réponse du gouvernement des États-Unis. Elle était acceptée à l'université de Los Angeles.

Marguerite fut mise au courant – que sa fille avait un talent si exceptionnel dans l'analyse des textes anciens en bas finnois que le Grand Imposteur ne pouvait imaginer se passer d'elle, que même sans envoyer de dossier de candidature on était venu la chercher jusqu'à la maison rose, que tout cela ne durerait qu'une année (trois trimestres), que le chef de la paroisse en personne permettait ce court exil (mais on appelait cela tout de même un exil), il n'y avait donc pas de possibilité d'y renoncer sans aller à l'encontre de la résolution de

« Monseigneur ». (Maria Cristina était maintenant de si mauvaise volonté et portait des jupes si courtes que tout le monde à l'église de la Rédemption Lumineuse se sentait soulagé de son départ.)

C'est une chose importante que Maria Cristina apprit à ce moment-là de sa vie, une chose qui lui servirait toujours face aux puissants, à tous ceux qui seraient plus forts qu'elle, plus armés, plus pervers ou plus désespérés (et donc plus dangereux), et cette chose c'était qu'il fallait toujours dire :

– Je ne peux pas,

et jamais :

– Je ne veux pas.

Ici il lui avait donc suffi de répéter en boucle :

– Je ne peux pas refuser,

et surtout de ne jamais prononcer :

– Je veux y aller.

Les affinités électives

Débarquer de Lapérouse et arriver dans les années soixante-dix à Los Angeles était une expérience un brin traumatisante. Atterrir à New York aurait pu être un choc plus violent, le contraste aurait été plus catégorique, mais il aurait été aussi plus évident. Il y avait en revanche dans Los Angeles et sa désinvolture, son format si fondamentalement horizontal, son climat étrange, séduisant et donc suspect, un climat qui paraissait avoir été en tout point siliconé, il y avait dans ce Pacifique grisouille, ce soleil brouillé, ces plages colonisées, ces palmiers aussi indifférents, supérieurs et exotiques que des putes de luxe, ces banlieues qui s'étendaient sans fin et sans clôture, ces voitures bicolores décapotables qui tanguaient mollement sur les boulevards, quelque chose d'une langueur décadente. Tout le monde semblait drogué, accueillant et hispanophone.

L'université de Los Angeles déçut Maria Cristina. Elle avait toujours rêvé d'étudier dans une université en brique rouge plantée au milieu d'un parc aux arbres roux, un parc aussi grand que sa province, avec des pelouses parsemées de jeunes gens souriants en sous-pull pastel, une université où tout aurait paru studieux, automnal et blond. Rien à voir avec l'indolence hippie et chamarrée qui lui sauta aux yeux à son arrivée à UCLA.

La bourse de Maria Cristina ne tenait pas compte des frais d'hébergement. Dans sa munificence, le Grand Imposteur lui offrait le voyage, les frais d'inscription à l'université et la possibilité de suivre les cours d'éminents spécialistes. Mais elle devait se débrouiller pour trouver un lieu où habiter. Quand elle débarqua à l'université, persuadée qu'on allait la loger sur le campus, sa déconvenue fut telle qu'elle faillit repartir aussitôt pour Lapérouse. Cette pulsion première dura le temps d'une pulsion première : la projection de la désolation paternelle et de l'exultation satisfaite de sa mère la poussa à user de moyens indignes. Elle fondit en larmes au bureau du logement, simula une crise de panique, tant et si bien qu'un professeur touché ou encombré par son bruyant désarroi et qui passait par le bureau pour s'assurer d'on ne sait trop quoi (les virages cruciaux de nos vies tiennent à bien peu de chose) persuada la jeune femme qui tenait la permanence de donner quelques coups de fil pour cette étudiante si mal en point. On finit par lui proposer de rester une semaine dans un foyer de jeunes travailleurs en ville. Il fallait bien entendu qu'elle se trouvât quelque chose dans ce délai. Elle promit, remercia, se rendit au foyer où l'on parlait exclusivement espagnol, punaisa quelques petites annonces, dormit dans le couloir du septième étage sur un sofa déglingué et décrocha un rendez-vous avec une jeune personne en passe d'abandonner des études déjà moribondes. Cette jeune personne était Joanne.

Quand elle la rencontra, Maria Cristina fut éblouie par sa décontraction, sa façon d'être toujours à moitié nue, de traîner ses mules à talons – le bruit de ce raclement de talon évoquait un épuisement sexuel –, ses cheveux qu'elle lissait avec un fer à repasser en pestant contre la proximité du Pacifique qui la faisait friser, cheveux qu'elle teignait en diverses bandes de couleur, noir près du crâne et de plus en plus blond jusqu'aux pointes, en déclinant plusieurs teintes de l'orangé au rouille, par ses foulards et le cliquetis de ses bracelets, la manière dont elle gardait sa cigarette à la commissure des lèvres en fermant un œil et en levant légèrement le menton parce qu'elle avait souvent les mains prises, se faisait les ongles, peignait ou feuilletait un magazine.

Joanne était si explicitement antilapérousienne que ce fut un soulagement pour Maria Cristina qu'elle acceptât de partager un appartement avec elle.

Joanne lui dit :

– Moi je cherche plutôt quelqu'un de sérieux. Une fille tranquille. J'ai mené jusque-là une vie de patachon alors j'ai besoin de calme. Il est temps que je me range des voitures.

Joanne n'avait que trois ans de plus que Maria Cristina. Et malgré son jeune âge elle semblait éreintée. Enfant, elle vivait avec sa mère à Ontario ; celle-ci était serveuse dans un restaurant de hamburgers (le hamburger d'Ontario, une trouvaille, était rond et troué comme un donut, et Richard Howard, son inventeur (son découvreur, se rengorgeait-il) était devenu multimillionnaire grâce à ce trou : avec l'équivalent de deux steaks classiques il fabriquait trois hamburgers Howard). Au printemps 1974, lors du California Jam Rock Festival, Joanne du haut de ses dix-sept ans s'était carapatée avec les économies de sa mère et un technicien son de Deep Purple. Leur histoire avait tourné court mais elle s'était installée à Los Angeles parce qu'il y faisait toujours doux et qu'il y avait la mer. Elle avait commencé à prendre toutes sortes de substances, peyotl, mescaline et méthédrine, les gens qu'elle fréquentait étaient des garçons défoncés et des filles en pyjama qui traînaient autour des groupes de rock comme l'ont toujours fait les petites filles égarées – trente ans plus tôt elles auraient tourné autour du saxo d'un quelconque jazz band. Mais il y avait chez Joanne quelque chose qui ne voulait pas vraiment jouer ce jeu-là. Elle ne voulait pas vivre dans une communauté. Elle ne voulait pas vivre sur la plage. Elle habitait un rez-de-chaussée sur cour vers Redondo Beach, à deux pas de l'océan, à tel point que du sable entrait en permanence dans l'appartement et se déposait sur les objets. Il y avait une courette avec une armée de cactus et un mainate en cage, le mainate de la voisine, qui piaillait sans jamais réussir à prononcer aucun des jurons que Joanne tentait de lui apprendre. Joanne n'avait pas les moyens de vivre dans cet appartement, n'avait pas envie de le quitter, l'idée de se mettre à la recherche d'un nouveau lieu la déprimait, disait-elle, et l'épuisait à l'avance, elle s'était donc résolue à le partager. Elle allait se mettre à travailler sérieusement et cesser de passer son temps sur la plage à fumer de l'herbe avec des garçons venus d'un peu partout sur le continent – comme si c'était là la limite de leur dérive, ce bout du grand Ouest qui tremble et menace de s'effondrer chaque jour, qui s'écarte peu à peu du continent maître à cause de toutes ces failles au milieu du désert. Imagine, disait-elle, que tu sois planquée dans une cabane sur pilotis, à cent cinquante mètres de hauteur, et que ces pilotis, qui pourtant te protègent du monde réel, vacillent et soient à deux doigts de te faire chavirer, et Maria Cristina ne savait pas si elle parlait de la drogue ou de la Californie en général. Je suis fatiguée, disait Joanne, je suis la seule à avoir un appart, ils vivent tous sur la plage, ils dorment sur la plage, ils dansent sur la plage, ils baisent sur la plage, moi je veux dormir dans un lit et ne plus les avoir sur le dos, je suis comme une petite vieille et je crois que tu seras la bonne personne pour m'aider dans ma nouvelle vie.

– Je vais vendre mes foulards, décréta-t-elle.

Elle peignait sur des carrés de tissu de grandes bandes sinueuses comme des viscères multicolores. Elle les laissait en dépôt à une fille qui avait une boutique de fripes à Venice, mais ils ne lui rapportaient pas grand-chose. Elle répétait à Maria Cristina :

– Tu vas m'aider, tu as l'air tellement sérieuse.

Et Maria Cristina se disait que d'une certaine façon cette conviction de Joanne était vexante, il lui semblait que Lapérouse lui collait à la peau, les jupes bleu marine et les sermons de la Rédemption Lumineuse, et que toutes ses minuscules rébellions lapérousiennes avaient été vaines. Joanne lui demanda tout de suite, Mais tu veux faire quoi dans la vie toi ? et Maria Cristina répondit, Je veux écrire, et Joanne dit, Des poèmes, des chansons ? et Maria Cristina dit, Des romans, je veux écrire des histoires, je veux écrire des livres et Joanne dit, Tu ne peux pas écrire des livres, il ne t'est encore rien arrivé.

Joanne pouvait être offensante sans le vouloir. C'était une différence cruciale avec ce qu'avait vécu précédemment Maria Cristina. Sa sœur ou sa mère étaient blessantes en permanence, ce qui était dit n'était jamais ce qui était prononcé, c'était un langage rusé, oblique, épineux, le langage des familles qui s'épient, où la bienveillance n'est pas de mise.

Il y avait chez Joanne une forme de candeur désinvolte qui lui interdisait tout second degré. Maria Cristina s'installait dans leurs dialogues en baissant la garde, comme elle se serait assoupie dans un canapé familier.

Un mois après avoir emménagé chez Joanne, celle-ci lui annonça qu'elle était enceinte de quatre mois. Ce qui parut catastrophique à Maria Cristina (comment allaient-elles vivre avec un enfant ici, comment allait-elle travailler et écrire avec un bébé hurleur dans le salon, comment pouvait-on avoir un bébé hors mariage, un bébé sans connaître le nom de son père ?) fit simplement hausser les épaules de Joanne. Elle dit juste, Oh je vais me transformer en truie. Et elle commença sa métamorphose sur-le-champ. Elle grossit tant qu'elle ne pouvait plus bouger du salon. Et le seul plaisir que prit Maria Cristina à cette période fut celui de cette attente. Elle aima s'occuper de Joanne, lui parler du monde, du quartier, de l'université, elle écrivait vaguement quelque chose mais ça ne donnait rien alors elle restait dans le salon avec son amie qui regardait sans interruption de minables séries sans le son et c'était bien ce qu'on pouvait faire de plus apaisant.

La gadoue

Au moment où elle rencontra Claramunt, Maria Cristina, malgré le réconfort que lui apportait sa cohabitation avec Joanne, n'arrivait pas à prendre ce que celle-ci appelait de la hauteur. Prends de la hauteur, lui répétait constamment Joanne en fumant des joints sur le canapé.

Maria Cristina, en quelque sorte, se débattait.

Elle voulait retourner dans la forêt. Elle ne l'aurait avoué pour rien au monde mais c'était là qu'elle voulait aller. C'était le seul recours qu'elle avait jamais eu pour se sentir un peu moins anxieuse.

N'oublions pas que Maria Cristina avait été une petite fille qui, pour trouver le sommeil, mettait en scène son propre enterrement et se délectait de la détresse et des remords de ceux qu'elle laisserait derrière elle. Ce genre de petite fille, quand elle devient grande, se transforme en une personne d'une intranquillité encombrante. De celles qui passent leur temps à anticiper, conjecturer et présumer à propos de ce qu'on pense d'elles quand elles sont absentes. Qui sont si sensibles à ce qui est dit d'elles dès qu'elles sont sorties de la pièce que l'expectative les rend marteaux. L'échec annoncé d'une telle tentative (vouloir ne jamais alimenter le moindre commérage), sa vanité même, en font une entreprise désespérée qui, d'une certaine façon, m'émeut.

Maria Cristina se colletait avec ce désir de plaire et d'être aimée de tous ses professeurs, avec ce désir de se faire des amis et d'être l'élève la plus brillante de sa promotion. Elle rêvait qu'un jour tous les lecteurs qui tomberaient sur l'un de ses livres se retrouveraient sous son charme. Maria Cristina était le contraire d'une personne insouciante.

Et finalement ce qui revenait à chaque fois qu'elle apprenait qu'une soirée s'était organisée sans elle – *intentionnellement* sans elle, puisque non seulement on ne l'y avait pas conviée mais que la soirée s'était organisée de manière à ce qu'elle ne s'y pointât pas –, c'était cette douleur lancinante de l'exclusion.

Elle ne se rendait pas compte que son allure paraissait réprobatrice aux yeux des étudiants. Son sérieux, sa timidité, ses réflexes lapérousiens leur semblaient revendicatifs : personne n'avait envie de la fréquenter. Maria Cristina tenait toujours ses livres serrés sur sa poitrine comme si on allait les lui dérober, elle s'habillait anthracite et bleu marine, elle sursautait dès qu'on lui adressait la parole, elle ne s'était jamais épilé les sourcils et ne se lavait qu'une fois par semaine – sale habitude contractée dans la maison rose-cul où l'eau courante était aussi hoquetante que l'électricité.

On appelait Maria Cristina Jehovah Girl et ce n'était pas absolument amical.

Joanne lui dit un jour que si elle ne dégageait plus cette forte odeur de transpiration et de friture (Maria Cristina effectuait des remplacements dans le snack du campus pour payer sa part du loyer) et si elle faisait quelques petits efforts, elle serait acceptée avec joie.

– Leur ouverture d'esprit tient à bien peu de chose, dit Joanne pensivement.

– Je ne comprends pas, répondit Maria Cristina sur la défensive.

– Leur ouverture d'esprit tient à une odeur d'aisselles, précisa Joanne.

– C'est l'odeur du labeur, dit Maria Cristina en rougissant.

– Tu n'es pas terrassier. Si c'était le cas, ils t'accueilleraient avec plaisir. Ce serait pour eux tout aussi exotique. Mais ils ont une certaine forme d'exigence envers les jeunes femmes du tiers-monde.

– Du tiers-monde ?

– Pour eux c'est comme si tu venais du tiers-monde.

– Et qu'exigent-ils des filles du tiers-monde ?

– Elles doivent être belles, désespérées et ne pas sentir mauvais.

Les premiers temps à Los Angeles furent donc difficiles parce que Maria Cristina fait partie de ces gens pour lesquels les débuts en toutes choses sont difficiles, il lui fallait s'acclimater et renoncer à ce qu'elle était précédemment, il lui fallait se projeter dans une nouveauté et son anxiété naturelle l'étreignait.

Le fait d'être coupée de Lapérouse était quelque chose qui aurait pu lui être bénéfique mais cela la rendait étrangement mélancolique. Quitter sa famille avait été un choix, avoir l'impression d'être abandonnée des siens n'en était pas un. Elle se retrouvait comme l'exilée d'un pays totalitaire qui, en franchissant la frontière, sait qu'il ne pourra plus jamais retourner auprès des siens. Maria Cristina tentait de les appeler – ce qui était en soi une entreprise ambitieuse puisque la famille Väätonen n'avait pas le téléphone. Elle devait donc joindre une voisine qui allait chercher sa mère ou sa sœur avec son vieux cœur essoufflé pendant que Maria Cristina écoutait le cling des minutes somptuaires qui s'écoulaient (mais elle ne voulait pas raccrocher, au début c'est ce qu'elle faisait, elle disait, Je rappelle dans cinq minutes, mais quand elle rappelait il n'y avait plus personne au bout du fil, ni la voisine, qui s'était égarée en chemin, ni aucun de ses parents), la voisine trottinait donc jusqu'à la maison rose-cul, pressait Marguerite Richaumont de venir répondre au téléphone et Marguerite Richaumont pestait contre le dérangement que cela occasionnait à la voisine et elle s'insurgeait contre ce gaspillage, tout cet argent qui partait en minutes d'attente depuis la Californie. Puis elles se parlaient, mère et fille, sœur et sœur, le père était rarement là, et même s'il était là, ils laissaient les femmes se parler, Ton père te salue, disait Marguerite Richaumont, et Maria Cristina aurait aimé qu'elle dise, Ton père t'embrasse, mais non elle disait toujours, Ton père te salue, et on avait l'impression d'une petite mention militaire, d'un vague signe de main depuis l'autre côté du grillage, et jamais Marguerite Richaumont n'appelait d'elle-même, jamais elle n'entrait dans la cabine téléphonique devant laquelle elle passait chaque jour puisque celle-ci était sur le trottoir de l'église, l'idée de parler dans un combiné dans lequel des gens sales ou malades avaient postillonné était une chose impossible pour Marguerite Richaumont, elle disait, On est très occupées, ma fille, on n'a pas le temps de te téléphoner, et tout ce qui était prononcé était à sens unique comme s'il ne pouvait y avoir de conversation, chacun parlait isolément, on ne se comprenait pas, on ne se répondait pas, c'était comme d'utiliser des guides de conversation différents ou des fréquences différentes, l'un aurait pu dire, Veux-tu bien prendre ton petit manteau bleu ? et l'autre aurait répondu, Je les ai toujours préférées cuites à l'eau. Arriva le moment où Marguerite Richaumont commença à dire à Maria Cristina, Ton père ne va pas bien, et elle prenait pour cela un ton sinistre, comme si elle lui apprenait qu'il était mort. Un jour elle lui annonça, Il ne voit plus bien clair, il est tombé et il s'est cassé le coccyx, et Maria Cristina s'inquiéta terriblement, elle rappela le lendemain et sa mère, avec un tout autre ton, lui dit, Ah non finalement ce n'était pas grand-chose il a seulement un gros bleu, et Maria Cristina comprit qu'il ne s'agissait pas pour Marguerite Richaumont de simplement expulser une inquiétude et de la déposer dans le giron de sa fille, il s'était plutôt agi d'un vrai acte d'hostilité, ce qu'elle voulait c'est que Maria Cristina y pensât toute la nuit et tout le jour, qu'elle payât son éloignement.

Maria Cristina s'asseyait sur la plage, elle regardait le Pacifique, les pilotis noirs, les moules, les algues et les noyés qui s'accrochaient aux pilotis, les bateaux isolés à l'horizon, les grillages effondrés dans le sable, les mouettes, les cadavres de méduses échouées que les enfants perçaient avec des bâtons, éparpillant leurs beaux corps gélatineux et épais, leurs beaux corps plantureux, elle aimait quand il faisait très lumineux mais aussi quand tout était gris et morne et désolé et elle prenait des notes pour elle ne savait trop quoi, le vent agitait ses cheveux et faisait claquer les feuilles de son carnet, elle se disait, Je suis si loin de Lapérouse.

Alors elle pensait à la forêt, aux sapins et aux érables, à la vision qu'on en avait depuis la route qui va de Lapérouse vers Chamawak, à l'étrangeté de cette masse verte et noire et rousse, comme quelque chose d'impénétrable et de funeste, quelque chose de si dense, de si compact, qu'imaginer la traverser était une idée risible. Mais quand vous vous approchiez, c'était comme si la forêt vous laissait la pénétrer, elle offrait tout à coup plein d'échancrures et d'embrasures, elle se déverrouillait et vous accueillait. C'était la forêt qui avait fait tomber Meena près de la rivière, c'était la forêt qui avait consolé Maria Cristina.

Au fond, son rêve était très individualiste, il n'y avait à sa connaissance pas de « nous » possible, elle ne pourrait jamais dire ou écrire, Nous étions des jeunes gens pleins d'espoir mais certains d'entre nous se donneraient la mort tandis que d'autres partiraient vivre à l'étranger, certains d'entre nous se marieraient avec des gens croisés une fois ou deux, certains deviendraient bouddhistes et d'autres deviendraient accro à l'alcool et au Prozac. Nous avons toujours pensé que demain serait meilleur qu'aujourd'hui, nous avons tous cherché à habiter ailleurs qu'à l'endroit où nous vivions, nous avons tous cherché une petite maison face à la plage et ç'aura été pour certains un rêve bourgeois et pour d'autres la meilleure façon de s'accommoder de leur nature périssable. Maria Cristina n'écrirait jamais cela, il lui manquerait toujours cette possibilité du pluriel, elle ne pourrait jamais être autre chose qu'un être dignement solitaire.

Je sais qu'un jour, disait-elle à Joanne, les angoisses m'étoufferont et m'empêcheront définitivement de voir le monde tel qu'il est, ce sera comme une cataracte, quand le cristallin se trouble, et je deviendrai insupportable, d'une anxiété asphyxiante. L'angoisse m'étreindra parce que les lumières seront allumées et que je ne saurai pas où sont les ampoules, parce qu'on annoncera un orage et que je ne saurai pas changer les plombs, parce que la porte fermera mal et que j'aurai entendu du bruit dehors, parce que deux fourmis trottineront sur le parquet et qu'elles seront sans doute venues coloniser la maison pour installer leur fourmilière au milieu du salon, parce que j'aurai cette drôle de douleur dans la jambe gauche et qu'elle sera peut-être en train de se paralyser, du reste ne sommes-nous pas tous en train de nous diriger vers une paralysie définitive, et on ne pourra plus me parler, je serai en circuit fermé, je serai une petite vieille perpétuellement affolée, sur le qui-vive, ressassant et remâchant, avec des lèvres qui pépient en silence et les mimiques de celle qui converse avec ses fantômes, et on ne pourra plus me parler, je n'entendrai plus rien de ce qu'on me dit, mes oreilles bourdonneront envahies par mon angoisse, je serai coupée du monde. Comment échapper à une si piteuse vieillesse ?

Et Joanne lui tapotait la main.

De toute manière il n'est pas du tout certain que Maria Cristina ait eu le cran et l'impudeur de déballer tout cela à son amie, il est plus probable qu'elle disait simplement en rentrant, Je suis claquée, et dans cette phrase était contenue la totalité de son désarroi.

En fait, si elle avait vécu assez longtemps, elle serait devenue une vieille dame qui fume et boit, maigre comme une chèvre du Yémen, voilà ce que tu serais devenue, une chèvre du Yémen, tu te serais retrouvée entourée de jeunes gens énamourés qui auraient pris plaisir à ta conversation et à ton humour, tu serais devenue une vieille dame un peu branque avec une voix éraillée, des tuniques en velours frappé, trop de peau sur les os et encore quelques belles fulgurances.

Le fait que Maria Cristina n'arrivât pas à écrire autre chose que des fragments disjoints de son inquiétude, des souvenirs, des rêves et des anecdotes de la journée, et qu'elle ne sût quoi faire de ces feuillets démembrés, ajoutait à son malaise. Elle avait écrit huit romans dans son enfance, elle les avait écrits clandestinement et obstinément parce qu'il était rassurant de se dire, Je travaille à mon roman, pendant qu'elle se faisait engueuler ou qu'on lui imposait des contraintes iniques, et aussi parce que chacun d'entre ces romans écartait l'interstice qui existait entre le monde et Lapérouse, tout en la maintenant du bon côté du gouffre. Dorénavant elle attendait quelque chose. Un événement, une personne. C'était étrange ce suspens, cette idée tenaillante que quelque chose devait advenir.

Changement d'orientation
de la lumière

Un après-midi que Maria Cristina rentrait de sa promenade le long du bord de mer (alors qu'elle aurait dû être en cours d'épistémologie des théories politiques), Joanne lui dit sans quitter l'écran de télévision des yeux :

– On m'a appelée pour un job.

– Pour après l'accouchement ?

– Non pour tout de suite.

– Mais tu ne peux pas bouger d'ici, dit Maria Cristina en leur servant à toutes deux du thé glacé.

– Je sais. Je suis condamnée à rester échouée comme une lionne de mer sur ce canapé jusqu'à la naissance de mon alien.

– Je ne crois pas qu'on dise lionne de mer.

– Bon. Mais pour le job.

– Oui.

– Je leur ai dit que je connaissais quelqu'un qui pouvait le faire à ma place tant que je n'étais pas disponible. C'est ce que j'ai dit : Tant que je ne suis pas disponible. Comme si j'étais déjà en poste je ne sais où et que je ne pouvais absolument pas…

– Tu parles de moi là ? coupa Maria Cristina.

– Oui. Je me suis dit que ce serait bien, que ça te sortirait, que tu gagnerais un peu de blé sans tremper dans la friture de ton snack et que ça t'amuserait.

– Que ça m'amuserait ?

– Oui. Parce que figure-toi que le job en question c'est d'être la secrétaire personnelle d'un écrivain.

– Mais je ne veux pas être la secrétaire personnelle d'un écrivain, je veux *être* écrivain.

Joanne ne répondit pas. Elle ferma les yeux comme si elle s'était brusquement assoupie. C'était sa façon de clore la conversation.

Dans la soirée, Maria Cristina lui demanda qui était l'écrivain en question.

Joanne lui dit qu'elle avait écrit son nom et son numéro sur un papier qui devait traîner pas loin du rocher où elle était échouée, elles eurent du mal à le retrouver et ça devint très important tout à coup pour Maria Cristina de connaître le nom de cet écrivain, Joanne disait, C'est un nom mexicain ou argentin, et Maria Cristina fouillait partout en lui proposant des écrivains latino-américains, et Joanne répondait à chaque fois, Non je ne crois pas que ce soit ce nom-là, et Maria Cristina se disait, Je ne vais pas jouer à la secrétaire, c'est seulement par curiosité que je veux le savoir, mais elle cherchait tout de même avec une ardeur disproportionnée. Elle retrouva le papier en boule dans le cendrier.

– C'est Rafael Claramunt ?

– Ah oui c'est ça. Il est connu ?

Pour toute réponse, Maria Cristina se laissa tomber dans le fauteuil, le téléphone sur les genoux, et elle composa le numéro.

L'ombre de ta main

Maria Cristina se rendit en bus chez Rafael Claramunt. Il habitait à cette époque Beverly Hills dans le manoir normand érigé par l'ancienne star du muet.

Elle avait emprunté une robe noire à Joanne parce que celle-ci lui avait dit, Les robes noires c'est très littéraire, ce dont Maria Cristina se permettait de douter mais comment pouvait-elle lutter contre l'aplomb de Joanne et qu'avait-elle à lui opposer, avec ses robes de missionnaire qui, même raccourcies, restaient des robes de missionnaire.

Et Joanne lui avait dit, Cette petite robe est gentiment négligée. Trop bien s'habiller est une marque irréfutable d'une basse extraction. Ou plus vraisemblablement avait-elle dit, Si tu te sapes comme pour une croisière, ça fait pauvre fille.

Joanne connaissait deux trois codes que Maria Cristina ignorait et dont elle n'avait pas la moindre intuition. Ou plutôt si. Maria Cristina en avait eu l'intuition tant qu'elle était à Lapérouse, entourée de ploucs, mais là c'était comme si son sixième sens était en berne, essayant d'administrer trop d'informations à la fois.

Il lui avait fallu être en Californie pour se décider à se raser les jambes. À Lapérouse aucune femme ne faisait ce genre de choses et Marguerite Richaumont

111

avait toujours mis ses filles en garde contre de pareilles pratiques, non seulement parce qu'on avait affaire là au duo démoniaque « séduction et perdition » mais aussi parce que la jeune écervelée qui tentait de se débarrasser de sa pilosité courait le risque de voir son corps recouvert, quasiment dans l'instant, d'une toison qui repoussait plus drue, plus noire et *indéracinable*. La première fois que Joanne avait vu les mollets de Maria Cristina elle avait poussé des cris d'orfraie.

La robe de Joanne, gentiment négligée, n'était pas du tout de saison, elle était en laine, dans une petite maille qui vous enserrait comme un python et vous menaçait d'étouffement ; Maria Cristina était en nage avant d'arriver à l'arrêt de bus. Elle portait des sandales ; l'alliance de sa tenue et de son anxiété produisait l'inverse de tout ce qu'elle voulait donner à voir. Elle se sentit en colère contre elle-même et contre le reste du monde. Elle s'assit dans le bus qui était bondé, et quand un type lui balança son sac à dos dans le visage, qu'elle râla et qu'il lui dit qu'elle n'avait qu'à se lever, elle lui lança :

– Je m'assois parce que je suis enceinte.

– T'as qu'à prendre un taxi, rétorqua le type.

Maria Cristina se mit à hurler :

– J'ai dit que j'étais enceinte, pas que j'étais riche, connard.

Les conversations s'arrêtèrent, les regards convergèrent vers elle avec la placide incertitude de ceux qui croisent quotidiennement des cinglés dans les transports en commun. Puis chacun retourna à ses préoccupations quand il fut évident que ni Maria Cristina la menteuse ni le malotru ne sortirait un revolver de sa poche. On entendit de nouveau le murmure des passagers et le froissement de leurs multiples sacs plastique qui se mettaient au diapason du broutement diesel du bus.

Maria Cristina se dit, Je suis donc quelqu'un qui a l'air d'avoir déjà eu des relations sexuelles.

Elle se souvint d'une émission sur Claramunt où l'on décortiquait son œuvre en entremêlant sa vie privée et son travail. Elle avait ainsi appris qu'il s'était marié trois fois et que parmi les compagnes avec lesquelles il n'avait pas convolé on comptait deux tentatives de suicide (barbituriques) et un suicide réussi (noyade à Niagara). Il semblait que cet homme opérait de graves perturbations dans la vie privée des femmes. Ce qui n'effrayait pas Maria Cristina. Elle avait seize ans, elle était sûre d'être assez spéciale et assez maligne pour échapper à une telle fatalité.

Quand elle descendit du bus avec deux nounous mexicaines, elle leur demanda le chemin jusqu'à l'adresse de Claramunt mais elle ne comprit pas un mot de ce qu'elles lui dirent, elle s'affligea du peu d'intérêt de connaître le finnois à Los Angeles et se promit d'apprendre l'espagnol. Cette perspective la rasséréna, sans doute parce qu'elle pensait que Claramunt allait lui parler en partie dans cette langue et serait enchanté de sa détermination.

Ce qui ne fut pas le cas.

Quand elle sonna et qu'il vint lui-même lui ouvrir, il la regarda de bas en haut et lui dit, Vous n'êtes pas suédoise.

Et Maria Cristina se sentit minuscule et brune et laponne.

– C'est à cause de votre nom, ajouta-t-il en continuant de la scruter avec incertitude.

– C'est un nom finlandais.

– Comme c'est étrange.

113

– Pourquoi ?

– Je connais un Väätonen en Suède. Quel dommage. Quel dommage.

Il la fit entrer, la laissant à sa perplexité. Elle ignorait alors la fixation qu'il faisait sur l'Académie suédoise qui décernait chaque année le prix Nobel de littérature ; l'un des membres à l'époque s'appelait Väätonen mais n'avait rien à voir en effet avec la famille quasi analphabète de Maria Cristina. Quand elle voulut savoir bien plus tard pourquoi il l'avait accueillie en ces termes, il lui dit, Tu ressemblais tant à une petite araignée qu'il était évident que tu n'avais rien à voir avec ces Vikings. Ma déception, aussi déraisonnable que cela puisse paraître, fut intense.

Et comment aurais-je pu réagir, se demanda Maria Cristina après coup, moi qui n'avais jamais mis les pieds ailleurs que dans notre maison rose-cul ou dans des églises lapérousiennes ? La maison de Claramunt était si impressionnante et il était lui-même si impressionnant, et je ne comprenais pas pourquoi, dans une maison au carrelage en damier, à l'escalier en chêne massif, avec des vitraux dans certaines pièces où la lumière ne pouvait entrer qu'avec parcimonie afin de ne pas déranger leur ordre séculaire, une maison où il y avait encore deux salles réfrigérées pour les fourrures et sept chambres toutes différentes, pourquoi c'était lui qui ouvrait la porte et pas quelque domestique chignon serré, mocassin à talons épais et lèvres pincées, le tout empaqueté dans un tailleur marronnasse, pourquoi c'était lui qui ouvrait, alors que je venais de traverser son jardin exotique, avec sa collection de cactus qui m'avait donné l'impression de franchir le désert de Mojave, pourquoi il n'avait pas de personnel, pourquoi il faisait appel à moi et acceptait de rencontrer une créature dans mon genre afin d'en faire une secrétaire particulière.

Simplement à cause de mon nom ?

Claramunt à l'époque était en meilleure forme, il ne paraissait pas aussi gros que maintenant, il portait ses cheveux plaqués en arrière parce qu'il commençait à les perdre et que cette idée lui était odieuse, ses yeux étincelaient, ils étaient de cette couleur qui n'appartient qu'aux yeux des chiens polaires, tellement bleus que vous espériez qu'il enfile des lunettes fumées afin d'éviter cet insupportable feu pâle. Il semblait si à l'aise dans les ors et le faste qu'il était difficile de l'imaginer ailleurs que dans un manoir à Beverly Hills, ou plus exactement on aurait aussi pu l'imaginer dans une demeure coloniale à Buenos Aires, ou dans la copie d'une demeure coloniale sur les hauteurs de Beverly Hills, quelque chose avec un patio, des grilles en fer forgé, de grandes dalles en pierre, de petits bancs en bois, et des oiseaux tropicaux qui brailleraient par moments pour couvrir le clapotis des fontaines, comme la maison natale de Borges, oui, voilà où sa silhouette aurait été parfaitement appropriée, mais il était quasi impossible en le voyant chez lui de se souvenir qu'il était un réfugié argentin, qu'il était arrivé sans un sou vaillant en Californie et qu'il était devenu ce grand écrivain poète qui parlait si merveilleusement du déracinement et du recours à la langue, du réconfort d'habiter son propre langage quand on a tout perdu et ce quel que soit l'endroit du monde où on se trouve, qui parlait de sa condition d'exilé, puisqu'on le faisait toujours parler de cela, avec la même colère qu'au premier jour et cette façon de s'exprimer à la fois si abrupte et si châtiée, alternativement précieuse et crue, cet homme qui parlait de sa bite en disant bite et insérait ce mot diabolique dans un écrin au subjonctif. Maria Cristina en défaillait et connaissait certains de ses discours et une grande partie de sa poésie par cœur. Elle l'avait entendu débattre à la radio à Lapérouse quand sa mère allait chez la Demoiselle et enfermait ses filles à la maison pour les préserver du monde extérieur, oubliant que parfois le monde extérieur prenait la peine de venir jusqu'aux petites prisonnières afin de les pervertir, quel plaisir de pervertir les âmes pures et captives, et les deux sœurs écoutaient des fréquences sataniques sur la radio de la cuisine, du rock'n'roll et des écrivains, et Maria Cristina ne comprenait bien sûr pas tout ce que racontaient ces gens, c'était comme de la poésie, c'était énigmatique et opaque, et cette opacité même en faisait l'attrait.

Alors Maria Cristina, qui n'attendait que ça, est tombée follement amoureuse de Claramunt dans le grand hall de sa maison, il y avait des milliers de raisons à cette inclination, il y avait les livres qu'elle avait lus de lui et ses paroles à la radio de Lapérouse, le fait que, si elle était spéciale et maligne comme elle le pensait, elle était surtout prête à jeter aux orties toute prudence, il y avait cette demeure et son visage et la perspective de passer du temps auprès de lui, son argent peut-être, ou du moins son aura et son pouvoir, et Claramunt aurait pu être une femme, cela aurait tout aussi bien fait l'affaire, Maria Cristina avait simplement besoin de tomber amoureuse, de se donner corps et âme, elle se sentait dans une telle solitude, et ce depuis son enfance, malgré sa sœur, malgré Joanne, elle voulait s'approcher de Claramunt, rester dans sa présence, tout cela mêlé à une sorte d'élan mystique, elle voulait devenir sa familière, son animal familier, pouvoir se dire qu'elle entretenait une relation particulière avec lui, pouvoir se dire qu'il lui accordait une attention particulière, elle voulait grandir dans son ombre et son influence. Et elle ne sut jamais vraiment comment elle obtint la place, elle n'avait pas osé lui demander sur le moment si d'autres personnes avaient postulé, et plus tard quand, en effet, leur relation était devenue particulière et qu'elle lui avait posé la question, il lui avait dit, Il y a eu quelques garçons qui se sont présentés et deux ou trois filles, me semble-t-il, mais elles étaient comédiennes, ou bien esthéticiennes, aucune ne faisait le poids face à ta sauvagerie, ma Fée.

Il la reçut et l'adopta. Elle vit tout de suite qu'elle l'intéressait, et ce malgré la robe étouffante comme un python, malgré la sueur et la fatigue, elle vit qu'elle l'intéressait et ne se fit pas d'illusions, ce n'était pas une affaire de sauvagerie ou de féerie, elle vit que son cul lui plaisait, même si ça ne pouvait pas être suffisant, il marchait derrière elle en l'accompagnant jusqu'au salon, il marchait derrière elle et pourquoi aurait-il marché derrière elle si ce n'était pour regarder le mouvement magnifique de ses jarrets et de ses fesses, Claramunt aurait dit, Tu n'es qu'un mammifère comme les autres, Maria Cristina, je te regarde marcher comme j'admire la course du guépard, je suis fasciné par ta mécanique parfaite. Maria Cristina ne pouvait pas croire à l'époque que sa chute de reins fût suffisante pour qu'elle obtînt le poste, elle était encore si inexpérimentée en matière d'hommes, et si pleine d'illusions.

Il la fit asseoir dans le salon et puis il la fit se relever pour qu'elle le suivît dans la serre, dans la cuisine et enfin dans son bureau, et il aurait pu l'emmener dans la chambre qu'elle y serait aussi allée avec lui, elle était si jeune et si pleine d'admiration et si candide, elle était une si charmante guenon, une si jolie guenon à qui on avait trop répété que le corps est une chose vile qu'il faut cacher, oblitérer, rapetisser, sinon c'est le drame et l'opprobre, sinon l'âme est brisée menu, comment avoir un corps de fille et une âme pure, comment se tenir sur le sentier étroit où on est jolie sans être pute, elle voulait tant échapper à la voix de sa mère et à celle du Malin et à celle de sa sœur que tout ce qu'elle croyait être, tout ce qu'elle pensait choisir, ne pouvait pas lutter contre l'attirance que Claramunt opérait sur elle. Malgré son statut de jeune fille farouche et vierge et en sécession, elle voulait le séduire, elle voulait porter des talons hauts et du fard à paupières, elle voulait le capturer et le garder, mais quelle idée enfantine, n'est-ce pas, de croire que c'est avec des talons hauts et du fard à paupières qu'on capture et garde les hommes. Il parlait, parlait, pérorait, lui indiquait tout ce qu'elle aurait à faire, puisqu'elle était choisie, oui, elle était la lauréate, elle aurait l'immense privilège d'être sa secrétaire, son assistante, son bras droit, sa gouvernante, sa mémoire, son intime et sa précieuse. Il lui présenta son chat qu'il appelait Jean-Luc et Maria Cristina dit, C'est une femelle, il leva les yeux vers elle, et elle insista parce qu'elle pensait qu'il ne la croyait pas, Je vous assure, dit-elle. Il se mit à rire, il se moqua d'elle et elle ne sut comment réagir, il croisa les jambes, il était assis dans un grand canapé en cuir brun foncé et son corps paraissait déployé, ses bras étendus à l'horizontale sur le haut du dossier, la lumière tombait à ses pieds, subtilement, tout semblait avoir été parfaitement calculé, la tache de soleil juste sous sa chaussure droite, cuir souple et mat, d'un ocre si naturel qu'on aurait pu croire que les vaches étaient ocre, chaussures qu'il portait sans chaussettes, et elle pouvait voir ses chevilles, ses chevilles d'homme, poilues, solides, exhibées, il la regardait et souriait de son ingénuité, Vous m'enchantez, dit-il, et elle se sentit comme quand elle était enfant, une petite fille arrangeante, une petite fille docile, elle se regarda en train d'être regardée, elle éprouva ce dédoublement si caractéristique des femmes, ce qu'elles apprennent si tôt, se regarder être regardées, et Maria Cristina ne connaissait pas bien cela parce que là d'où elle venait, les femmes étaient cachées dans de grands habits flous, sa mère se bandait les seins, elle ne portait pas de soutien-gorge, elle se bandait les seins, les femmes allaient à l'église et baissaient les yeux, ne sachant que faire de leur chair, expiant ce corps qui leur avait été attribué, comment aurait-elle pu réagir face à Claramunt et à son assurance, elle se sentit un instant en colère, et puis elle baissa les bras et décida de *vouloir* être son assistante, de le vouloir malgré ce qu'elle trouvait d'inquiétant et d'insatisfaisant dans cette première rencontre. Elle pensa à Joanne et se demanda comment elle aurait réagi puisque c'était à elle qu'on avait proposé le poste au départ, et Joanne aurait été moins arrangeante, c'était certain, mais Joanne ne savait pas qui était Claramunt, elle ne connaissait rien de ce qu'il écrivait, elle ne soupçonnait pas le génie de l'homme, et voilà Maria Cristina qui, sans s'en apercevoir (elle était si jeune), donnait le quitus à un homme simplement parce qu'elle croyait à son génie.

Il lui dit, Vous commencerez demain, et ça n'avait rien d'une question bien entendu, Vous commencerez demain, il se leva, ils n'avaient même pas parlé d'argent, comment apprend-on à parler d'argent, certainement pas à Lapérouse, certainement pas chez Marguerite Richaumont. Maria Cristina voulut s'opposer, même un tout petit peu, même très peu de temps, alors elle dit, Demain je ne peux pas, ce qui était faux bien sûr, mais elle voulait lui montrer quelque chose, qu'elle n'était pas à sa disposition peut-être, même si évidemment elle était à son entière disposition et que Claramunt le devinait. Il haussa les épaules et il dit, Alors venez après-demain, et elle n'eut plus rien à lui objecter.

Quand elle partit, elle reprit le bus et se repassa toute la scène, et elle se vit répondre autrement, et avec plus de cran, c'était si rassurant de se remémorer leur dialogue en se réservant la part belle, même si elle était en train d'inventer ce dialogue. Elle se regarda dans le rétroviseur du bus, elle voulut savoir quel effet elle avait produit, et ce qu'elle vit ne lui convint pas, J'ai l'air d'une dinde de Lapérouse, elle se rendit compte qu'elle ne lui avait rien dit de ce qu'elle pensait indispensable, elle ne lui avait même pas dit qu'elle avait lu tous ses livres.

De l'influence des bulles
sur les sanglots

Joanne et Maria Cristina fêtèrent le nouvel emploi de cette dernière. Elles achetèrent un vin blanc pétillant du Chili en hommage à Claramunt. Joanne décréta que son caractère pétillant le rendait inoffensif pour elle. Elle se vautra dans le canapé, son gros ventre débordant de son tee-shirt vert pomme, ses cheveux attachés n'importe comment et son étrange masque de femme enceinte sur le visage.

Maria Cristina disait que toutes les femmes enceintes se ressemblaient.

— Vous avez toutes quelque chose de neutralisé, comme si les traits particuliers de votre visage avaient fondu.

Joanne gloussait et disait :

— Je n'en reviens pas de *ressembler* à une femme enceinte. J'ai l'impression qu'on parle de quelqu'un d'autre.

Vers vingt-trois heures Maria Cristina se mit à pleurer, prête à révéler des choses qu'elle n'avait jamais dites, elle se sentait assez vaporeuse et agréablement irresponsable pour ne se préoccuper en rien des conséquences de ses déclarations.

Elle dit :

— Quand j'avais treize ans j'ai failli tuer ma sœur.

Et comme Joanne se penchait vers elle, elle continua :

– Et j'ai passé toutes les années qui ont suivi et précédé mon départ de Lapérouse à consciencieusement alimenter ma culpabilité, j'étais convaincue que j'avais voulu la tuer, que l'accident n'était pas un accident, je me disais que je l'avais poussée dans le ravin dans un moment d'égarement, je l'avais poussée c'était sûr, je voyais distinctement la scène, j'en rêvais, je pouvais sentir ses omoplates sous mes mains, la pression de mes mains, et je percevais son regard, elle regardait par-dessus son épaule et me voyait la pousser et la projeter en bas de la route, et elle avait l'air étonnée, elle avait l'air surprise, et d'autres fois pas du tout, elle avait l'air de se moquer de moi, comme si c'était ma vie que je bousillais là et non la sienne, mais comment en suis-je arrivée à me convaincre que j'avais voulu la tuer, je crois que j'avais lu quelque part que des choses de ce genre pouvaient se produire, vous ne pensez pas avoir commis l'acte mais vous l'avez commis, et je crois que ma mère a toujours admis cette thèse, et mon père aussi peut-être, bien qu'il s'en défendît, mais elle, ma mère, qui était sûre que nous étions tous, et particulièrement nous ses filles, possédés par le Malin, ma mère s'est persuadée que j'avais voulu tuer ma sœur, que quelque chose l'avait sauvée et que son rôle à elle maintenant était de la préserver et de me surveiller plus étroitement encore afin que le Malin ne s'emparât plus de moi, il fallait que je sois dorénavant irréprochable et que je me repente de ce crime qui n'était ni réel ni commis, elle a commencé à parler à la radio évangélique et à suggérer que l'apocalypse était pour bientôt, elle a mélangé tout ça avec des conseils de bonne femme pour se débarrasser des taches de cerise ou réussir la tarte à la rhubarbe, et avec des messages de suspicion à l'encontre des étrangers en général et des Chinois en particulier – parce qu'ils mangeaient du chien, disait-elle, parce qu'ils essayaient tous de monter des blanchisseries clandestines dans votre dos, des blanchisseries qui devenaient des restaurants de chiens ou des bordels, toute l'histoire du Far West était emplie de ce genre d'histoires, et elle disait, Ils ne sont pas comme nous, qu'ils retournent en Chine, ils ne me dérangent pas du tout quand ils sont là-bas, mais que font-ils ici, avec leur mœurs dissipées, leur marmaille, leur communisme et leur sens de la communauté et des affaires, l'histoire a montré qu'il fallait se méfier des gens qui étaient communistes et avaient le sens de la communauté et des affaires, ne nous fions pas à leurs airs modestes, ils ne sont que sournoiserie et dévoration. Elle répétait cela sur les ondes, Ils ne sont que sournoiserie et dévoration. Ma mère a profité de l'accident de ma sœur pour devenir folle à lier. Et que pouvais-je faire ? J'étais responsable de ce chaos. Ma sœur a eu quelques crises d'épilepsie après l'accident, elle ne pouvait plus du tout se concentrer, elle avait du mal à comprendre ce qu'on racontait, mais quelquefois, je l'entendais faire une remarque si pertinente que je me disais, Elle feint, elle fait semblant. C'était plutôt comme si tout ce qu'elle était avant l'accident s'était accentué. Son humeur de dogue et sa brutalité, sa jalousie bien entendu, comme si tout cela s'était arrimé plus solidement encore, et que tout ce qui existait de bon avait disparu, ou s'était transformé, parce qu'elle était avant l'accident une fille très drôle et très acerbe, très rebelle et complice parfois aussi. Elle était devenue si dure, elle avait pris son parti de cette histoire et de la mère que nous avions, elle avait baissé les bras ou décidé de ne plus s'en faire ou bien elle n'avait rien décidé du tout, elle avait simplement abdiqué. Alors j'ai voulu me pendre, tu sais, j'ai voulu me pendre et le seul endroit où je pouvais être tranquille pour le faire, puisque ma mère était toujours derrière mon dos, c'était dans les toilettes au fond du jardin à côté du poulailler, si bien que j'ai accroché une corde, il y avait des cordes et des instruments contondants à peu près partout dans cette maison, j'ai accroché une corde à la poutre qui maintenait le toit de tôle des toilettes et je suis montée sur la cuvette et j'entendais les piaillements des poules, les poules que je savais si parfaitement imiter quand j'étais enfant et que je lisais dans les toilettes et que je restais là-dedans trop longtemps, je bouquinais et je parlais aux poules et elles me répondaient, et après je cachais le livre dans le poulailler, de toute façon c'était moi qui récoltais les œufs, donc j'étais tranquille, je suis montée sur la cuvette et tout a lâché, la cuvette s'est effondrée et je suis restée à pendre lamentablement dans la puanteur de la fosse, les pieds sur la cuvette éboulée, les poules ont hurlé et ma mère a hurlé et j'ai raconté je ne sais plus bien quoi pour m'en sortir, je me suis détachée et ce suicide était le suicide le plus lamentable du monde, avec les poules qui piaillaient et cette odeur infecte de merde et de pourriture.

À ce moment du discours de Maria Cristina, Joanne s'extirpa du canapé, l'entoura de ses bras et la berça, Maria Cristina se laissa aller sur son épaule, Joanne lui prit le visage dans les mains et l'embrassa sur les lèvres, Maria Cristina était si épuisée, si soulagée et si triste à la fois qu'elle était prête à rendre son baiser à Joanne, elle se dit, Peut-être que c'est ça, peut-être qu'en plus de tout le reste je suis homosexuelle, mais le ventre de Joanne compliquait les choses et Maria

Cristina était si maladroite, elle secoua la tête et dit, Oh je ne sais plus rien de rien.

Joanne se réadossa au canapé comme si embrasser Maria Cristina, la caresser, lui mettre sa langue dans la bouche et se frotter à ses seins n'avait aucune importance et n'induisait rien de nouveau dans leur relation, elle alluma une cigarette, la main sur le ventre, plissant les yeux comme à chaque fois que le bébé lui donnait des coups de pied et qu'elle semblait se demander qui donc prenait autant d'aise à l'intérieur de son corps. Elle sourit à Maria Cristina et celle-ci pleura de plus belle et lui dit entre ses larmes :

– Je suis quelqu'un qui pleure tout le temps, Joanne, je suis désolée désolée désolée…

– Désolée parce que tu pleures ?

– Je suis désolée pour tout.

Et Joanne acquiesça, alluma la télé sans le son, tapota la main de Maria Cristina et lui dit, Va écrire, tu n'écriras jamais aussi bien qu'après avoir bu trop de vin pétillant et avec le cœur gros.

Maria Cristina se leva et se rendit compte que les choses étaient merveilleusement simples avec Joanne, qu'elles ne seraient jamais aussi simples ailleurs. Elle se sentit pleine de gratitude et elle partit dans sa chambre avec un dernier regard pour Joanne, les pieds sur la table basse, le cendrier sur le ventre, Joanne qui lui faisait un petit signe avec sa cigarette comme pour lui dire, Ne t'inquiète pas, allez allez va écrire.

Le début de la fiction

Quand on ne voit plus sa famille ou quand elle a disparu corps et biens, alors ce qui pose problème c'est la façon dont on raconte l'histoire, la vilaine sœur, ce qui est ajouté, ce qui est soustrait, la façon dont je vis l'histoire, différente de celle dont ma sœur l'a vécue ou ma mère ou mon père, chacun de nous a une version de l'affaire, et ces versions n'ont aucun point d'achoppement, elles ne se recoupent jamais, et les événements remémorés ne sont pas les mêmes, les dates ne sont pas les mêmes, alors il faudrait pouvoir confronter ces versions, mais puisque la famille a disparu ou bien qu'elle est muette ou démantibulée cette entreprise est impossible et ma vérité devient mensonge, elle n'est que ce que j'ai pu vivre et ressentir, elle est incomplète et blessante et invérifiable, nos versions sont comme deux ou trois droites parallèles qui jamais ne se rejoignent, raconter ma propre histoire devient un projet si artificiel et si solitaire, l'élaboration *a posteriori* donne l'impression d'une trajectoire, d'une volonté et d'un désir, mais ce n'est qu'une vue de l'esprit. Les détails m'emmènent toujours plus loin que je ne l'aurais voulu, ils ouvrent des digressions, des parenthèses, des souvenirs, je vois mes poupées russes s'accumuler, elles me submergent, tombent du bureau, c'est la fantasia des poupées russes. Que faire de ces imbrications ? On se voudrait clinique, on devient baroque. Et quand tout s'est calmé, il ne reste que des fragments disjoints, les dalles disjointes du carrelage, et les interstices laissent voir la terre même, la terre battue, sa poussière, sa sécheresse et sa profondeur.

Avant la capture

Pendant le jour de répit qu'elle s'était octroyé
– l'attente est toujours le moment le plus délicieux
avant l'événement, l'événement qui va tout chambou-
ler –, pendant ce jour de répit, avant de devenir la
secrétaire particulière, ce petit meuble à tiroirs pourvu
d'un abattant, Maria Cristina marcha sur le bord de mer.
Elle avait commencé à écrire *quelque chose* la veille
au soir après cette étrange soirée passée avec Joanne.
Quelque chose qu'elle sentait bruisser et palpiter. Et
c'était comme de marcher avec un trésor cousu sous
la peau près du cœur.

Ce jour-là il y avait une lumière vive, cette clarté
si particulière des ciels océaniques qui sont balayés et
lavés, comme si toute brume avait déserté définitivement, retournée au large, laissant la place à un éclat
intense, Maria Cristina était si loin tout à coup de la
pluie de Lapérouse qui tombe sur vous comme une
gadoue de grand lac, une pluie verglaçante et ténébreuse.

Cette journée fut une journée de grand vent, durant
laquelle Maria Cristina déambula, se trouva des chaussures, des foulards et une robe blanche – une robe
blanche, quelle drôle d'idée, une robe blanche avec un
col de dentelle – et aussi des pantalons parce qu'elle
devinait, elle n'était pas non plus une imbécile, qu'il

valait mieux être en pantalon quand vous étiez seule avec Claramunt, et elle marcha sur la plage et tout devint une promesse, il aurait été si facile de confondre cette journée magnifique avec l'annonce d'un ravissement permanent.

Ce qui pouvait prendre la forme
de la liberté

C'est l'odeur du large, du bois mouillé et des coquillages, l'odeur du varech bourdonnant de mouches, l'odeur des Lucky Strike sans filtre et du monoï, des bonbons à la pomme verte et du Sprite, c'est l'odeur de la Californie en 1976, ça sent l'herbe et l'océan, ça sent la poudre de Bonnie and Clyde, la sueur des habits synthétiques et l'encens, le musc, tes cheveux et leur shampoing à l'amande, le pain fait maison, la marijuana rincée dans l'évier, le plastique chauffé des cassettes audio en vrac dans la boîte à gants, ça sent le cèdre et Opium, le jasmin et l'agapanthe, le bitume brûlant, le vent qui vient du désert de Mojave et qui assèche la peau et la gorge, ça sent la poussière et le sable sale, ça sent le gasoil et l'essence qui jamais ne viendra à manquer, ça sent l'odeur de chaussettes des cinémas ouverts vingt-quatre heures sur vingt-quatre, ça sent les kreteks et les humeurs insurrectionnelles, le tabac froid et l'écorce des oranges, leurs feuilles si vertes et luisantes et cirées et vénéneuses, ça sent les clams dans des cornets de papier, la bière mexicaine, les tacos, les gaufres, le riz aux haricots noirs, la viande grillée, et toutes sortes de choses vinaigrées et sucrées.

Résister ?

Maria Cristina finit par comprendre ce que Claramunt attendait d'elle. Il n'avait pas simplement besoin d'une secrétaire, ou du moins s'il avait simplement eu besoin d'une secrétaire, il aurait dû choisir quelqu'un de plus ordonné, de plus expérimenté, de plus rigoureux qu'elle. Il lui avait dit, Vous serez, Maria Cristina, ma gouvernante. Et elle avait détesté cette phrase à cause de cette familiarité non réciproque (pourquoi l'appelait-il par son prénom alors qu'elle lui donnait du monsieur Claramunt ?), à cause aussi de cette manière fallacieuse de nommer le travail qu'elle ferait pour lui – sa mère qui était la bonne de la Demoiselle ne disait-elle pas qu'elle était sa gouvernante ?

Elle n'avait aucune intention de gouverner la vie de Rafael Claramunt. Sa condescendance la blessait.

Comment continuer à l'admirer tout en le faisant délicatement déchoir ?

Et puis pourquoi lui faisait-il tant confiance ?

Dès le premier jour, et il fut convenu alors qu'elle viendrait quatre fois par semaine entre 16 h 30 et 19 heures, il la laissa trier ses papiers dans son bureau sans l'interrompre autrement qu'en passant de loin en loin la tête par l'entrebâillement de la porte (elle entendait le raclement caractéristique de ses chaussures

131

à huit cents dollars sur le sol et elle percevait la rai-
deur de ses jambes, un léger boitillement, la difficulté
de trimballer une si imposante carcasse), il lui disait,
Maria Cristina vous me manquez, venez me voir dans
la serre, ne restez pas enfermée comme un rat dans
ce bureau. Mais qu'aurait-elle fait dans la serre avec
lui ? Maria Cristina levait le nez et lui répondait, Vous
avez besoin de quelque chose, un thé ou un whisky ?

Il s'installait parfois devant elle quand elle triait ses
archives et il évoquait sa dernière épouse, la Menina,
une poétesse mexicaine diagnostiquée schizophrène avec
laquelle il avait vécu des bagarres homériques, elle lui
avait une fois planté les dents dans le cou, espérant faire
gicler le sang de la carotide. Il décrivait la chose avec
un mélange de perplexité et d'admiration. La Menina
passait maintenant le plus clair de son temps dans un
hôpital psychiatrique de Mexico DF. S'il évoquait
facilement la Menina il ne parlait jamais en revanche
de ses autres ex-épouses.

Quand Maria Cristina arrivait en fin d'après-midi et
qu'il l'accueillait à la porte, il souriait, enchanté, visiblement enchanté, comme s'il s'ennuyait profondément
et que la vue de la jeune fille le délassait. Il lui faisait
toujours une remarque plaisante sur sa tenue, ou sur ses
cheveux, ou sur sa pâleur dont il faisait semblant de
s'inquiéter, mais cette façon de s'y prendre était glaciale
et calculée comme s'il savait combien de compliments
il devrait prononcer, combien d'attentions il devrait
lui prodiguer pour qu'elle tombât enfin dans ses rets.

À moins que Maria Cristina ne fût totalement para-
noïaque.

La maison de Claramunt était si grande qu'il n'en
occupait qu'une toute petite partie. Il se concentrait sur
l'aile ouest ; c'était là que se trouvaient sa chambre, le

grand salon et son bureau. Un peu plus loin au bout du couloir, il y avait une immense cuisine pourvue d'un réfrigérateur de collectivité et de toutes sortes d'appareils électroménagers flambant neufs, brillants, orange et moutarde pour la plupart, vernis comme des chaussures de tango. Seul le four à micro-ondes avait l'air de servir, il était profilé, brun, mat, presque offensif, il ressemblait à la chaîne hi-fi du salon sur laquelle Claramunt écoutait les sonates de Mozart. L'objet avait confondu Maria Cristina, elle s'en approchait avec prudence comme un chat de gouttière échaudé.

– Le four à micro-ondes, très chère Maria Cristina, est le fruit de recherches sur les radars réalisées durant la Seconde Guerre mondiale. Que ferions-nous, n'est-ce pas, sans la recherche militaire ?

Après avoir prononcé ce genre de phrase il faisait une petite pirouette et s'en allait son verre de whisky à la main, sortant de sa cuisine pour rejoindre son manoir dénaturé, assoupi entre glycine et agaves.

Maria Cristina se demandait quand il écrivait.

Il passait son temps à soigner les orchidées dans la serre.

Puis il organisait ses soirées, et il parlait au téléphone, elle aurait voulu ne pas l'écouter mais il y avait quelque chose d'excitant à l'entendre être aussi méchant, il disait du mal de tout le monde, il conversait avec son éditrice comme s'ils avaient été dans la même pièce, il s'installait dans un fauteuil, un Robusto à la main, et tous deux semblaient prendre un plaisir infini à couler dans le béton la moitié des gens qu'ils connaissaient, il riait, se moquait, méprisait la totalité des écrivains qu'il avait croisés, nord-américains ou latino-américains (« la bêtise est leur terre natale »), tentait de la convaincre de la véracité de son analyse

(« tu es indulgente parce qu'ils te font vivre »), racontait des anecdotes qui mettaient en scène chacun de ces écrivains (« il y a les féroces et les candides, mais tous convoitent les suffrages du public ») et dans lesquelles ceux-ci se révélaient de parfaits imbéciles ou d'ignobles faiseurs (« et X applaudit tout le monde comme une otarie bien dressée tout en se renseignant sur les à-valoir de ses concurrents »). Puis il citait Borges et beaucoup d'autres jusqu'à la nausée et finissait par évaluer ses chances au Nobel en consultant les sociétés de paris (« je suis coté 10 contre 1 chez Ladbrokes, je suis un vrai cheval de course »).

Maria Cristina se demandait s'il se serait exprimé de la même façon sans public. Il parlait fort pour qu'elle l'entendît, et pour qu'elle sût qu'il savait qu'elle l'entendait.

Son agressivité était prise pour de l'honnêteté intellectuelle. Il y avait aussi chez lui, ponctuellement, la joie narcissique du bienfaiteur. Mais sa générosité semblait simplement une version plus sophistiquée de sa malveillance.

– Je suis un charmeur de serpents, disait-il.

Il disait régulièrement aussi qu'il allait quitter le manoir, qu'il ne s'installait jamais longtemps quelque part à cause de l'« éminente dignité du provisoire ».

Les papiers que Maria Cristina triait étaient pour l'essentiel des factures et des courriers administratifs, et ceux qu'elle écrivait sous sa dictée étaient des lettres qu'il envoyait à des institutions, des réponses à des messages d'admirateurs ou à des demandes d'entretien qu'on lui avait fait parvenir, il recevait continuellement des sollicitations, pour écrire la biographie d'un dictateur ou d'un styliste spécialisé dans la petite maille noire ou pour transformer son dernier recueil de poésies en opéra rock. Maria Cristina était chargée d'éconduire les importuns au téléphone et de lui passer les appels importants. Les appels importants étaient circonscrits à quelques personnes, Rebecca Stein son éditrice, bien entendu, qui s'adressait à Maria Cristina comme si elle était une domestique analphabète, articulant à l'extrême et se présentant à chaque fois comme si Maria Cristina était amnésique ou dotée d'un tout petit cerveau, alors qu'elle avait à peine décroché qu'elle avait reconnu la manière dont Rebecca soufflait la fumée de sa cigarette, il était facile de l'imaginer dans un bureau new-yorkais, à tel point que lorsque Maria Cristina la rencontra réellement, elle fut surprise que Rebecca Stein ressemblât trait pour trait à ce qu'elle paraissait être au téléphone : une éditrice de la côte Est avec un bureau dans un immeuble à six ascenseurs. Il y avait Consuelo, une vieille femme qui parlait espagnol, Maria Cristina était sûre qu'il s'agissait de la mère de Claramunt même s'il disait qu'elle était sa tante (Maria Cristina croyait toujours qu'on lui mentait, qu'on lui cachait quelque chose, que la vérité n'était jamais aussi simple que la version qu'on lui exposait). Il y avait quelques hommes aussi, le banquier, l'assureur, l'avocat, l'agent de voyages, le type qui organisait les paris sur les courses de chevaux, le chauffeur de taxi taciturne et sans licence avec lequel Claramunt plani-fiait ses sorties, ce chauffeur qui portait toujours des cols roulés plus ou moins épais selon l'ensoleillement, et quand Maria Cristina avait interrogé Claramunt sur cette caractéristique, celui-ci avait répondu, C'est parce qu'il est couvert de tatouages, ça effraie la clientèle. À part le chauffeur de taxi morose, tous ces gens étaient très mielleux, il y avait également les quémandeurs et les créanciers, mais quels que soient leur statut et leurs intentions premières, ils ressortaient tous de leur entretien avec Claramunt comme d'une visite à un être qui les remplissait d'une extase spirituelle.

Et lui riait après les avoir congédiés.

– Je finirai, très chère, ivre de satisfaction ou d'apitoiement sur moi-même mais, de toute façon, noyé dans un cocktail Prozac-champagne.

Mon Dieu mon Dieu, se disait Maria Cristina. Où suis-je tombée ?

Tous les mardis à 18 h 30, elle ouvrait la porte au même individu qui sonnait, ponctuel et souriant, souriant comme les hommes vieillissants sourient quand une très jeune fille leur ouvre la porte, qu'ils n'ont pas tout à fait abandonné la partie et s'imaginent que leur prestance et leur expérience suffiront à éblouir la jeune personne, celui-ci avait cependant signifié à Maria Cristina, au milieu de ses œillades insistantes, que de bien plus importants mandats le faisaient venir aussi régulièrement, il était très légèrement répugnant, innocemment en quelque sorte, puisqu'il ne se rendait compte de rien, il était comme un vieil oncle embarrassant auquel on assène de petites tapes sur le dos de la main quand elle s'égare. L'homme s'entretenait dix minutes avec Claramunt et repartait délesté du paquet qu'il avait apporté. C'est quand elle décrivit la chose à Joanne que celle-ci la décilla, elle lui dit, Les types comme Claramunt, ils ont leur dealer qui vient à domicile, c'est classique.

De petite taille, en costume rayé, chapeauté, l'homme en question était indistinctement vulgaire, il était fagoté comme un membre du syndicat du bâtiment. Maria Cristina, élevée par Marguerite Richaumont, avait toujours cru que les dealers étaient noirs, chinois, indiens ou portoricains. Elle s'en voulait d'avoir encore ce genre de réflexe, elle craignait un atavisme, quelque automatisme tellement ancré qu'elle n'arriverait jamais à le déloger, une sorte de déformation dans le développement de son cerveau décelable au spectroscope. Comment ne pas faire attention en tout premier à la couleur de peau quand c'est par ce biais qu'on vous a appris à regarder les gens et à les évaluer, comment ne pas lire un nom en y déchiffrant avant tout une terminaison juive ou arménienne, comment trouver normaux les couples mixtes quand on vous a enseigné depuis l'enfance que les Noirs sont tout de même situés bien plus près des gorilles que les Blancs dans l'échelle de l'évolution, comment cesser de demander exclusivement son chemin dans la rue aux femmes blanches, comment se débarrasser de cette distorsion ?

Joanne ne semblait disposer d'aucun outil de ce type dans son appréhension du monde ; elle ne remarquait jamais si son interlocuteur était noir ou blanc. Ce qui l'intéressait c'était le degré de perversité des gens et leurs histoires de cul.

– Je ne comprends pas bien, lui disait Joanne, ton histoire avec Clar (elle avait toujours un diminutif pour tout le monde, elle appelait Maria Cristina M.C.). C'est un truc de petite fille. C'est un truc de femelle médiévale. C'est tellement rétrograde. Le vieux roi choisit la princesse pauvre et il finit par la tringler après lui avoir fait une cour assidue mais jouée d'avance. La cour ne sert qu'à conserver les apparences.

Maria Cristina se récriait mais quelle que fût son indignation elle finit par coucher avec Claramunt à peine trois mois après son embauche.

À peine trois mois

Au début il l'effleurait. Il passait près d'elle et il passait simplement un peu trop près d'elle. C'était difficile pour Maria Cristina d'évaluer sa dangerosité. Elle se demandait toujours si elle ne surinterprétait pas d'anodins frôlements.

Puis il se mit à lui baiser la main quand elle partait. Elle se disait qu'il serait trop humiliant pour lui qu'elle la retirât au moment où il se penchait. Alors elle le laissait faire. Ou bien elle s'éclipsait, elle criait, J'y vais, depuis le hall d'entrée, et elle s'enfuyait le cœur battant. Un jour qu'il était lui-même dans le hall à l'instant où elle allait rentrer chez elle, il s'approcha, se pencha et l'embrassa à la commissure des lèvres, elle était tétanisée, mais tout cela fut effectué de la manière la plus inoffensive qui fût, c'était léger, insignifiant, minuscule et, de son point de vue à elle, on pouvait considérer la chose comme consentie puisqu'elle ne lui retourna pas une gifle et fit même comme si elle n'avait rien remarqué.

Après cela, elle se rendit compte que les après-midi où elle le croisait à peine, parce qu'il restait enfermé dans la serre, elle repartait légèrement déçue.

Un jour il lui dit :

– De quoi avez-vous besoin très chère Maria Cristina ?

– C'est-à-dire ?

Il était assis face à elle dans le grand bureau. Elle était du côté où il aurait dû se trouver s'il avait travaillé, mais il ne travaillait presque jamais, et elle classait des boîtes emplies de papiers divers et de photos. Il disait toujours, Je déteste chercher. Mais il semblait tout autant détester classer. L'alliance des deux donnait un grand foutoir à l'intérieur des placards et des dossiers, les objets étaient déposés là où il avait terminé de s'y intéresser. Et tout pouvait rester ainsi, fossilisé.

Il avait les jambes croisées, côté invité, et regardait par la fenêtre, il pivotait doucement sur le fauteuil en sirotant un thé. Il lui avait dit qu'il ne buvait jamais d'alcool avant onze heures du matin. Alors il est possible que ce jour-là Maria Cristina soit venue le matin et non selon ses horaires habituels. Il avait dû lui demander de passer exceptionnellement plus tôt à moins qu'elle n'ait eu un empêchement pour la fin de journée. Peu importe. De toute façon Maria Cristina n'allait plus que rarement en cours. Elle n'aurait eu aucune raison de ne pas accepter sa proposition, si proposition il y avait eu.

Elle savait bien pourtant que commencer à déroger aux règles horaires qu'ils s'étaient fixées, tout comme si Claramunt s'était mis à boire avant onze heures du matin, signifierait que quelque chose ne collait plus ou allait survenir.

– Je veux simplement savoir si vous avez besoin de quoi que ce soit, si je peux vous être utile, vous être agréable d'une quelconque manière, si vous avez besoin d'argent par exemple, ou si vous voulez que je lise ce que vous écrivez.

Il tapotait la porcelaine de sa tasse avec l'une de

ses bagues en lapis (Claramunt portait essentiellement des bijoux bleus) et cela produisait un carillon léger, métronomique.

Maria Cristina leva la tête des papiers étalés sur le bureau.

– Ce que j'écris ?

– Vous écrivez n'est-ce pas ?

Maria Cristina se sentit rougir, elle fut incapable de répondre.

Il balaya son malaise d'une main.

– Poésie, nouvelles ?

– Roman.

Il siffla entre ses dents. Elle aurait voulu savoir s'il se moquait d'elle. Elle aurait tant aimé être une personne plus expérimentée, une personne qui peut deviner ce qui se passe derrière la tête de son interlocuteur et qui sait déchiffrer tout ce qui lui paraît crypté. C'est sans doute sa propre incompétence en matière de relations humaines qui la rendait si méfiante.

– Un jour je suis rentré à Buenos Aires, dit-il en étalant plus confortablement encore son grand corps dans le fauteuil. Je vivais à New York avec la Menina à l'époque mais notre couple battait sérieusement de l'aile. Je ne sais ce que j'espérais à ce moment-là mais ce qui est sûr, c'est que j'étais malheureux et plein de nostalgie. Alors je suis rentré seul à Buenos Aires. J'y suis retourné sous un faux nom, l'un de mes amis m'avait procuré un passeport américain. Je suis allé chez ma mère. Je suis passé sous ses fenêtres et je me suis demandé si j'avais le courage de monter la voir. De lui faire ce choc. J'aurais pu la prévenir, l'appeler avant, mais j'étais parti comme un voleur des années auparavant, et à l'époque de mon départ c'est un peu ce que j'étais, un voleur, un germe de délinquant, un dévoyé qui commençait à faire ses armes, j'avais abandonné le lycée, je m'étais insurgé contre l'incurie familiale en achetant de la drogue aux garçons sous le viaduc, je vivais d'expédients et venais de loin en loin à la maison de San Telmo pour dévaliser le garde-manger et me quereller avec ma mère. Ma mère, une Ugalde, était originaire d'une famille basque espagnole assez misérable, des « aventuriers » comme disait ma grand-mère paternelle, et elle aurait pu devenir une vieille fille pauvre et religieuse, accaparant le bol de punch et le banc des célibataires pendant les kermesses, si elle n'avait pas rencontré mon père. Mon père, après leur mariage, avait disparu très vite à la suite d'une vague idée : importer des autruches dans la pampa, en pratiquer un élevage intensif et faire avaler à toute l'Argentine des pilons de ces disgracieux volatiles. Il avait quitté la maison de San Telmo, promis d'y revenir et n'avait jamais reparu. Il était un descendant de grands bourgeois barcelonais. Vous n'avez pas remarqué qu'il y a souvent des Claramunt dans les romans qui se situent à Barcelone ? Être le fruit d'une mésalliance me donnait l'impression, quand j'étais enfant, d'être plus puissant et mieux armé que la majorité de mes coreligionnaires. Mais peu importe. À l'époque qui nous intéresse il y avait les filles. J'avais une passion pour les filles. Je m'étais acheté un appareil avec lequel je photographiais toutes celles qui passaient la nuit avec moi. C'est ce qu'il y a dans ces boîtes, Maria Cristina. Les photos de ces filles. Ouvrez ouvrez, chère Maria Cristina, vous verrez.

Il attendit un instant qu'elle soulevât les couvercles des boîtes.

– Et puis je me suis dit que ça ne pouvait pas durer. Que cette dispersion ne menait à rien. Que si je voulais devenir un grand poète il fallait que j'arrête cette vie de débauché. Il fallait que je me concentre. Abandonner la luxure – bien que ce qui se déroulait dans les chambres miteuses de mes conquêtes ne ressemblât pas vraiment à de la luxure, il s'agissait d'instants partagés avec de jeunes ouvrières, des étudiantes ou des prostituées, certaines étaient tendres et s'enflammaient si vite qu'il me fallait décamper prestement. Il y avait aussi les épouses des commerçants de la Calle Florida, j'allais les voir chez elles, la clandestinité ajoutait évidemment un piment supplémentaire, mais au final, quel ennui, quelle vacuité que cette vie-là. Qu'ai-je abandonné au fond, très chère Maria Cristina, qu'ai-je abandonné de si important ? À part l'odeur de sel du sexe de ces dames.

Maria Cristina s'est assise, elle regarde les photos des amantes de Claramunt, il y en a des dizaines, peut-être une centaine, elle se demande pourquoi il lui raconte cela, et dans un langage moins fleuri que d'habitude d'ailleurs, comme s'il se confiait, comme s'il baissait la voix et révélait quelque chose de lui-même, elle se demande si un homme peut tenter de séduire une femme en lui énumérant ses conquêtes, du reste elle n'est pas sûre que Claramunt veuille la séduire, la situation lui paraît beaucoup plus compliquée que cela. Les photos sont en noir et blanc, elle a envie de savoir s'il les faisait développer à Buenos Aires ou s'il est venu aux États-Unis avec ses pellicules dans son havresac, attendant d'avoir un jour assez d'argent pour en commander des tirages. Cela lui semble si étrange d'avoir fait ce voyage, d'être parti s'exiler avec toutes ces photos. Sur les clichés, les femmes sont souvent dans la rue devant un mur, une boutique, un palmier, elles ont les mains dans le dos et croisent les chevilles, elles regardent de côté, certaines fixent l'objectif, elles fument avec ce geste si intensément féminin, la main près de la bouche, la paume ouverte, la cigarette qui pend vers le bas, elles se tiennent le coude de l'autre main, rares sont celles qui font plus qu'un demi-sourire, la vie ne devait pas être très douce à Buenos Aires dans les années soixante.

– Et quand je suis retourné à Buenos Aires et que je suis arrivé devant chez ma mère, je l'ai vue sortir de la maison. Elle avait rapetissé, j'ai pensé qu'il était contre nature qu'un aussi petit corps ait pu produire une masse comme la mienne. Je l'ai vue s'éloigner avec son cabas et son châle, ma mère ne sortait jamais sans son châle, je l'ai reconnu, il était noir et brodé de fleurs rouges et bleues, c'était le châle de mon enfance. Je ne l'ai pas suivie, je me suis dirigé vers la maison, la porte était fermée, mais la clé était toujours sous le pot de magnolias blancs, alors j'ai ouvert la grande porte de bois chantourné puis la grille et je suis entré dans la maison. J'ai inspecté chacune des pièces. Elles me paraissaient bien entendu beaucoup plus petites que dans mon enfance, je me sentais à l'étroit dans cette maison obscure. Dans le salon il y avait la télévision qui trônait sur un tout petit meuble aux pattes fines comme celles d'une araignée. Il y avait le napperon et la poupée dans sa boîte en plastique transparent, et puis il y avait une bibliothèque avec des livres, des livres de recettes, des *Reader's Digest*, des guides pratiques pour entretenir les fleurs, et il y avait les livres d'Horacio Quiroga, elle avait toujours adoré Horacio Quiroga, et puis les miens, tous mes recueils de poésie en anglais, tous ceux que j'avais publiés, pas un seul ne manquait, ils étaient là au milieu des plantes séchées, de la monnaie-du-pape, des photos de mon père et des photos du chien de mon père, mes livres étaient là. Alors je suis ressorti. Et j'étais heureux, voyez-vous, j'étais heureux d'être là et de savoir que dans cette maison de San Telmo mes livres étaient soigneusement rangés sur une étagère à côté d'un éventail peint avec la bouche par un Indien manchot.

– Et vous êtes parti ?

– Je suis parti.

– Vous n'avez pas attendu votre mère ?

– Cela lui aurait provoqué un trop grand choc. Je l'ai laissée avec mes livres qu'elle ne peut pas lire puisqu'elle ne parle pas un mot d'anglais mais qu'elle doit montrer à ses visiteurs. Et je sais ce que j'ai à savoir.

Claramunt allume une cigarette et se lève pour ouvrir la fenêtre qui donne sur le magnolia blanc. Il a l'air de ne jamais avoir grand-chose à faire et de se contenter de ce désœuvrement.

– Alors vous me ferez lire ce que vous écrivez ? Je devine que vous avez beaucoup à dire et (il reprend sa diction pédante) votre silence coutumier me laisse penser que vous préférez vous dévoiler plutôt sur le papier.

Maria Cristina secoue la tête.

– Vous êtes la fille qui dit toujours non. Cela ferait un joli titre pour votre livre. *La fille qui dit non.*

Maria Cristina continue de secouer la tête mais elle sourit.

– À moins qu'il ne parle pas du tout de vous, ce livre, fait-il, pensif.

– On verra, dit-elle. Je ne sais pas (elle parle de sa proposition de le lire).

– J'insiste. On n'insiste jamais assez.

C'est alors qu'il se tourne vers elle et lui tend la main. Elle ne sait pas quoi faire mais ne voudrait pas paraître discourtoise alors elle la lui prend par-dessus le bureau. Il lui fait faire le tour pour le rejoindre tout en lui tenant très haut la main, poignet cassé, comme s'il lui apprenait un pas de danse. Il fait deux têtes de plus qu'elle et sans doute deux ou trois fois son poids. Elle a tout à coup la sensation d'être face à un animal apprivoisé qui pourrait s'il le voulait l'éborgner d'un coup de patte.

– Vos yeux, très chère Maria Cristina, comment n'ai-je pas réussi à vous le dire plus tôt, vos yeux sont du même noir et du même velours que le cœur poudré d'une tulipe.

Elle se dit, Il exagère.

Et puis il lui embrasse les paupières, et Maria Cristina se sent devenir languide, elle se dit vraiment, Il m'a attrapée, et puis elle ne se dit plus rien, c'est comme une conversation qu'elle ne pourrait mener à son terme, c'est comme un rapt, elle le laisse prendre la direction des opérations, il sait parfaitement le faire, la boîte de photos en atteste, elle voudrait lui dire qu'elle n'a jamais couché avec personne, elle ne peut pas dire, Je suis vierge, elle ne peut pas le dire en ces termes, elle aurait l'impression d'être une princesse persane nunuche, elle veut simplement l'informer, mais ça ne sert à rien de l'informer, cela changerait-il le cours des choses, et puis finalement n'est-ce pas une bonne idée de se débarrasser de sa virginité avec un magnifique poète comme lui, elle a une pensée incongrue elle se dit, Il va m'écraser, mais là elle ne sait plus où elle en est, c'est comme si elle avait bu, elle se rend compte qu'il la porte, Votre cul, dit-il, et il l'emporte jusqu'à la chambre et la dépose avec cérémonie sur le lit, il va tirer les rideaux et elle attend, assise sur le bord du lit, qu'il revienne vers elle, elle reste parfaitement immobile et se sent ridicule à attendre que le grand homme se tourne vers elle pour la déshabiller et la baiser, mais elle a, malgré toutes ces réticences et ces petites voix qui la perturbent, elle a très envie de lui, ou quelque chose qui s'approche de cela, il s'agenouille devant elle et lui ôte son débardeur, elle est comme une enfant, elle lève les bras pour qu'il la débarrasse de ce débardeur, elle ne porte pas de soutien-gorge parce que Joanne dit que c'est contraignant et parce qu'elle espère depuis déjà quelques semaines que Claramunt remarque cette absence de sous-vêtements, et quand il voit ses seins il se recule et prend un air de grande adoration comme s'il n'avait rien vu de plus beau depuis longtemps, et cet air-là la gêne alors elle croise ses mains dessus, il les décroise et embrasse ses seins alternativement comme s'il était très heureux de les rencontrer et il parle en même temps qu'il les embrasse, cet homme n'arrête jamais de parler, il dit quelque chose à propos de la peau des jeunes filles et de l'odeur des jeunes filles, il lui embrasse les épaules et l'intérieur des poignets, et Maria Cristina voudrait que ça dure toujours, elle voudrait qu'il ne lève plus la tête vers son visage, qu'il continue à l'embrasser et puis qu'il la déshabille complètement, elle se sent incapable de le faire elle-même, elle voudrait que la situation dure, simplement parce qu'elle a du mal à imaginer ce qui va se passer après coup, elle a du mal avec l'idée de se retrouver nue devant lui et de lui parler, et comment doit-elle lui parler dorénavant, quel ton doit-elle adopter, coucher avec l'homme qui vous emploie n'est-ce pas la moins enviable des situations, aucune des options qui peuvent être envisagées n'est convenable, elle a oublié que Rafael Claramunt n'est pas un homme convenable et peut échapper à certaines astreintes des relations humaines parce qu'il se fout des astreintes, et cette disposition révèle des côtés plaisants, il se sent libre de coucher avec qui lui semble désirable, c'est peut-être de cela qu'il parle quand il dit qu'il écrit moins *à cause de la vie*, c'est ce qu'il dit, à cause de la vie, et Maria Cristina devine qu'il parle du sexe et des divers plaisirs qu'il peut se payer, mais elle sait qu'il n'est pas seulement un homme frivole ou du moins elle l'espère, elle l'espère parce que ce qu'elle aime chez lui c'est sa poésie et ses romans, ou ce qui ressemble à des romans, et qu'il dégringolerait de son piédestal s'il n'était qu'un gros homme concupiscent qui ne cherche qu'à se divertir, Maria Cristina est si jeune, les couleurs et les clans sont encore si contrastés pour elle, il n'existe pas encore dans son appréhension du monde une grande place pour le gris et les couleurs de l'entre-deux, il y a le noir et le blanc et la délimitation est claire, ou du moins lui paraît claire, il n'y a pas de demi-teintes sur sa palette, elle ne connaît rien aux subtils anthracites ou aux gris perle. Rafael Claramunt est tendre avec elle, et elle arrive à ne pas penser à toutes les autres femmes avec lesquelles il a été tendre, Maria Cristina nage dans une grande confusion, elle le regarde, elle le regarde à la dérobée, elle a peur que ses yeux parlent pour elle, il dit, Rien ne presse, rien ne presse, il a deviné qu'elle est vierge, comment pourrait-il en être autrement, alors elle est de nouveau déçue, il la caresse et elle est si intensément déçue, elle a envie de pleurer, elle prend conscience qu'elle voulait voir son sexe, elle aurait voulu le voir, elle voudrait voir à quoi ça ressemble un sexe de poète en érection, un sexe d'homme, et elle se dit, Je voudrais ne plus être vierge, elle le dit tout haut, et il se met à rire, gentiment n'est-ce pas, pas un rire moqueur, il répète, Rien ne presse, ma beauté, il tire sur ses tétons puis paraît les lisser sous son pouce, il fait des gestes qu'il a déjà dû faire des centaines de fois et il se relève, elle est toujours assise sur le bord du lit, il reste debout et lui applique le visage sur son érection, il lui dit, Ne soyez pas impatiente, mon cœur, et il quitte la pièce après lui avoir embrassé les cheveux.

Mais Maria Cristina n'est pas d'accord, elle se lève et le suit, il est déjà dans le salon, et comment a-t-elle trouvé le ressort pour le suivre, n'est-ce pas une situation humiliante, elle est déterminée, elle sait que Joanne dirait que ce type est pervers, pédophile, etc. etc. mais dès qu'elle l'attrape par le bras, il se tourne vers elle, il lui sourit et semble tout à coup follement s'amuser, elle le pousse sur le canapé et ôte elle-même ses propres vêtements, elle ne le déshabille pas, elle ne saurait comment s'y prendre mais tout se déroule très vite, il la déflore avec ses doigts puis il la baise doucement, parce que c'est un homme attentionné, une sorte de gentleman, ou du moins c'est ce qu'il veut donner à penser à cet instant-là, il fait comme s'il était impliqué et concerné, il n'a l'air dégoûté de rien, et cela impressionne Maria Cristina, son corps est une chose si odorante et suintante qu'elle en est confuse, et il lui dit, Tu es si belle, il lui dit qu'elle est bonne, et elle se sent flattée, mais comment peut-on se sentir flattée de coucher avec un homme qui a couché avec tant de femmes, un chien coiffé aurait fait l'affaire, dirait Joanne. Elle chasse Joanne, elle le trouve magnifique, il est indubitablement magnifique, d'une virilité qu'elle a peu croisée dans sa vie, une virilité complexe, sophistiquée, *old school*, et il résout le problème de l'après-fornication en s'asseyant sur le rebord du canapé et en sortant du tiroir de la table basse son matériel pour fumer de l'héroïne. C'est la première fois qu'il se drogue devant elle, elle ne sait d'ailleurs pas exactement comment il est censé procéder, elle voit seulement le papier d'aluminium et le briquet, il sort un petit tube de verre, un petit tube délicatement gravé comme un verre à liqueur vénitien, il lui tourne le dos et quand elle expliquera tout cela à Joanne celle-ci lui dira, Il chasse le dragon, et Maria Cristina aura le sentiment d'une certaine façon d'être affranchie, elle devine que pour lui c'est sans doute plus important que tout ce qui vient de se passer avant, la laisser assister à la chose, Maria Cristina dit, Je ne vais plus pouvoir travailler pour vous, et il lui jette un œil par-dessus son épaule en continuant ses préparatifs, son regard est amusé, et, comment dire, bienveillant.

— Et pourquoi cela, ma gracieuse ? La difficulté sera me semble-t-il de garder le désir lumineux.

L'obsolescence programmée

Ce jour-là, le jour qui a marqué le changement de leur relation, alors qu'il est assis sur le canapé, la main sur la cuisse de Maria Cristina, il lui parle de la vieillesse des femmes. Il est fasciné par la vieillesse des femmes. Il se demande en substance comment font les femmes pour vivre quand elles sont devenues totalement invisibles. Non désirables donc invisibles.

Quand Maria Cristina s'insurge, il la console en lui caressant les cheveux.

– Ne commence pas à t'imaginer vieille et non désirable alors que tu viens juste d'entamer ta vie sexuelle.

Il lui dit :

– Je suis le dernier spécimen d'écrivain dont la vie privée intéresse tout le monde et qui vit comme une star du rock'n'roll.

Il ajoute :

– Tu sais que ta notoriété a dépassé le stade de ta corporation à la façon dont ta présence exalte les gens et les contraint à garder un air parfaitement normal et blasé quand ils te parlent. C'est ça la vraie célébrité : elle se mesure à l'effort que produit chacun pour garder un air morose en ta présence tout en étant absolument électrisé.

(Ou alors c'est le fait de ne parler que de soi et de si peu interroger la fille qu'on vient de déflorer ?)

– Tu es un personnage poétique. Une petite fée. Et tu ne le sais pas encore.

Elle voudrait échapper à la honte d'être jeune, jolie, et de coucher avec son patron.

– Tu me rends fou, lui dit-il.

Tenter d'évaluer la situation du point de vue de Claramunt n'aboutit, pour Maria Cristina, qu'à un méli-mélo de clichés sur l'attirance éternelle des vieux messieurs pour les très jeunes filles.

À la fin du travail,
un vent favorable

Sur le chemin du retour, il y a cette femme dans le bus qui a déjà trop d'enfants. Elle en a trois. Elle est très jeune, sa peau est encore douce et souple. Mais il y a quelque chose d'usé en elle. Son nourrisson hurle et elle essaye de le calmer au milieu de la réprobation générale. Son fils de quatre ans porte un blouson de cuir. C'est déjà un dur. Il est assis à côté de l'aînée, calme et résignée, front appliqué contre la vitre et regard lointain. La mère embrasse son bébé, lui parle et le secoue un peu trop vivement, elle est embarrassée par ses cris. Maria Cristina voit la cicatrice sous l'œil de la très jeune femme. Il est aisé de deviner à quoi ressemble sa vie. Et qui sont son père ses frères et son mari. La femme se détourne pour allaiter son bébé puis elle regarde dans la direction de Maria Cristina – il y a ce mélange de dureté et de détresse. Son visage est d'une beauté stupéfiante. La beauté est une injustice et un hasard. En aucun cas sa beauté ne lui rend la vie plus douce. Elle a dix-neuf ans, dans deux ans elle va mourir d'une septicémie à cause d'une plaie infectée, une plaie qu'elle se sera faite à la main chez l'un de ses employeurs où elle nettoie des bureaux la nuit, ses trois enfants seront récupérés par trois de ses belles-sœurs et éparpillés comme une armée en déroute entre l'Oregon, le Texas, et la Californie. Le père aura décrété qu'il ne peut pas s'occuper de toute cette marmaille. La fillette dans quinze ans fera une brève carrière de chanteuse punk dans un groupe appelé Black Pussy. Puis elle se mariera avec son manager et sera relativement heureuse. Le petit dur à cuire s'enrôlera le 30 novembre 1990 dans le 3e régiment de cavalerie et il partira aussitôt pour l'Irak. Il mourra à cause d'un œdème de Quincke dû à son allergie à l'arachide, le 25 février 1991 près de Jaliba, pendant l'opération Tempête du désert. On rapatriera son corps en indiquant qu'il est mort sous un « feu ami ». Quant au bébé, qui est un garçon, il fera des études d'aéronautique à l'université d'État de l'Oregon, à Corvallis, il finira par ne plus parler à aucun membre de sa famille et prendra le nom de sa femme quand il se mariera.

Le long de la vitre Maria Cristina voit un truc bizarre qui dégouline. Comme des bonbons coagulés et fondus. Des bonbons à la gélatine de porc.

Elle se dit, en observant une femme qui vient de s'asseoir devant elle, qu'elle aime les filles qui n'ont pas de poitrine. Je trouve ça beau, ce creux, cette absence lisse. Elle se souvient que son père, quand elle était enfant, l'appelait Poitrine de vélo.

Un homme bedonnant et suant monte en même temps qu'une jeune Philippine, ils sont accompagnés d'un enfant qui se laisse traîner et pleure et geint en piétinant le sol de ses minuscules baskets d'athlète. La jeune femme se plaint de la méchanceté et de l'égoïsme des gens, l'homme hoche la tête sans l'écouter. Il soulève son chapeau pour s'éventer. C'est un homme d'âge mûr qui a l'air de se demander ce qu'il fait dans un bus. La jeune femme lui fait payer cher de l'avoir sortie de son île en la forçant à baiser avec lui et à l'épouser.

Elle boude et le tient responsable de la cruauté du monde. Ils prennent le bus parce qu'il s'est fait retirer son permis pour conduite en état d'ivresse il y a trois jours. Elle déteste prendre le bus. Elle n'est pas venue aux États-Unis pour prendre le bus. Ce n'est pas pour rien si elle a choisi un vendeur de voitures au milieu de tous ces hommes bedonnants, sentimentaux, solitaires, à calvitie et chaussettes blanches, qui lui faisaient la cour à Manille. L'homme est concessionnaire Volkswagen à Santa Monica depuis huit ans. Dans moins de six mois, il la surprendra au lit avec l'un de ses employés. Il tuera les deux amants avec le Ruger Security Six qu'il a toujours sur lui le mardi parce qu'il transporte la caisse – les gens achètent des voitures d'occasion en cash le week-end. Il emmènera leurs corps dans le désert vers Chino Canyon et les enterrera. Puis il déclarera à la police la disparition de sa femme et de son employé. Leurs ossements seront retrouvés sept ans plus tard mais personne ne pourra les identifier. L'homme s'occupera de son fils avec une application qui fera l'admiration de tous ses voisins, et ce jusqu'au départ de celui-ci pour les Philippines en 1995, quand le jeune homme construira avec ses associés un complexe hôtelier sur l'une des plages de Boracay. Son père, avec sa petite retraite de concessionnaire automobile, viendra vivre lui aussi aux Philippines pas loin de chez son fils et il se la coulera douce jusqu'à son infarctus en 2003.

Maria Cristina dénombre combien parmi les passagers du bus mourront d'un cancer, et cette triste pensée la maintient impliquée dans le mouvement commun de leurs corps corruptibles (et quand elle dit « leurs » elle dit « mon »), c'est ce grand élan commun vers le néant qui lui rappelle le caractère insignifiant et invisible de leurs vies (et quand elle dit « leurs » elle dit « ma ») et lui donne envie d'aller s'asseoir sur le bord de mer, tout au bout du ponton, près des pêcheurs de barracudas, à écouter le braillement des mouettes, à sentir sur son visage le vent chargé de sa nauséeuse odeur de crabe. Comment se fait-il que je pense systématiquement à la dégradation de nos corps quand j'emprunte les transports en commun ?

Maria Cristina ferme les yeux. Elle ne sait pas si être poreuse à d'autres vies que la sienne est une fatalité ou une richesse. Ou si tout cela n'est pas simplement un exercice d'*a priori* – la divertissante estimation de ses contemporains d'après leur allure, leur fantôme de sourire ou leurs oripeaux n'est peut-être pas une habitude si reluisante. Quand elle était petite fille, elle se sentait engloutie par les émotions des gens.

Ce jour-là, le jour qui marque le début de sa vie sexuelle, elle se demande si tous les passagers du bus peuvent soupçonner ce qu'elle vient de vivre. Mais elle voit bien qu'aucun d'eux ne la regarde comme elle les regarde.

Quand elle arrive à la maison Joanne n'est pas là. Elle a laissé un mot pour dire qu'elle est partie à l'hôpital avec le voisin. Maria Cristina appelle l'hôpital. Et on lui dit que Joanne est en salle de travail. En salle de travail ? Elle décide de s'y rendre sur-le-champ. Elle ôte ses talons et enfile des tongs malgré février, malgré le brouillard qui est tombé, des tongs, allez savoir pourquoi, dans les rues humides, tout ce brouillard qui vient du Pacifique, et même dans cet appartement où il fait sacrément frais parce que seules les plinthes sont chauffantes et qu'elles ne les allument jamais de peur de mettre le feu à l'immeuble, des tongs donc, quelle idée, et puis elle saute dans un taxi.

Joanne dit toujours, Il faut ce qu'il faut.

Parce que sauter dans un taxi ce n'est pas rien. C'est une victoire contre Lapérouse et son âpre lésinerie. Des tongs et un taxi et le monde change sa révolution. Quand elle parvient à l'hôpital, l'infirmière qui l'accueille à la maternité lui confirme que Joanne est bien en train d'accoucher et elle ajoute que c'est une bonne chose que Maria Cristina soit venue car lorsqu'elle a demandé à Joanne qui était le père de l'enfant (Joanne n'était pas accompagnée d'un seul voisin mais de trois voisins, allez comprendre), les trois types se sont entreregardés, ils ont haussé les sourcils et se sont carapatés vite fait.

Maria Cristina s'assoit dans une petite pièce qui s'appelle « Sas pères », ce qui ne lui évoque pas grand-chose, mais qui a des résonances de conquête de l'espace et de premier pas sur la lune. Elle entend Joanne glapir et jurer dans une salle pas très loin. Joanne a une voix reconnaissable entre toutes et ses jurons sont si person-nels que Maria Cristina l'identifierait n'importe où. Ses cris prennent de l'ampleur dès qu'une porte s'ouvre puis refluent comme un ressac dès que la porte se referme. Maria Cristina finit par se lever pour demander à l'infirmière derrière le comptoir si tout se passe bien, l'autre hausse les épaules et elle dit d'un ton docte, Les enfants de février sont vigoureux, ils veulent sortir si vite que parfois ils font des dégâts collatéraux. Maria Cristina n'ose pas demander ce qu'entend l'infirmière par dégâts collatéraux (elle a déjà entendu ce terme mais exclusivement quand il s'agit de la nouvelle politique agraire d'un gouvernement qui assèche une région pour en irriguer une autre ou évidemment quand il s'agit des morts civils dans les conflits du bout du monde). Puis Maria Cristina entend distinctement le cri du nouveau-né, alors elle va dans les toilettes laver ses tongs de la poussière de la rue et se précipite dans les couloirs avec ses tongs trempées qui font un bruit de succion et menacent de rester collées au sol à chaque pas. Une porte s'entrouvre et elle aperçoit Joanne pantelante, pieds dans les étriers, elle entre, on l'engueule, elle n'écoute rien et s'approche de son amie (et Maria Cristina remarque qu'elle n'a plus le même visage et que ça n'a pas seulement à voir avec ses cheveux collés sur les tempes, la luisance de sa peau et les cernes sous ses yeux, Maria Cristina pense, Elle ne se ressemble plus). Où est la petite ? demande Joanne, et on lui apporte le nouveau-né dans ses langes, il est violet, de la teinte subtile que prennent certaines plantes carnivores pour attirer les moucherons, et il bouge très lentement avec de curieux à-coups en ouvrant brutalement les doigts comme s'il sortait d'un rêve, et l'infirmière tend le bébé à Joanne et lui dit, Voici votre fils, alors Joanne vérifie la chose aussitôt, elle entrouvre les langes et la couche en tissu, elle accuse le coup et dit à Maria Cristina, avec l'air de lui annoncer qu'elle va succomber à un emphysème :

— C'est un garçon M.C.

Puis elle repose sa tête sur l'oreiller, elle ferme les yeux et elle prononce :

— Mais qu'est-ce qu'on va bien pouvoir faire d'un garçon ?

Le rêve de Stevenson

Après avoir vu Joanne et son nourrisson, Maria Cristina rentra et fit le tour des bouteilles d'alcool qu'il leur restait, elle mélangea alcools blancs, alcools bruns, et un peu de Martini rouge, elle se sentait à la fois joyeuse et mélancolique, de toute manière l'alcool la rendait toujours joyeuse et mélancolique, elle voulait fêter la naissance de ce bébé, mais il n'y avait personne avec qui elle avait envie de fêter la chose sauf Joanne elle-même mais Joanne était en train de se reposer pendant que les microscopiques cellules de son corps rafistolaient ce qu'il y avait à rafistoler. Elle aurait pu avertir les voisins de la naissance du bébé mais elle ne les connaissait pas bien, et elle ignorait quel genre de rapports ils entretenaient avec Joanne et comment elle serait reçue. Elle mit des cassettes du Steve Miller Band et d'Ann Sexton, elle ouvrit la fenêtre de la rue et dansa en sautillant autour de tout ce qui constituait leur bordel, cette façon qu'elles avaient l'une comme l'autre de tout laisser en plan là où elles cessaient de se servir d'un objet, il y avait le sèche-cheveux par terre, la théière, le cendrier, des verres, des peignes, un raton laveur en peluche pour le bébé, des tubes de rouge à lèvres, des livres, des magazines, des coussins, c'était un appartement d'étudiantes sans plus personne qui étudiait. Maria Cristina décida de faire le ménage et de tout ranger pour accueillir le bébé même s'il ne venait pas avant plusieurs jours et que d'ici son arrivée elle aurait réentreposé son ineffable foutoir. Elle finit par s'endormir bouche ouverte sur le canapé. Elle rêva de son père, d'une conversation avec son père. C'était la nuit dans la cuisine de la maison rose, elle était descendue parce qu'elle avait la gorge sèche, elle entendait le tictac de la pendule murale, elle connaissait les lattes qui craquaient et marchait sur celles qui étaient mieux clouées que les autres, d'abord les orteils, puis le talon, c'était une progression très lente, comme si elle allait cambrioler une banque au ralenti. Dans l'obscurité elle voyait la silhouette de son père assise à la table, il avait un verre entre les mains, un verre qui se transformait en bol, puis encore plus tard, en ce saladier de bois dans lequel sa mère servait les pommes de terre au lard.

– Assieds-toi assieds-toi.

– Mais que fais-tu là, papa ?

– Assieds-toi assieds-toi.

Et il faisait se matérialiser sous ses doigts le tabouret rouge qu'il y avait dans la chambre de Joanne.

– Je voulais te parler de plusieurs choses, ma grive.

– Moi aussi, papa.

– J'aurais pu te parler de Bruse Fiord, de la banquise et des chapelets d'îles sur la mer, j'aurais pu te parler des sternes et des phoques et des ours, et des moules que j'allais chercher sous la glace quand j'étais gamin. J'aurais pu te parler de ton grand-père qui était chasseur. Et du soleil qui brillait constamment. Et de la grande nuit d'hiver. Mais en fait je pense que je reviendrai plus tard pour te raconter tout ça. Parce que là présentement il faut que je te parle de la lecture de Stevenson.

— Ce n'est pas l'heure, papa. Je suis en train de dormir à Los Angeles et toi tu es dans la cuisine de Lapérouse. Et tu es en train de boire du vin rouge dans un saladier alors qu'il fait nuit noire.

— Je me demande ce que la vie aurait été si tu étais restée avec nous.

— Ma vie ou la vôtre ?

— La mienne.

— Tu ne voulais pas que je reste.

— Il ne *fallait* pas que tu restes, soupirait-il en tapotant sa poche de poitrine. J'ai envie de fumer une cigarette mais je ne fume plus.

— Pourquoi ne fumes-tu plus ?

— Ta mère a décrété que les industriels du tabac étaient vendus aux francs-maçons et aux juifs.

— Son dada ce n'est plus les Chinois ?

— Si si, les Chinois, les francs-maçons, les juifs, les rois de l'agroalimentaire, les vendeurs d'armes, les Colombiens, les politicards lubriques…

— Moi je voulais te dire que je suis amoureuse.

— Tu n'es pas amoureuse, ma loutre. C'est seulement que tu manques de désinvolture.

— Je ne peux en parler à personne d'autre qu'à toi, papa.

— Tu as Joanne.

— Tu ne connais pas Joanne, papa. Je ne t'ai jamais parlé d'elle. Je ne t'ai d'ailleurs pas parlé depuis des mois. Je ne sais plus où tu es, ce que tu fabriques, ce qu'elles te font à la maison.

— Mais moi je te lis.

— Tu me lis ?

— Il faut que tu saches ce que disait Stevenson.

160

– Je ne savais pas que tu me lisais et que tu lisais Stevenson.

– Je lis Stevenson, Conrad, London et plein d'autres encore.

– Mais où les lis-tu ? Si maman les trouve...

– Je lis à l'imprimerie. Je m'enferme le soir dans mon bureau et je sors mes livres du tiroir. Et je fume.

– Personne ne dit rien ?

– Personne ne le sait, mon renard. Je suce des bonbons à la menthe.

– Et que dit Stevenson ?

– Il dit que le but de toutes les histoires c'est de satisfaire le désir ardent de celui qui les lit. Pour ce faire il te faut obéir aux lois idéales de la rêverie, aux coïncidences et à l'appétit de correspondances mystérieuses. *L'appétit de correspondances mystérieuses*. Stevenson disait les choses bien mieux que moi. Mais je suis sûr que tu comprends de quoi il retourne, ma truite.

– Je ne crois pas.

– Si si, réveille-toi et note vite tout ça avant que la réalité de nouveau ne t'assomme.

Maria Cristina se réveilla, nota dans une brume de gin ce qu'elle put se rappeler, en fait ce que Claramunt lui avait dit quelques jours plus tôt à propos de Stevenson, toutes choses édifiantes qu'elle plaçait dans la bouche de son père par une pirouette mystérieuse, et elle se rendormit aussitôt.

Le lendemain elle ne retourna pas chez Claramunt. Elle resta enfermée à attendre le retour de Joanne et à écrire. Elle avait passé trop de temps à imaginer la tête qu'il ferait quand elle sonnerait à la porte du manoir. S'il faisait comme si de rien n'était, elle serait mortifiée-crucifiée. S'il se montrait lascif, elle s'enfuirait. S'il était tendre, elle serait mal à l'aise.

161

Elle était en train d'abandonner peu à peu les cours, les étudiants et son grand rêve de réussite scolaire.

Au bout du deuxième jour le téléphone se mit à sonner toutes les heures.

Si c'était lui, elle n'avait rien à lui dire.

Si ce n'était pas lui, elle se sentirait humiliée.

Joanne finit par rentrer et découvrit Maria Cristina, cheveux sales et débardeur grisouille avec inscription *Je ne parle plus anglais* tout en arabesques indiennes, en train de taper à la machine dans le salon. Joanne avait son bébé Louis sous le bras et sa valise à la main, elle portait des lunettes de soleil en forme de cœur, et elle avait repris allure humaine, elle annonça qu'un ambulancier qui l'avait à la bonne venait de la déposer devant la maison, elles se serrèrent dans les bras l'une de l'autre, Maria Cristina embrassa les pieds du bébé, elle le trouva hideux et touchant à la fois, comme si elle accueillait dans le creux de sa main un écureuil qui venait de naître, aveugle et tout pelé. Joanne aéra en disant que ça sentait le chat crevé chez elles, elle ouvrit sa valise qu'elle vida, y installa des coussins puis le bébé qui s'endormit aussitôt.

Une heure après son arrivée, Maria Cristina lui annonça qu'elle avait couché avec Claramunt, Joanne prit un air entendu mais Maria Cristina fondit en larmes alors Joanne lui dit :

– Mon Dieu mon Dieu, tu es une toute petite fille, M.C., une très jolie petite fille certes mais il faut arrêter de pleurer sans cesse pour tout et n'importe quoi.

Maria Cristina renifla, se recroquevilla sur le canapé et résolut de ne plus pleurer avant le lendemain.

– Libère-toi des affreux, lui dit Joanne.

– Il n'est pas affreux.

– Alors pourquoi pleures-tu ?

– Je ne pleure plus.

– Alors pourquoi pleurais-tu ?

– Parce que je suis nulle.

– Non non non. Il n'y a rien de pire que les petites souris qui s'apitoient sur elles-mêmes.

– Oui mais je suis vraiment nulle.

Joanne se boucha les oreilles et secoua la tête comme pour éloigner des parasites.

– M.C., M.C., M.C., tu n'as plus quatorze ans, tu ne vis plus dans la forêt avec tes mormons, tu ne tires plus l'eau du puits pour faire de la soupe d'orties et tu ne te laves plus le visage avec du sable parce que ça récure bien. Tu es ici avec moi qui suis une sorcière de Salem, et je vais t'apprendre à mieux y faire avec les hommes ou du moins à ne pas t'effondrer à chaque fois que tu baises avec l'un d'entre eux.

C'était ce que Joanne appelait : la hauteur de vue.

À la fin de la journée, une voiture s'arrêta devant chez elles, Joanne alla à la fenêtre et dit :

– C'est un taxi qui vient de se garer devant l'immeuble, il y a quelqu'un à l'arrière mais c'est le chauffeur qui descend. Jette un œil. Je crois bien qu'il vient chez nous.

Maria Cristina regarda à travers les lamelles du store.

– C'est lui, dit-elle dans un souffle, reconnaissant Garland le chauffeur sans licence qui cachait ses tatouages sous ses cols roulés en tergal. Elle rougit et pâlit dans le même mouvement.

– Va-t'en, je m'en charge, dit Joanne.

Quand la sonnerie retentit, Maria Cristina était passée par la fenêtre de derrière qui donnait sur la courette aux cactus.

Elle n'entendit pas l'échange entre le chauffeur et Joanne.

Mais quand elle revint la chercher dans la courette, Joanne était si hilare que Maria Cristina en fut ébranlée – rien de tout cela n'était donc vraiment sérieux.

– Alors il a mis un pied dehors, déclara Joanne paraissant poursuivre une conversation commencée plus tôt. Il faisait des signes au chauffeur et je voyais sa chaussure posée sur le trottoir, il tapait du talon, il avait dû oublier de préciser quelque chose au chauffeur ou bien il avait peur que celui-ci ne soit pas assez clair ou assez catégorique. J'ai demandé au type en col roulé si Claramunt était handicapé, puis je lui ai dit de laisser tomber, que j'allais me débrouiller et je suis sortie, je me suis approchée de la voiture et je suis allée voir ton empereur romain.

– Mon empereur romain ?

– Il a quelque chose d'un empereur romain, non ? Un peu bouffi et suffisant. Mauvaise haleine et décadence.

Comme elle voyait le visage de son amie s'allonger, Joanne rectifia :

– Mais il a quelque chose. Ça oui. On ne peut pas le nier. Il a quelque chose.

– Bon continue.

– Il m'a dit qu'il s'était inquiété, qu'il avait appelé moult fois en vain et que donc il était venu avec Judy Garland – tu imagines ça, le chauffeur qui doit être le type qu'il contacte quand il a une course à faire, qu'il veut s'acheter un costard à 8000 ou des amphets, eh bien ce type se fait appeler Judy Garland. Tu as vu son physique de tueur à gages ? Judy Garland… Je pense que c'est à cause de son regard un peu ahuri ou alors peut-être qu'avant de se raser le crâne il portait des nattes ou alors il chantonne tout le temps *Over the Rainbow*…

– Joanne.

– Oui oui, ton Claramunt (elle prononçait son nom comme Paramount) était fou d'inquiétude et il désirerait instamment – il a dit instamment – que tu rappliques : il a besoin de toi dès demain. Si la moindre chose t'a contrariée il faut que tu lui en parles.

– C'est toi qui précises ?

– Non. Je t'assure qu'il a dit : Si la moindre chose l'a contrariée qu'elle m'en parle.

– La moindre chose ?

Elles se regardèrent, Joanne accoudée à la fenêtre et Maria Cristina en tailleur sur le tabouret, cigarette à leurs becs respectifs, au frais dans leur courette en ciment, avec la cage du mainate de la voisine au milieu des cactus en pot, et elles se mirent à rire et Maria Cristina se dit qu'il n'y avait décidément rien de meilleur que la camaraderie et, comme elle ne savait pas encore bien vivre les choses sans penser au moment où elle ne les aurait plus, elle eut peur de perdre Joanne.

Cette nuit-là Maria Cristina surprit son amie dans leur salle de bains de poche, debout devant le miroir, sanglotant en se tenant au lavabo et en se lavant les dents, et qui lui dit :

– T'en fais pas, c'est mes hormones qui dégringolent.

Elles se relayèrent pour nourrir le petit Louis. C'était comme faire des quarts sur un navire. Maria Cristina prit plaisir à ne pas dormir, il lui semblait être une vigie nocturne.

Le lendemain elle se pointa au manoir avec son débardeur mou qui semblait avoir été acheté dans un vide-grenier à une femme obèse qui ne passait plus aucune porte, elle ne s'était toujours pas lavé les cheveux mais ses yeux étaient fardés. Claramunt lui ouvrit, magnifique, en costume gris sur chemise blanche, carrure mise en valeur par le costume et la chemise, canne à la main, Borsalino, tel un Marlon Brando des tropiques, papillonnant, faisant comme s'il avait toujours su qu'elle reviendrait, comme s'il s'était inquiété de sa santé et ennuyé de sa compagnie. Il était navré mais il devait partir pour une émission de radio (il disait *radiophonique*), s'il avait su qu'elle viendrait (n'était-il pas passé pour le lui demander ?), il aurait tout annulé, il lui laissait la maison, elle serait peut-être partie à son retour, mais il faudrait qu'ils dînent bientôt ensemble, Il faut me dire quand vous êtes libre, il faut me dire, je m'arrangerai, j'ai bientôt un voyage en Europe et mon éditrice vient me rendre visite depuis New York, mais je m'arrangerai, dîner avec vous, très chère, est mon souhait le plus capital. Il lui baisa la main. Et il partit, virevoltant.

Elle se dit que c'était amusant ces gens qui vous proposent des choses qu'ils ne peuvent pas tenir alors même que vous ne leur avez rien demandé.

À quel jeu jouait-il donc ?

Elle alla dans son bureau, s'attela à sa tâche, trier des piles d'archives, et lui déposa au moment de partir ce qu'elle avait apporté sous son bras, son propre manuscrit.

Avez-vous une idée de ce que je peux faire de cela ? inscrivit-elle finalement sur un bout de papier qu'elle agrafa sur la page de garde.

Elle remit prudemment dans son sac le bloc-notes sur lequel elle avait fait de multiples essais de message (drôle, ironique, faussement suppliant, distant…) : elle n'avait aucune envie qu'il tombe sur ses diverses amorces sachant bien qu'il irait les chercher dans la corbeille pour évaluer combien il l'impressionnait.

Judy Garland est alcoolique

Claramunt l'appela le lendemain matin mais elle n'était pas à l'appartement.

Elle était en cours, une fois n'est pas coutume. Quand elle rentra, Joanne lui dit que la sonnerie du téléphone avait réveillé Louis et qu'elle avait été obligée de faire vingt fois le tour du pâté de maisons pour le rendormir.

– Rappelle Caligula, lui dit-elle.

Elle était vraiment agacée. Son vague à l'âme la rendait irritable.

Maria Cristina pensa, Ce n'est pas possible qu'il ait eu le temps de le lire. Il a autre chose à faire de ses journées. Il veut simplement me demander de passer plus tôt demain. Ou alors il va me dire un truc blessant : Une idée sur ce que vous devez faire de votre manuscrit ? Le réduire en cendre et en faire du terreau pour les chardons.

Elle en avait oublié qu'elle avait couché avec lui et que la veille encore cette pensée occupait tout son esprit.

Mais il ne décrocha pas.

Elle appela et rappela.

Puis elle se mit à ne plus sortir de la journée. Il faisait de nouveau très chaud comme si l'hiver avait duré deux semaines et déclaré forfait. Elle laissait les portes ouvertes quand elle allait chercher le courrier, prenait une douche expresse pour que le bruit de l'eau ne couvrît pas la sonnerie, et restait plantée près du téléphone à bercer Louis quand Joanne se reposait.

– Vas-y, lui dit Joanne le troisième jour. Tu ne vas pas attendre cent sept ans. Tu vas finir neurasthénique.

Alors elle y alla.

Elle essaya de voir quelque chose à travers les tulipiers, sonna à la grille, tenta de l'ouvrir, la secoua, sonna une nouvelle fois, finit par l'escalader, justifiant à l'avance ce franchissement par son inquiétude : il aurait pu arriver quelque chose à Claramunt, son bookmaker ou son dealer auraient pu l'assassiner, ou il pourrait être étendu dans le salon, inanimé depuis trois jours, elle n'était pas sûre qu'on pût mourir d'une overdose en fumant de l'héroïne, elle aurait dû demander à Joanne, Joanne savait ces choses-là.

Elle fit le tour de la maison et tomba nez à nez avec Judy Garland qui finissait de sortir les orchidées de la serre pour les entreposer dans une brouette. Il servait souvent d'homme à tout faire. Il n'avait plus de licence de taxi depuis des années parce qu'il avait un jour menacé un client ivre et querelleur avec un 347 Magnum. Or le client en question était un avocat teigneux de Boston. L'affaire avait mal tourné pour Judy Garland. Il avait perdu sa licence mais gardé son véhicule. Depuis, il sillonnait la ville, sa lumière en berne, en attendant que Claramunt ou un autre de ses employeurs lui fasse signe sur sa CiBi.

– Je cherche monsieur Claramunt, dit Maria Cristina soulagée de le voir.

– Il vous avait demandé de passer, interrogea ou constata Garland.

C'était un homme avare de ses mots avec une voix grave et neutre qui faisait qu'on ne savait jamais s'il vous questionnait ou vous informait. Son mutisme coutumier et la tessiture de sa voix laissaient penser qu'il était plus intelligent qu'il ne l'était. Ou du moins est-ce ainsi que Maria Cristina envisageait les choses. Il avait un air maussade et rébarbatif.

– Je devais le voir, dit Maria Cristina prudemment.

– Il est parti, fit Garland en soulevant les deux bras de la brouette, clôturant ainsi la conversation.

– Dans combien de temps reviendra-t-il ?

Garland s'arrêta, reposa la brouette, fixa Maria Cristina, semblant jauger sa vivacité d'esprit et la confiance qu'on pouvait lui accorder.

– Il ne reviendra pas. Il a été obligé de quitter la maison.

– C'est-à-dire ?

– Des créanciers et des affaires à New York.

– Des créanciers ?

– Il devait de l'argent à pas mal de gens, traduisit-il obligeamment.

– À pas mal de gens, répéta Maria Cristina hébétée.

– Et il avait des affaires à régler à New York. Alors il a quitté la maison.

– Ça lui arrive souvent ? Je veux dire : de quitter la maison et de partir brusquement ?

Garland la regarda en plissant les yeux, comme s'il était en train de conclure qu'elle était un peu niaise.

– La maison va être mise en vente.

– La situation est si catastrophique ?

– Elle va même être mise aux enchères.

– Mais que faites-vous des orchidées ?

– Je vais les vendre.

– Pourquoi donc ?

– Parce qu'il y en a de très rares qui peuvent rapporter un bon paquet de pognon, que personne ne va s'en occuper, qu'elles vont crever et que Claramunt ne m'a pas payé depuis plusieurs mois.

L'homme se remit en marche pour contourner la maison et se diriger vers la grille.

Maria Cristina avait l'impression de clignoter, son discernement était aussi intermittent qu'une ampoule au milieu d'un orage.

Elle lui courut après.

– Je ne sais pas quoi faire, lui dit-elle en le rattrapant. Moi aussi il me doit de l'argent.

– Les orchidées c'est mon idée, fit Garland sur la défensive.

– Non non ne vous inquiétez pas, je ne veux pas vous prendre les orchidées, je veux seulement pouvoir joindre Claramunt.

Le type siffla entre ses dents comme s'il assistait à un record mondial d'athlétisme.

– Il se cache quelque part.

– De quel côté dois-je chercher ?

– Mais il n'y a pas de raison qu'il ne vous recontacte pas. Vous lui plaisiez.

Elle se sentit flattée alors que la situation ne se prêtait pas du tout à ce genre de coquetterie.

– Est-ce que vous avez les clés de la maison, comme ça je pourrais entrer et récupérer un dossier qui m'appartient. Il a essayé de me joindre à plusieurs reprises avant son départ. Il devait vouloir m'avertir.

Il eut l'air d'hésiter.

– Alors je viens avec vous.

Quel vertueux garde-chiourme.

Ils entrèrent dans le manoir qui, abandonné, paraissait surqualifié.

– On ne touche à rien, dit Garland.

En pénétrant dans le bureau, Maria Cristina vit que

son manuscrit avait disparu. Elle ne sut comment interpréter cette absence. Il avait peut-être vraiment voulu lui en parler au téléphone. Elle fouilla dans les tiroirs.

Il va revenir, se dit-elle, il n'a pas pu tout laisser en plan.

Et comme s'il l'avait entendue, Garland, resté sur le seuil du bureau, lui dit :

– Il va réapparaître, c'est déjà arrivé plusieurs fois, il doit réfléchir à un moyen de se remplumer.

Le seul numéro qu'elle trouva fut celui de Rebecca Stein, l'éditrice new-yorkaise. Sa carte était comme d'habitude en évidence sur le bureau, posé sur le plumier où Claramunt conservait sa batterie de stylos Parker.

Elle le nota, chercha un mot qui se serait adressé à elle, un signe, quelque chose, elle semblait oublier qu'il était parti de son plein gré et n'avait pas été kidnappé par une bande de malfaiteurs.

Elle sortit avec Garland et traîna des pieds jusqu'à la grille.

– Je peux venir avec vous ?

Il souleva un sourcil.

– C'est juste que je me sens un peu perdue. Je ne veux rien d'autre que vous accompagner, vous pouvez bien faire ce que vous voulez avec ses orchidées ou avec ses Rolex. Je m'en fous. Mais je ne veux simplement pas rentrer chez moi tout de suite.

Il haussa les épaules. Ils se dirigèrent vers son taxi, elle l'aida à en remplir le coffre et la banquette arrière, c'était étrange toutes ces fleurs insolentes et majestueuses dans l'habitacle. Elles paraissaient manquer d'air et d'espace. Garland tendit un pulvérisateur à Maria Cristina.

– Rendez-vous utile, lui dit-il.

Pendant qu'il les emmenait, elle et les orchidées,

jusqu'à un fleuriste de luxe dans une rue adjacente à Sunset Boulevard, elle vaporisa en continu une brume d'eau pour rafraîchir Leurs Seigneuries. Il est troublant qu'elle n'ait pas perçu à l'époque où elle le croisait régulièrement et tout particulièrement en ce jour, ce jour qu'on appellera le jour des orchidées, l'impact que cet homme aurait sur sa vie des années plus tard, comme si l'existence qui ne prend que rarement la forme de nos espérances s'amusait à nous emmener là où nous n'aurions jamais imaginé aller et créait des ramifications souterraines en se gaussant de nos évidences.

Arrivés à destination, forts de leur ignorance, ils sortirent les fleurs, elle l'attendit pendant qu'il négociait dans la boutique et quand il revint, il semblait sourire, ou du moins une vague satisfaction éclairait ses traits.

– Je vous paie un verre, dit-il.

Et nous étions dans l'un de ces moments miraculeux où l'homme des bois met un pied dans la clairière.

Il la conduisit jusqu'à Pasadena dans un bar qu'il connaissait et durant le trajet elle ne put lui poser aucune question puisque celle qui lui brûlait les lèvres était impossible à poser et pourtant, aussi anodine qu'elle pût paraître, cette question était le préalable à toutes celles qui pourraient suivre, et Dieu sait s'il y en avait, Dieu sait si Maria Cristina avait besoin d'éclaircissements, mais celle qui concernait l'étrange nom de ce type était obligatoirement la première à poser et la plus agaçante parce que déjà posée sans doute des milliers de fois, c'était comme lorsqu'elle était enfant et qu'une petite fille de sa classe se prénommait Consonne et que tout le monde l'appelait Voyelle ou lui demandait, Pourquoi Consonne ? comme si elle se devait d'avoir la réponse à l'inconséquence de ses parents, il s'agissait de la première question que tout le monde sans aucune exception mais avec différents degrés de moquerie ou de perplexité ou de cruauté lui posait. Et c'était cela que Maria Cristina voulait savoir, comment un type comme lui, qui était capable de braquer un 347 Magnum sur un mauvais payeur, un type aussi réticent, timide ou secrètement violent, pouvait porter un nom aussi incongru.

Il gara sa voiture devant le bar et emmena Maria Cristina à l'intérieur et le barman lui fit signe, et c'était agréable d'être affranchie, ils s'assirent au comptoir et au bout de la quatrième bière il lui parla de Claramunt, de ce qui le liait à Claramunt, de la dévotion qu'il lui vouait (relative, pensa Maria Cristina, puisqu'il revendait ce qu'il y avait à revendre dès le maître carapaté), qu'il trouvait le bonhomme (c'est ainsi qu'il parlait) impeccable, même si c'était parfois un escroc, certains le disaient, mais Garland n'avait jamais eu le moindre problème avec lui, Claramunt avait toujours été nickel, quelques retards de paiement parfois, mais dès qu'il le pouvait, il payait rubis sur l'ongle, un type bien, répétait Garland, comme s'il essayait de rassurer Maria Cristina, mais c'est sûr, préféra-t-il préciser, qu'il ne valait mieux pas lui confier ou lui prêter quelque chose auquel on tenait, et Maria Cristina naïvement rassurée se dit, Je ne tenais pas tant que ça à ma virginité, on ne savait jamais quelle idée il aurait, poursuivit Garland, et puis il avait tout le temps besoin d'argent, et besoin qu'on le reconnaisse dans la rue, rien que de très banal au fond, de l'argent et de la reconnaissance, Garland avait lu les poèmes de Claramunt, oui, personne n'aurait pu le deviner, parce que tout le monde croit qu'il n'y a que les chevelus à lunettes cerclées de métal qui lisent des poèmes. Ou les vieux profs à collier de barbe. Non il y a aussi les types comme Garland qui lisent des poèmes, il faut arrêter de prendre les gens pour des cons, les types comme Garland ils lisent comme ils peuvent écouter des chansons tristes, des chansons parlant de peines de cœur et de rédemption, et quelle surprise que Garland connût ce mot, et quelle honte de s'en étonner, Garland lisait avec recueillement, oui, lire Claramunt faisait qu'il se recueillait, Garland, et qu'il l'admirait, il était touché, il avait même lu ses romans, il en avait lu trois, tous incroyablement différents, il y avait celui qui racontait l'histoire de ces quatre jeunes gens qui partaient à la chasse, une histoire qui finissait en eau de boudin, et puis celui qui se passait dans une université dans le Nord avec cette prof qui tombait amoureuse de l'un de ses élèves et ça finissait aussi en eau de boudin mais rien de comparable avec la partie de chasse, c'était bien moins sanglant, n'est-ce pas, et puis celui sur l'Argentine, aaaah, celui sur l'Argentine, c'était fou, ce talent de ne jamais être là où on l'attendait, et puis de pouvoir se mettre dans la peau de n'importe qui, l'imagination, c'était un truc de dingue, l'imagination, de toute manière quand Claramunt allait réapparaître soit il aurait réglé ses petits problèmes de fric, soit il pourrait toujours revendre une partie de ce qu'il avait dans la maison, il y en avait pour du blé dans la baraque, rien que les dessins érotiques accrochés dans l'escalier qui montait aux chambres d'amis, ça devait coûter bonbon, et Maria Cristina l'écoutait, et elle voulait savoir où Claramunt se réfugiait quand une tempête l'éloignait de son domicile, l'idée qu'il se trimballât avec l'unique version de son manuscrit, pourquoi aurait-elle fait un double, c'était déjà si astreignant de tout taper à la machine, elle n'avait pas de papier carbone et pas les moyens d'en acheter, l'idée donc qu'il était en train de naviguer quelque part et d'une façon ou d'une autre en eau trouble avec son manuscrit sous le bras se mit à la tracasser sérieusement.

Ils ressortirent du bar, Judy Garland avait sifflé seize bières et était devenu le compagnon le plus loquace qui fût, il était devenu, si c'est possible, d'une morosité tranquille, bienveillante, accueillante comme celle d'un vieux chat, Maria Cristina avait bu trois gin tonics, c'était ce qu'on buvait cette année-là à Los Angeles, cela faisait partie de sa stratégie d'intégration, elle titubait mais pas Judy Garland, solide sur ses jambes, immense et maigre avec ses yeux bleus fatigués, sa tête d'Ukrainien mal embouché (c'est Joanne qui avait dit ça quand elle l'avait aperçu, elle avait affirmé « on dirait un tueur russe »), il s'arrêta pile au milieu du trottoir à trois mètres de sa voiture (et c'était à cela qu'on voyait qu'il avait beaucoup bu, à ses arrêts inopinés) et il lui dit :

– Mon nom c'est Oz.

– Pardon ?

– Vous me l'avez pas demandé. Alors ça me touche.

– Je ne comprends pas.

– Je m'appelle Oz. Oz Mithzaverzbki. Mais personne n'arrive jamais à le prononcer.

– Donc vous me le dites.

– Donc je vous le dis.

Maria Cristina hocha la tête, à la fois reconnaissante et totalement ivre. Elle faillit perdre l'équilibre, emportée par la fougue de son propre acquiescement.

Il lui serra la main.

– Pour vous servir, dit-il. Je vous dépose ?

Deux trois choses
à propos de Garland

On ne sait pas grand-chose de sa famille. Sa mère aurait été ce qu'on appellerait bien plus tard une mère porteuse. Mais les parents bénéficiaires du petit garçon, une famille d'Ukrainiens qui avaient fait fortune dans les laveries automatiques, seraient morts dans un accident de voiture avant le terme. Comme tous les papiers étaient en règle, l'enfant s'était retrouvé avec le nom de ces gens – et le prénom de son père putatif. Sa mère biologique avait disparu après la naissance assez prestement.

On sait qu'il a passé son enfance d'institution en institution, système qui ne lui a pas plus convenu que s'il avait été incarcéré dans une prison turque. Il a fini par s'en évader définitivement.

Il a vécu dans un centre sportif pendant plusieurs années, un centre sportif, dit-il, sauf que ça n'y ressemblait pas vraiment, c'était dans l'Oregon près d'une ville qui s'appelle Summerfield, ce centre sportif était plutôt un parc d'attractions au thème vaguement Far West, il y avait une piste de danse, comme un gymnase des années cinquante (avec des concours de danse country), un stade pour le base-ball, un lac artificiel, une écurie pour les faux Broncos, des gradins pour assister aux spectacles de rodéo, des restaurants tex-mex, une piscine extérieure, un tatoueur, un stand de tir, une librairie et des boutiques de vêtements en cuir frangés. La nuit il y avait des vigiles à chiens. Il n'était pas le premier à avoir eu l'idée de ne plus jamais quitter le parc et de vivre là. Mais il était le plus habile, le plus discret, le plus patient, le plus observateur. Les garçons qui habitaient le parc disaient qu'on ne s'en sortait pas tout seul, qu'il fallait être solidaire et organisé, mais en fait ces garçons n'étaient ni solidaires ni organisés, ils avaient simplement peur d'être seuls et préféraient vivre en bande. En général ils s'installaient sous les gradins et se faisaient vite repérer. L'option de Garland avait été de rester isolé, il vivait sous la charpente d'une des cabanes tex-mex, il descendait quand il faisait nuit noire, il connaissait tout des cinq vigiles, leurs habitudes, leurs blagues sur les talkies, leurs préférences sexuelles, le nom de leurs chiens et le nom de leurs enfants, il évitait les autres garçons qui ne savaient même pas où il vivait et qui ne pouvaient donc pas le dénoncer au moment où ils étaient immanquablement arrêtés. Garland mangeait dans les cuisines la nuit, ne prenait jamais trop, ne laissait aucune trace derrière lui. La journée il se promenait dans le parc, il assistait au rodéo en grignotant le pop-corn que les gamins abandonnaient dans leur cornet sur les gradins, le truc c'était de ne jamais fouiller dans une poubelle en plein jour, sinon vous étiez repérés. Il a vécu deux ans là-dedans. Sans jamais sortir. Puis il a décidé que c'en était fini. Il a quitté le « centre sportif ». Il avait des papiers et l'âge légal pour chercher du travail. Il n'était plus un garçon fantôme.

On le retrouve quelques années plus tard, chauffeur de taxi en rupture de ban, confident et homme à tout faire de Claramunt. C'est tout ce que j'ai jamais pu obtenir de lui, des phases, des éclipses, des pièces plus ou moins bien ajustées, et tout cela, malgré les carences, dessine la vie et la constellation de Garland.

À ce moment du récit, Maria Cristina ignore la plus grande partie de ce que je viens de raconter là, mais peu importe puisque chaque chose advient en son temps.

Mettre le bras entier
dans un trou d'alligators

Maria Cristina tenta de joindre Rebecca Stein quarante-huit fois.

– Tu vas nous ruiner, lui dit Joanne au bout de la vingtième fois.

Alors Maria Cristina se mit à appeler d'une cabine publique. On lui répondait, on prenait son nom, on lui demandait de patienter, on lui imposait une chanson d'Earth Wind and Fire en musique d'attente, on était tranquille, décontracté et conscient de sa propre place éminente au cinquante-deuxième étage de cet immeuble qui en comptait cent vingt, en plein New York, avec des toiles abstraites dans le hall et le nom de tous les écrivains illustres qui avaient publié dans la maison d'édition en lettres adhésives argentées collées sur le mur, il y avait d'ailleurs le nom de Claramunt en bonne place et son nom miroitait, comme tous les autres noms qui remplissaient le mur, il miroitait paisiblement pendant que Maria Cristina patientait et écoutait Earth Wind and Fire et n'en pouvait plus d'Earth Wind and Fire, cela durait un temps fou, qui aurait pensé dans ces beaux bureaux moquettés et délicieusement frais que la personne qui appelait tous les jours et même plusieurs fois par jour tentait de les joindre depuis une cabine en verre sous le cagnard (dans cette odeur de métal chauffé et de plastique moulé que Maria Cristina ne supporterait plus jamais et qui lui occasionnerait pour toujours des nausées et des bouffées d'angoisse quand elle aurait assez d'argent pour se payer une ligne de téléphone chez elle, à son nom, une ligne sur laquelle elle pourrait passer autant d'appels internationaux qu'il lui plairait), avec derrière elle une file de Mexicaines qui voulaient appeler de l'autre côté de la frontière, là où elles avaient laissé leurs enfants et leurs belles-sœurs, une file qui s'allongeait et sinuait sur le trottoir et se désagrégeait parfois pour se mettre à l'ombre des bâtiments, chacune s'accroupissait alors, s'adossait, rêvassait et, quand une nouvelle postulante déboulait, la dernière femme de la file disloquée levait le bras pour se signaler et ainsi chacune savait où elle en était, tout le monde attendait que Maria Cristina conclût son affaire new-yorkaise, tout le monde prenait son mal en patience et les chèvres étaient bien gardées.

Au bout d'un temps considérable on lui disait, Désolée mais il semblerait que madame Stein soit en rendez-vous extérieur, peut-elle vous rappeler à son retour ? Et Maria Cristina soupirait, insistait en disant qu'elle appelait de la part de Claramunt mais la réceptionniste impeccable paraissait tout à coup deviner que Maria Cristina dégoulinait à l'autre bout du fil en débardeur et en short, accroupie dans la cabine avec ses trois heures de décalage horaire, avec ses piles de pièces de monnaie sur la petite étagère de métal, et la réceptionniste évinçait poliment mais fermement Maria Cristina, qui finissait par donner le numéro de téléphone de leur appartement, puis elle raccrochait et jamais Rebecca Stein ne rappelait.

Quand Maria Cristina revenait bredouille à la maison,

Joanne, le petit Louis posé sur l'avant-bras comme un bébé panthère, lui disait :

– Tu es toujours amoureuse de lui ou tu le détestes ?

Parfois elle serrait Maria Cristina contre elle et lui disait :

– Ma pauvre petite figue abandonnée.

Mais Maria Cristina se dégageait. Elle était fatiguée d'être une pleureuse.

Judy Garland passa la voir. Il s'installa dans leur salon, Joanne lui servit des bières qu'elle maintenait fraîches dans un seau à ses pieds pour éviter d'avoir à se lever. Il annonça qu'il n'avait pas de nouvelles de Claramunt, mais que s'il en avait il contacterait aussitôt Maria Cristina. Ce fut tout ce qu'il dit. Il plut intensément à Joanne.

Et puis un jour il y eut un miracle.

Rebecca Stein rappela.

Maria Cristina était seule à la maison, elle fumait dans la courette en regardant le carré de ciel bleu au-dessus d'elle et en buvant une bière, elle était assise par terre, dans un short découpé aux ciseaux et un débardeur empruntés à Joanne, ses orteils gigotant doucement sur le ciment avec une satisfaction enfantine. Le mainate, avec son cri régulier à la note stridente, créait un ricochet sonore adéquat pour laisser l'esprit dériver. Maria Cristina se demandait combien de temps elle allait tenir sans être renvoyée à Lapérouse, elle comptait le nombre de cours auxquels elle devait assister pour ne pas se faire reconduire à la frontière avant la fin de l'année scolaire, elle s'imaginait en train d'échapper à la police, de trouver une planque et un boulot clandestin, elle se disait que c'était le début de sa dégringolade, elle se disait, Et voilà comment j'ai bifurqué, elle n'avait pas réussi à s'adapter, ou alors si, elle avait réussi, elle se sentait californienne, dans une certaine mesure, mais elle n'avait pas réussi à devenir une bonne étudiante, elle avait loupé le coche, elle s'était laissé aller à une sorte de détente, elle s'était laissé circonvenir, elle était influençable, quel constat affligeant, même si l'influence de Joanne l'avait libérée, il était indubitable qu'elle était une personnalité encore trop malléable. Ce jour-là elle ne se disait pas comme elle se disait parfois, Je vais réécrire *La Vilaine Sœur* (le manuscrit qu'elle avait laissé à Claramunt), je vais le réécrire en mieux, même si Garland lui assurait à chaque fois qu'il venait que Claramunt allait réapparaître, il disait en la fixant de ses yeux céruléens, Soyez patiente, mais il est si difficile d'être patient quand on est assis dans les orties. Cet après-midi-là Maria Cristina cogitait paisiblement et laissait ses pensées tournoyer et monter dans la courette et se disperser en fibres étincelantes dans l'air iodé. Quel plaisir que cet état cotonneux qui lui faisait oublier les rendez-vous manqués et les visas qui expirent.

Le téléphone sonna.

Maria Cristina se leva pour répondre et ce n'était pas du tout la personne qu'elle attendait au bout du fil. C'était comme téléphoner à quelqu'un, anticiper sa voix, son allô habituel mais quand le téléphone décroche enfin de l'autre côté on entend le vacarme, le chaos d'un accident et des voix, et aucune de ces voix n'est celle de votre interlocuteur. Et cette voix-ci était une voix à huit dollars de l'heure, c'était une voix impersonnelle, d'une courtoisie civilisée mais distante, rassurante comme le haut-parleur qui vous annonce un retard de cinq heures sur votre vol avec une suavité supérieure, et la voix au bout du fil (une voix de femme ou d'homme, difficile à déterminer, sa caractéristique n'étant pas d'être sexuée mais d'être parfaite) lui dit, Veuillez attendre un instant, je vous mets en communication avec Rebecca Stein, et Maria Cristina ignorant les usages qui font que plus vous grimpez dans l'échelle socio-économique moins vous composez vos numéros vous-même, ce qui vous permet de faire croire à votre interlocuteur que c'est toujours lui qui vous dérange ou vous sollicite, Maria Cristina eut un instant d'égarement et se dit, C'est moi qui appelle ?

– Aaaah, Maria Cristina Väätonen, roucoula Rebecca Stein, comme si elle avait essayé de la joindre des dizaines de fois et que par chance cette fois-ci Maria Cristina n'était pas occupée à régler un problème planétaire mais simplement dans sa courette à boire et fumer des cigarillos Panther. Je suis si heureuse de vous entendre. J'ai vu Rafael et il m'a parlé de vous.

Rafael ? Personne n'appelait Claramunt Rafael. Mais il s'agissait sans doute d'entériner un degré d'intimité *spéciale*.

Une fraction de seconde, Maria Cristina s'interrogea, Claramunt avait-il couché avec elle ? Elle décida que si elle était à peu près potable rien ne l'en avait empêché. Puis elle se détesta pendant une autre fraction de seconde, elle haïssait ses propres pensées misogynes.

Rebecca Stein expliqua qu'elle était infiniment désolée, que la période était un peu compliquée, qu'elle avait été beaucoup à l'étranger et que c'était seulement pour cette raison qu'elle n'avait pas rappelé plus tôt. Et puis elle avait eu quelques problèmes personnels (ces mots étaient prononcés un ton plus bas pour indiquer le caractère privé de cette conversation), rien de grave n'est-ce pas, mais les affaires personnelles vous prennent tant d'énergie et de temps. Donc tout ça pour dire qu'elle était enchantée d'avoir enfin Maria Cristina au bout du fil. Et celle-ci lui demanda si elle avait eu des nouvelles de Claramunt parce qu'on s'inquiétait de lui à Los Angeles – inutile de préciser que les plus préoccupés par sa disparition étaient visiblement son chauffeur et la secrétaire qu'il avait séduite dans un moment de désœuvrement. Et Rebecca Stein répondit qu'il était encore à New York mais qu'il allait repartir bientôt pour la Californie.

– Enfin c'est ce qu'il dit, mais vous le connaissez.

– Pas tant que ça, répliqua Maria Cristina.

Puis, prise d'une inspiration héroïque et ne comprenant pas bien le ton de cette conversation, Maria Cristina voulut savoir si Claramunt lui avait apporté un manuscrit.

– Oui oui, dit Rebecca Stein en expirant de façon sonore la fumée de sa cigarette bleue, et je vous appelle pour cela, Maria Cristina. Je l'ai lu. Et j'ai cru, imaginez-vous, qu'il s'agissait d'un nouveau manuscrit de Rafael, il me l'a donné comme ça, sans page de garde, sans titre, et il ne m'a rien dit. Il prend toujours des airs mystérieux. Je l'ai lu et j'ai trouvé ça formidable. Je lui ai demandé, Comment as-tu fait pour te mettre dans la peau d'une gamine emprisonnée par sa mère dans cet horrible village, je me suis enthousiasmée, Quel incroyable talent, quelle empathie, comment fais-tu pour explorer à chaque fois des territoires si différents, il s'est mis à rire, et puis je lui ai dit, Ç'aurait été tellement bien que tu sois cette gamine, on t'aurait trimballé à droite à gauche, on t'aurait fait parler, c'est ce que veulent les lecteurs et les médias, ils veulent du vécu et une petite gueule triste et glamour, et j'ai soupiré et il a soupiré et nous avons pleurniché ensemble sur l'avenir de la littérature et puis il m'a dit, Mais j'ai une bonne nouvelle : ce texte a été écrit par la gamine en

184

question. Et elle a réellement une petite gueule triste et glamour.

Quand Maria Cristina entendit ces mots elle faillit fondre en larmes. Elle se sentit d'abord légèrement humiliée. Et peut-être flouée. Puis elle balaya cette impression pour ne retenir que la bonne nouvelle, c'était Joanne qui lui disait toujours, Enfile les mules à paillettes sans te préoccuper de qui les a fabriquées et de l'état du talon. Porte-les tant que tu peux les porter.

De l'autre côté du pays, Rebecca Stein était en train de demander à Maria Cristina si elle accepterait qu'elle soit son éditrice et si elle avait le temps de venir à New York, mais que si tel n'était pas le cas Rafael se chargerait d'être leur intermédiaire.

Maria Cristina, un instant, s'interrogea sur le genre d'éditrice qu'elle était pour confondre son texte avec un opus claramuntien. À moins que, et le doute s'insinua en elle, Maria Cristina n'eût elle-même écrit ce texte sous influence et que la patte de son mentor ne fût à ce point présente que même Rebecca Stein s'y était laissé prendre.

Ou autre option, Rebecca Stein ne lisait pas, faisait lire et compulsait vaguement et incomplètement les notes de ses assistants.

Maria Cristina bredouilla, raccrocha et ne parvint pas, quand Joanne revint et qu'elle voulut lui rapporter cette conversation, à se souvenir de ce qu'elle avait répondu, elle ne réussissait pas à aligner trois mots et s'embrouillait, comme si elle sortait d'un long sommeil. Elle avait raccroché sans savoir ce qu'elle avait bien pu dire à Rebecca Stein, si elles avaient convenu de se voir ou de se rappeler.

Un instant d'abandon

Judy Garland débarqua une semaine plus tard avec Claramunt dans son taxi.

– Il veut vous voir, dit-il à Maria Cristina.

Joanne pointa son nez sur le seuil derrière son amie. Elle papillonna des yeux à l'attention de Garland. Il hocha la tête vers elle en fermant les paupières, ce qui était la mimique la plus chaleureuse qu'il pût se permettre. Une sorte de courtoisie d'homme de Neandertal.

Maria Cristina monta dans la voiture à côté de Claramunt qui souriait comme un gros chat de gouttière. Elle portait une petite robe à bretelles et un gilet à troutrou jaune citron. Elle était à la fois excitée, effrayée et totalement captive.

– Magnifique, lui dit-il.

Garland démarra. Claramunt posa sa grosse paluche sur le genou de Maria Cristina mais celle-ci la lui prit et nicha ses petits doigts dans sa paume.

C'était tellement bizarre de le voir réapparaître ainsi dans son costume trois-pièces gris perle, il n'aurait pas été plus anachronique s'il avait arboré haut-de-forme, guêtres et canne à pommeau d'argent.

Il l'emmena au manoir et lui dit qu'il allait quitter l'endroit pendant un moment parce qu'il devait s'y dérouler un tournage. Il irait à l'hôtel. Elle verrait, il descendait toujours, quand sa maison lui était ainsi empruntée, dans un merveilleux hôtel au milieu d'une palmeraie à Santa Monica. Mais lorsqu'elle entra à sa suite dans le manoir, elle vit que des meubles manquaient et que les dessins érotiques de l'escalier avaient disparu. Avaient-ils été saisis, vendus ou entreposés en lieu sûr ? Il la fit venir jusqu'à sa chambre et la déshabilla, il l'appela LDMJ – Lumière De Mes Jours. Il s'arrêta pour la contempler. Il soupira et reprit l'effeuillage de Maria Cristina. Tout cela n'avait strictement rien à voir avec la dernière fois. Il avait l'air troublé, préoccupé, et ses gestes étaient lents comme ceux d'un vieux pornographe aveugle. Il parlait peu, serrait le corps de Maria Cristina contre le sien, s'interrompait pour se gratter et soupirer en semblant manquer d'air.

— Tu as écrit quelque chose de très beau, finit-il par lui dire.

Et Maria Cristina, contre toute attente, s'assoupit dans ses bras, elle ne pensa pas qu'il la flattait pour obtenir quelque chose, comme il le faisait d'habitude avec tout le monde quand il laissait entendre qu'il était le seul à deviner le talent qui était en vous et que vous étiez trop timide ou désorienté pour vous en rendre compte vous-même, et toutes ces singeries devaient bien servir un objectif supérieur, non, tout parut soudain calme et languissant à Maria Cristina, la lumière était si douce dans la chambre de Claramunt, une lumière blanche et voilée, avec des rais de soleil où la poussière voletait au ralenti. Quand elle se réveilla, il n'était plus près d'elle, elle se leva, enveloppée dans le drap, et elle le vit errer de pièce en pièce, nu et démuni. Quand il la remarqua, il lui tendit la main et elle vint s'asseoir sur ses genoux dans le salon.

— Je vais m'occuper de toi, lui dit-il.

Et l'un comme l'autre savait que ce n'était une chose ni possible ni tout à fait souhaitable.

Il écarta les pans du drap, dévoila ses seins et posa sa grosse tête sur sa poitrine et ils restèrent silencieux, elle, lui caressant les cheveux pensivement, et lui semblant se reposer avant de partir guerroyer. Si pendant tous ces jours d'attente elle avait hésité et oscillé au seuil de la méfiance, la distance mélancolique de cet instant la chamboula une nouvelle fois.

IV

LE RESTE DU MONDE

Survivre en terrain miné

— Prépare des listes.

— Des listes ?

— Ils passeront leur temps à te demander d'établir des listes. Les trois livres que tu emporterais sur une île déserte, le nom du naufragé avec lequel tu aimerais te retrouver sur ladite île, ton acteur mort préféré, ton acteur vivant préféré, la maladie qui te fait le plus peur, le pays où tu aurais aimé naître, ta recette de pâtes préférée, les trois fantasmes que tu n'as jamais révélés à personne et que tu brûles de dévoiler dans un magazine, tes cinq hommes politiques préférés de tous les temps, tu peux citer Jésus, l'animal que tu aimerais avoir ou alors l'animal que tu aimerais éradiquer de la planète, la liste de tes allergies, tes bonnes adresses pour boire une piña colada à Los Angeles, ton truc beauté…

— On t'a posé ces questions-là ?

— Excepté le truc beauté, oui.

— C'est vrai ?

— Mais non je plaisante, LDMJ, je te fais de petites blagues.

Le fourvoiement

Elle fit le tour du monde « grâce à sa petite gueule triste et glamour ».

Quand *La Vilaine Sœur* sort en mars 1978, Maria Cristina Väätonen n'est pas majeure. Il aurait donc fallu que son père signe son contrat d'édition pour elle (sa mère est censée être morte si on part du principe que *La Vilaine Sœur* est autobiographique – ce que Maria Cristina ne dément à aucun moment). Claramunt pressentant les problèmes que cela pourrait poser décide de mentir sur son âge. Il s'y prend très officiellement. À tel point que la carte de séjour de Maria Cristina est établie à l'avenant. C'est donc à ce moment-là que l'âge de Maria Cristina commence ses fluctuations et que, du coup, la perception qu'elle a du processus de son vieillissement connaît ses premiers signes d'altération.

Claramunt, à cette époque, vit un regain d'activité, ses revers d'argent sont un mauvais souvenir, il n'a pas réintégré le manoir mais il s'est installé dans la chambre 411 de l'Hotel Paradise. Il y orchestre les interviews de Maria Cristina, il est protecteur avec elle et effrayant envers les importuns. Il s'arroge ce rôle, elle le laisse faire.

C'est une période un peu confuse.

Il dit que ce qui est bandant chez elle, c'est qu'elle

donne l'impression de n'avoir besoin ni de lui ni de personne.

Maria Cristina devient une jeune femme sexy parce qu'elle est fascinée par les femmes sexy, qu'elle trouve dangereux de l'être et que cette posture fait enrager ce que Joanne appelle les féministes misogynes. Elle dit qu'être séduisante est un risque et qu'elle aime prendre ce risque.

Elle dit également que le salut des femmes réside dans leur possibilité à devenir grosses et laides et à ne plus se regarder les unes les autres comme des rivales. Elles seraient moins malheureuses. Elle dit que les hommes seraient eux aussi moins malheureux. N'est-il pas terrible pour eux de voir partout ces petits culs intouchables, ces princesses à longues jambes qui font du roller dans leur minishort et qui leur disent toujours non ?

Et puis elle rit elle-même de ce qu'elle raconte pour que les gens comprennent qu'elle plaisante. Mais parfois elle ne sait plus si elle plaisante.

Elle parle beaucoup des femmes, des hommes et de l'enfance. Elle parle de la différence entre les hommes et les femmes. Elle dit aux étudiantes qui viennent l'écouter, Il y a toujours un moment où une femme évalue le poids et la rapidité d'un homme. Et puis des choses plus pragmatiques : Toute femme sait ce que c'est que de descendre la nuit au quatrième niveau d'un parking souterrain, d'entendre résonner ses propres pas sur le ciment et de se concentrer pour être sûre qu'elle est bien seule et qu'elle aura le temps d'atteindre sa voiture *si quelque chose survient*.

On lui demande souvent son avis sur l'inégalité entre les hommes et les femmes. Elle est en général mal comprise. Claramunt lui apprend à ne pas se soucier du malentendu. Il lui répète que le succès d'un livre est de toute façon un malentendu.

Elle dit qu'elle ne veut pas d'enfant. Elle dit que l'espèce est déjà assez pullulante.

Elle parle du couple, et de l'idée surprenante qu'un couple doive partager le même habitat. Elle dit que très peu de mammifères y arrivent. Sur cette question-là nous ne sommes pas beaucoup plus évoluées que des loutres, déclare-t-elle. Alors pourquoi s'entêter ? Puis elle dit que les couples finissent par se jeter à la tête leurs divinations rétrospectives qui leur permettent de se croire plus malins que les décisions qu'ils avaient prises. Elle parle du couple et des querelles de couple alors qu'elle n'en a qu'une construction de l'esprit. Il semble qu'elle réagisse plus aux idées des autres qu'elle n'initie des idées de son cru.

Elle dit qu'on a refusé pendant des siècles aux femmes d'être des électrons libres. Elles étaient soit mariées soit au couvent. La femme moderne se doit de rester libre.

Elle dit qu'elle aimerait n'avoir recours qu'à la solitude. Elle dit souhaiter refuser le « nous » fusionnel.

Mais l'idéalisme est instable.

Elle apprend que l'écriture d'un livre est faite de ruses et d'esquives.

Elle n'a pas la tentation de se mettre à l'abri dans une lézarde. L'unique personne à lui proposer de le faire est Garland mais il n'est pas dans une position où il peut accéder à son oreille ou à son entendement. C'est comme s'il était en bas dans la cité lacustre et qu'elle, elle tournoyait en grimpant à toute allure le chemin de pierre. L'existence de Maria Cristina Väätonen est une existence moderne, une existence qui aime le simulacre de l'occupation maximale et de la saturation ordinaire. On ne peut rien y faire à ce moment-là de l'histoire.

Elle couche avec d'autres hommes que Claramunt. Elle le fait seule et puis sous le regard de Claramunt que le sexe fatigue quand il le pratique. Elle habite toujours avec Joanne (cela n'a de cesse d'étonner Claramunt, il lui dit, Comment pouvez-vous vivre dans ce gourbi ? Maria Cristina n'a pas de réponse rationnelle à cette question. Claramunt parle de Joanne en disant, Ton amie pauvre. Ou alors, La hippie.). Cependant elle passe beaucoup de temps dans la chambre 411 quand elle n'est pas en voyage. Elle couche avec des femmes mais rarement et en général pour le plaisir de Claramunt, parce que cela fait partie de leur sexualité à tous les deux et que certaines filles sont vraiment belles et douces.

Et puis elle finit par ne plus coucher avec personne.

Ce qui la captive encore c'est l'instant de la séduction. De l'avant-fornication. En revanche, se frotter contre une nouvelle peau, respirer une nouvelle odeur, et toucher de nouveaux organes a fini par la lasser, la répétition l'ennuie, elle n'aime que l'instant doux du premier regard qui lui creuse l'estomac comme si elle avait erré en plein désert pendant trois jours, c'est un vrai trou qui la traverse de part en part, c'est cela la séduction, on pourrait voir à travers son corps percé, c'est le pincement amoureux qui lui manque, l'envie de plaire, elle aime plaire, elle trouve cela agaçant d'avoir autant envie de plaire, agaçant et préhistorique, mais elle ne peut se résoudre à abandonner le plaisir d'être regardée même si elle juge ce plaisir dégradant. Elle ne s'inquiète pas de ne plus avoir envie de coucher avec personne bien qu'elle n'ait pas vingt ans. Elle se sent bourrée de contradictions.

Parfois elle redevient une enfant, elle dit bonjour

aux gens en terrasse quand elle entre dans une cafétéria et elle redit bonjour quand elle ressort parce qu'elle a peur d'avoir oublié de le faire, parce qu'elle craint de passer pour une pimbêche, parce qu'elle n'est plus du tout physionomiste à cause de tous ces visages qu'elle a vus et de tous ces yeux qui l'ont regardée, scrutée, évaluée. Elle ne sait même pas pourquoi elle redit bonjour, et quand elle s'en rend compte elle sait que c'est ridicule et qu'il devient limpide aux yeux de tous qu'elle est terriblement gênée, qu'elle espère qu'on la prendra pour une fille modeste et sympa alors qu'elle a simplement l'air d'une détraquée, elle ne sait plus qui est qui, tous les visages se sont fondus les uns dans les autres.

Parfois elle redevient une fille de la campagne, quand elle va chez un médecin de riches, qu'elle patiente dans la salle d'attente assise sur un canapé en cuir blanc et qu'il lui semble que toutes les femmes qui sont là sont plus à l'aise qu'elle, plus belles, ou pas vraiment plus belles mais seulement plus dans leur élément, plus évidentes et plus propres. À tel point qu'elle quitte parfois la salle d'attente parce qu'elle a l'impression de sentir mauvais.

Elle boit beaucoup mais ne se drogue pas.

Elle adore ne pas se souvenir de ce qu'elle a dit la veille, elle peut avoir confusément honte mais elle ne se souvient de rien. Ce qui s'est produit la veille ne la concerne plus.

Elle rencontre enfin Rebecca Stein, elle va la voir dans son bureau panoramique à New York, c'est une pièce qui doit mesurer soixante mètres carrés avec des baies vitrées qui donnent sur le toit terrasse aménagé d'un palace de la 5e Avenue avec cocotiers en résine et piscine, Rebecca Stein est éblouissante dans son bureau trop lumineux, Bach sort des baffles aménagés dans le mur, on dirait que les murs exsudent Bach, ça pourrait ressembler à une caricature du paradis, la moquette est aussi douce et précieuse que la fourrure d'une hermine, c'est un bureau comme une Cadillac climatisée qui roulerait en plein New York toujours à la même vitesse sur un tapis d'ouate et qui vous ferait percevoir le lointain bruit de la circulation comme autant de chuintants soupirs, tout ici n'est que luxe calme et volupté. Rebecca Stein lui présente l'équipe. Elle répète cela tout le temps, C'est un travail d'équipe, si bien que Maria Cristina a le sentiment qu'on parle de l'enrôler pour jouer au hockey aux jeux Olympiques. Rebecca Stein a les cheveux aussi noirs que ses yeux et elle ne s'habille qu'en blanc. Elle est d'une minceur extrême, elle ne doit rien manger d'autre que des graines et un peu de mouron pour les oiseaux. Pendant la *visite des locaux* et la *présentation de l'équipe*, Claramunt qui accompagne Maria Cristina ne cesse de faire des remarques ironiques à son oreille pour la faire sourire. Il sent qu'elle est très mal à l'aise et qu'elle aurait rêvé d'un éditeur dans un bureau minuscule et bordélique et malodorant, une sorte de terrier à livres. Quand ils ressortent de là il lui dit que rien ne l'oblige à retourner voir Rebecca Stein, Maria Cristina peut tout gérer de loin et lui il s'occupera du reste.

Elle apprend à conduire et s'achète une voiture. Elle part régulièrement rouler dans le désert là où les serpents demeurent immobiles sur l'asphalte chaud, là où les chiens sont jaunes et faméliques et où les caravanes ensablées patientent sous les réservoirs d'eau. Le vent y est sec et coupant, brûlant comme un sirocco. Comme il est étrange de se dire qu'au bout de la route il y a ce petit eldorado tropical qu'elle habite.

Elle prend l'avion souvent. Un jour elle s'envole pour le Brésil et l'avion tombe comme une feuille, il se met à perdre de l'altitude, tout le monde dort dans la cabine, tout le monde dort sauf Maria Cristina qui sent tout à coup que l'avion n'est posé sur rien, qu'il est simplement sur des courants d'air, et que ces courants d'air ne sont pas tant ses alliés que ses ennemis ou ses concurrents, et l'avion tourne sur lui-même et il tombe, à plat, et selon un axe vertical imaginaire comme si tout s'était arrêté, comme s'il était aspiré par la bouche d'un monstre juste sous lui, la chute dure quelques secondes mais Maria Cristina a le temps de promettre mentalement des milliers de choses à des instances supérieures invisibles et l'avion récupère son équilibre, et Maria Cristina se dit que jamais plus elle ne reprendra l'avion.

Mais elle continue. Elle arrive même à se persuader qu'elle est détendue dans un aéroport, qu'elle pourrait s'y retrouver les yeux fermés et que les agents des douanes ne l'effraient pas. Depuis, quand elle est assise dans un avion, ceinture bouclée, elle adopte un air dégagé en buvant de petites rasades de gin tonic toutes les dix minutes. Elle essaie tout le temps de paraître décontractée ou désinvolte. Elle pense qu'en contraignant sa nature elle finira par devenir réellement une personne décontractée et désinvolte.

Parfois la terreur la reprend, la terreur d'être à quarante mille pieds de la surface de l'océan, de ses requins, de ses abysses et de ses calamars géants, à l'intérieur d'une carlingue de plastique et de métal et de moquette qui ne se maintient pas plus logiquement dans l'espace qu'un caillou lancé en l'air n'est censé y rester suspendu, et même si on lui raconte des histoires de portance et d'écoulement d'air autour des ailes, c'est la *sensation* des températures sibériennes autour de l'appareil, la glace sur les hublots et l'absence d'oxygène qui la rendent si dingue qu'elle serait prête à perdre la raison. Je pourrais tout aussi bien être sur la lune, se dit-elle fréquemment.

Elle ne sait pas voyager autrement qu'avec quelqu'un qui l'accueille dès son arrivée et lui présente les merveilles du pays, une personne avec laquelle elle entretient, durant la durée de son séjour, une relation personnelle, dévoilée, presque intime, d'une intensité à l'aune de la brièveté du séjour, une personne qu'elle quitte, persuadée de la revoir, d'avoir noué des liens amicaux durables avec cet/te accompagnateur/trice. Mais quand elle revient chez elle, tout a disparu, et la nécessité d'entretenir cette relation a elle aussi disparu.

Elle va en Amérique latine et en Europe. Elle rencontre des écrivains, ils la jaugent parce qu'elle est très jeune, parce qu'elle a écrit un texte autobiographique et qu'elle a du succès. Ils veulent tous être consacrés *mais* populaires. C'est une engeance assez malheureuse. Ils parlent beaucoup d'argent entre eux, ils comparent leurs contrats, leurs revenus, les résidences qu'on leur alloue et ils disent du mal les uns des autres ; il semblerait parfois que lorsqu'ils débattent devant un public ils briguent des suffrages, ils font des blagues, ils font de l'esprit, vont-ils esquisser un pas de danse ou se lancer dans un tour de magie. Puis ils se reprennent et redeviennent sérieux et moroses. Elle met du temps à comprendre qu'ils se comportent comme elle : ils tentent simplement d'enrayer leur malaise. En général tout paraît très feutré, la quasi-totalité des membres de cette corporation pourraient porter des pantalons en velours côtelé et des mocassins à semelle en caoutchouc.

Quand elle rentre c'est l'inverse, tout est assourdissant.

Elle a plaisir à être ce qu'elle est. Pendant cette période il y a un tel vacarme (en Californie et à New York, là où Claramunt l'emmène, Loin des écrivains, dit-il, parce que les écrivains sont laids, Claramunt au fond préfère le cinéma et la peinture, il s'amuse qu'on lui demande d'écrire la biographie d'un dictateur ou celle d'une rock star, il espère que tout le monde a bien compris qu'il est plus intelligent que n'importe lequel des participants à cette grande loterie), la musique est à un tel volume qu'il faut crier pour se faire entendre, et que peut-on raconter quand on ne fait que crier ? Des blagues, des ragots, des mensonges pour se mettre en valeur. Ou alors on fait des proclamations spectaculaires. Cette situation semble moralement convenable. Ce serait de ne pas profiter de la chance qui vous est offerte qui serait inconvenant.

La présence de Claramunt légitime Maria Cristina partout où elle va. Cela fait très longtemps qu'il n'a rien publié lui-même mais étrangement la main qu'il a posée sur son épaule fait d'elle un écrivain. Il l'accompagne et il lui dit, Je suis ton tuteur LDMJ, tout en lui pinçant le bout des seins.

Parti sans tarder

En mars 1979, Joanne l'appelle pour lui dire qu'elle vient de trouver une lettre de sa mère au courrier. Maria Cristina est à Los Angeles à l'Hotel Paradise, elle revient d'une tournée sur la côte Est. Elle est épuisée, elle répond depuis le lit où elle sommeillait pendant que Claramunt lit le journal sur la terrasse. Elle remercie Joanne, elle lui dit qu'elle va passer dans l'après-midi. Elle pense que sa mère a eu vent de son succès et veut lui reprocher d'avoir parlé d'eux. Elle s'y attendait, elle savait que ça finirait par lui tomber dessus. Il y a une toute petite partie d'elle qui pense que sa mère veut la féliciter. C'est incroyable que cette petite partie d'elle-même, une sorte de concentré de naïveté et d'espoir, continue d'exister envers et contre toute raison.

Sa mère ne peut en aucun cas se réjouir que sa fille écrive des livres depuis l'infâme Babylone, qui plus est des livres impudiques où elle se consacre à critiquer violemment leur mode de vie.

Quand Maria Cristina vient récupérer la lettre, Joanne lui sert une bière avant de retourner arroser le petit Louis dans la courette. L'enfant est assis dans une cuvette jaune, c'est un printemps formidablement chaud, on entend le bruissement sec des eucalyptus derrière le

mur, comme s'ils abritaient un nid de serpents à sonnette, l'enfant rit en essayant d'attraper avec ses petites
mains l'eau qui sort du jet que sa mère dirige sur lui.

Marguerite Richaumont lui écrit que son père Liam
Väätonen s'est noyé dans la baignoire de la maison rose.
Il est mort électrocuté. À cause du poste de radio et
du sèche-cheveux qui sont tous les deux incidemment
tombés dans le baquet alors qu'il s'y baignait. Marguerite Richaumont écrit à sa fille que cela fait trop
de temps qu'elle n'a pas envoyé de ses nouvelles, ce
silence désespérait son père mais maintenant que les
obsèques sont terminées et qu'il est enterré comme il
se doit dans le cimetière catholique de Lapérouse il
est inutile de redonner signe de vie, quel que soit le
genre d'existence qu'elle s'est choisie, et il est facile
d'imaginer ce qu'il en est, cette vie l'absorbe tant qu'elle
a abandonné sa famille. Le constat est clair. Elle lui
dit d'envoyer des fleurs à l'église de la Rédemption
Lumineuse et de ne pas passer par elle pour cela, elles
seront déposées sur l'autel, c'est le moins que Maria
Cristina puisse faire.

Maria Cristina est outrée. Elle pleure de rage et
d'impuissance – l'une allant souvent avec l'autre. Elle
a tenté d'appeler sa mère à plusieurs reprises depuis
un an. D'abord pour lui dire qu'elle ne rentrait pas à
Lapérouse et lui donner quelques informations en mots
choisis – au fond elle préférait que sa mère n'apprenne
pas par hasard la publication de *La Vilaine Sœur*. Mais
la voisine, au moment où Maria Cristina téléphonait,
n'a jamais réussi à trouver Marguerite Richaumont.
On pouvait imaginer la voisine, grosse et embarrassée,
piétinant son linoléum vert, sachant plus de choses que
ce qu'elle voulait révéler, n'osant dire à Maria Cristina
que sa mère ne désirait plus lui parler, faisant mine

d'aller la chercher, se disant sans doute que ce n'était pas à elle de se charger d'un tel message, pressant Marguerite Richaumont de mettre la situation au clair avec sa fille. Il est vrai que cela fait plusieurs mois que Maria Cristina n'a pas essayé de joindre sa mère, elle se sent si encombrée qu'elle a continuellement remis son prochain coup de téléphone à Lapérouse.

Et Maria Cristina pleure à cause de son père, et aussi à cause de la baignoire, elle revoit distinctement la baignoire sabot bleu dragée où son père devait entrer en se pliant, et qu'y avait-il de pire que de mourir dans cette baignoire pour nains avec des appareils électriques qui vous grillaient le cerveau, mais que faisait un sèche-cheveux dans la maison de Lapérouse, et le poste de radio que faisait-il dans la salle de bains, son père avait-il trouvé un autre lieu de repli que son bureau de chef d'atelier à l'imprimerie, comment avait-il pu croire judicieux de s'enfermer dans la salle de bains en écoutant la radio qui diffusait la musique acadienne qu'il aimait, l'appareil en équilibre sur l'une des étagères branlantes, et en chantonnant peut-être, son père chantonnait-il parfois tout en se séchant les cheveux ? Ou tout cela n'était-il que le point final à la tristesse inapaisable qui depuis si longtemps tentait d'avoir raison de lui ?

Maria Cristina pleure. Il y a longtemps que ça ne lui est pas arrivé.

Et Joanne la console. Joanne est rentrée, elle crie à Louis de patienter et elle serre son amie dans ses bras.

– C'est mon père qui est mort, dit Maria Cristina.

Et elle renifle et ajoute :

– Et ma mère ne veut plus me voir.

– Cette vieille salope, dit Joanne qui lui ressert une bière et lui caresse les cheveux.

— Je pensais qu'il m'attendrait, dit Maria Cristina.

Elle se met à se morfondre et à répéter qu'elle aurait voulu lui parler, et puis aussi qu'elle aurait surtout voulu qu'il l'écoute, elle aurait voulu lui dire combien elle tenait à lui, que chaque matin dorénavant elle se souviendrait qu'il est mort et que ce serait comme une piqûre douloureuse, le rappel du réel, elle se réveillerait et elle sentirait quelque chose qui la gênerait ou qui la rendrait triste, elle s'interrogerait une fraction de seconde et elle saurait que c'est cela, la disparition de son père et le regret de ne pas lui avoir parlé, le regret qu'il ne l'ait pas attendue. Et elle imagine les simagrées de sa mère, ce à quoi a dû ressembler l'enterrement de son père, les bigotes et les prières et l'encens et son hystérie de veuve, son indignité, Et le voilà six pieds sous terre, dit Maria Cristina, et elle tente de se souvenir des derniers mots qu'ils ont échangés et du dernier geste qu'il a eu pour elle, un petit geste de la main, comme si ses doigts fourmillaient, il l'avait accompagnée à la gare routière et il était resté debout sur le trottoir, ni sa mère ni sa sœur n'étaient venues, elle partait pour la Californie, l'Infâme Babylone, il n'y avait que son père, il était très droit, hiératique, indéchiffrable, avec sa large face de Lapon et son attitude de chasseur de phoque, et il avait fait ce petit geste féminin, délicat, insolite avec ses doigts qui semblaient pianoter dans le vide, il n'avait pas souri, il n'avait pas cillé, mais il y avait sa retenue et son chagrin et son espoir assemblés dans ce signe.

Joanne continue de dire du mal de la mère de Maria Cristina. Bien qu'entendre un tiers critiquer nos parents soit parfois très désobligeant, la solidarité de Joanne apaise Maria Cristina.

La haine

Le 1er janvier 1980, Maria Cristina est à Los Angeles, elle sort d'une soirée au Château Marmont. Elle y a laissé Claramunt qui ne peut plus bouger, qui délire sur le Nobel qu'il ne manquera pas d'avoir cette année, il vient de rencontrer juste avant le premier coup de minuit un Suédois qui travaille au consulat ou au bureau du Livre ou je ne sais où et qui lui promet de parler de lui en haut lieu. À cette soirée, il y avait entre autres Andy Warhol, Ultra Violet, Jim Morrison et Steve McQueen. Mais on ne peut en être sûr. Dans ce genre d'endroits, il y a beaucoup de sosies, d'hommes déguisés en femme et de petites filles ivres. Maria Cristina, nauséeuse et titubante, sentant que la fête va se prolonger jusqu'au matin, a pris l'étrange décision de rentrer en voiture, la Mustang verte qu'elle vient de s'acheter et que le voiturier conduit jusqu'à elle. Elle lève le nez et respire un grand coup, elle n'entend pas ce que le voiturier lui dit. Quand elle boit elle a des troubles auditifs. Elle lui sourit comme si elle allait bien et lui donne un pourboire. Maria Cristina, quand elle est à l'étranger, veut toujours faire croire qu'elle n'est pas une touriste. Et quand elle a trop bu elle tient toujours à faire semblant d'être sobre.

Elle doit partir deux jours plus tard pour le Japon.

C'est sans doute pour cette raison qu'elle ne veut pas rentrer trop tard chez elle – chez Joanne. Elle a le sentiment d'avoir déjà tant accumulé de fatigue ces derniers mois qu'il lui semble être une très vieille dame.

Il n'est que deux heures du matin. Le ciel est laiteux, d'un gris orangé. On ne voit aucune étoile, aucun nuage. Maria Cristina porte sous sa veste une petite robe rouge avec des broderies dorées le long du décolleté. C'est une robe de mère Noël, lui a dit Claramunt en l'embrassant à minuit pile.

– Offre-moi des cadeaux, lui a-t-il dit (lui a-t-il hurlé dans les oreilles à cause du volume de la musique).

Un couple sort juste après elle et tend ses clés au voiturier, puis à leur suite un homme qui était à la soirée et qui lui a parlé – de son livre, ou d'une émission à laquelle elle avait participé, elle ne sait plus. Elle se dépêche de démarrer pour ne pas gêner leur départ.

Elle s'accroche au volant et se concentre pour faire la mise au point, elle boit de l'eau à la bouteille, elle en laisse toujours une dans la boîte à gants et l'eau lui sert à remettre ses idées au clair si nécessaire.

Elle finit par arriver devant chez Joanne, elle se gare sous un réverbère et au moment où elle verrouille sa voiture, elle se rend compte que le type qui lui a parlé pendant la soirée et qui est sorti en même temps qu'elle du Château Marmont stoppe sa moto en face ; elle le reconnaît parce qu'il ne porte pas de casque. Elle a un petit mouvement amusé, Ah il habite dans le coin lui aussi. Elle se demande s'il lui plaît. Cette pensée dure une fraction de seconde, elle se détourne et cherche ses clés dans son petit sac verni. Elle entend alors un mouvement précipité derrière elle et sent un bras puissant la prendre sous le menton et la faire basculer. Un instant elle pense à un animal, elle a l'impression d'être agressée par un gorille, peut-être parce que cet avant-bras est chaud et duveteux.

Elle manque de tomber, se rattrape, tente de soulager son cou de cette étreinte, mais l'homme la traîne, elle ne le voit pas, mais elle comprend que c'est le type à moto, il dégage une odeur fraîche de promenade nocturne et aussi un parfum de gasoil. Elle se dit, Suis-je bête ?

Elle se débat, essaie de crier, Joanne doit être là, elle n'avait trouvé personne pour faire garder Louis, le type lui met une main devant la bouche, à côté de l'immeuble il y a une pelouse pelée avec des eucalyptus, il la traîne toujours, son talon gauche se casse, elle pense à son talon gauche, elle voudrait lui enfoncer ce talon gauche dans l'œil, il la pousse contre le mur du bâtiment, d'une main il l'étrangle, de l'autre il tire, soulève et déchire sa robe de mère Noël, la voilà maintenant en pièces. Pendant tout le temps où il la viole, il l'insulte et lui cogne le crâne contre le mur. Derrière ce mur il y a Louis qui dort et sans doute Joanne qui regarde la télé. Il lui dit, Je ne veux pas te tuer, tiens-toi tranquille sale pute.

Elle se rend compte confusément que ce type paraît lui en vouloir personnellement. Elle se laisse aller, elle ne peut rien faire contre la force et la rapidité de cet homme, sa propre impuissance la submerge, ainsi que la douleur entre ses jambes et dans son crâne et sur ses seins qu'il tire comme s'il s'agissait de deux éléments vissés à son buste qu'on pourrait ôter et repositionner à l'envi, comment lutter contre ce type qui veut la punir et lui arracher ce petit sourire de la gueule (ainsi qu'il le dit). Elle décide de faire ce qu'il lui demande, quelle que soit sa demande, elle a même perdu ses clés, elle aurait peut-être pu les lui enfoncer dans le cou, il lui manque sa chaussure droite et son sac à main, elle n'a plus rien d'autre que son corps fouaillé et des lambeaux de tissu rouge avec quelques broderies, elle est si démunie, elle est si vulnérable, comment en arrive-t-on à être aussi vulnérable, qu'elle attend que ça se passe, que l'homme en finisse avec elle, qu'il cesse de la frapper et de la violer, et elle se réfugie ailleurs, elle lève la tête, la peau de la main du type sur sa bouche est salée, il y a toute cette sueur et tout ce sang, il y a ses insultes et ses grognements, que lui avait dit ce type pendant la soirée, elle croit qu'elle va découvrir le secret de tout cela, qu'elle va résoudre l'énigme, reconstituer la figure du puzzle cachée dans les fourrés, si elle se souvient de ce qu'il lui a dit, il devait y avoir là quelque chose de crucial, tout cela devait avoir un sens, elle cherche mais l'effort est trop important, toutes ses forces sont déjà concentrées pour ne pas mourir et ne pas souffrir trop, alors au lieu de trouver la raison, comment peut-on croire qu'il y a une raison à cette haine, elle s'affaisse et s'évanouit sous les eucalyptus.

La cible

Le soir du viol (les autres diront : le soir de ton agression, mais elle, elle dira toujours : le soir du viol), Joanne n'est pas chez elle, elle a finalement laissé Louis tout seul en train de dormir dans sa chambre, et elle est partie faire la fête, il ne se réveille jamais pendant la nuit, pourquoi s'en faire ? Alors c'est quand elle rentre vers six heures du matin qu'elle voit le sac à main de Maria Cristina dans le caniveau, il est vide bien entendu, on ne laisse pas un sac à main traîner avec de l'argent et des papiers sur le trottoir, mais Joanne le reconnaît, et il y a une chaussure de Maria Cristina, elle a montré sa nouvelle paire à Joanne l'avant-veille, alors aucune erreur n'est possible, et Joanne, qui est une jeune femme dont la vie n'a pas toujours été un champ de coquelicots, cherche autour du bâtiment, vers le local électrique et puis vers le jardin pelé sur la droite, et elle découvre Maria Cristina, qui a l'air si désarticulée et en si piteux état que Joanne croit un instant qu'elle est morte. S'étant assurée qu'elle est bien vivante, elle la ramène à la maison puis elle appelle Claramunt et les urgences.

Maria Cristina est hospitalisée pendant plus d'un mois à la clinique du docteur Margouli, on lui refait les dents, on soigne son traumatisme crânien et ses différentes lésions gynécologiques, on vérifie qu'elle n'est tombée ni enceinte ni malade, on la remet sur pieds.

Joanne qui vient tous les jours a sa théorie : le type est un cinglé qui déteste les femmes et tout particulièrement celles qui disent des choses aussi radicales que Maria Cristina dans les médias. (Radicales ? se répète Maria Cristina. J'ai dit des choses radicales ?) Joanne est sûre de son analyse. Maria Cristina en revanche abandonne vite l'idée qu'elle était visée personnellement. Joanne dit, C'est politique. Maria Cristina répondra quand elle sera en état de lui répondre, Je ne vis pas au Yémen et je ne lutte pas contre un gouvernement qui veut exciser et bâillonner les femmes.

Les murs de la chambre où elle se trouve dans l'élégante clinique du docteur Margouli sont recouverts d'un papier peint plein de petits personnages monochromes, comme une toile de Jouy. Tout le temps qu'elle passe là-bas à ne pas pouvoir parler ni bouger ni lire ni regarder quoi que ce soit qui demande plus de concentration que la contemplation d'un bouquet de fleurs, elle compte les personnages roses : bergères, moutons, chiens et fiancés des bergères. Ce décompte l'apaise ou l'angoisse, c'est selon – que dissimulent les transports amoureux de ce jeune homme ? Et le loup où se cache-t-il ? Elle sait qu'il n'existera plus jamais pour elle un soir de réveillon normal. Il faudra faire dorénavant avec cette nouvelle ponctuation dans sa vie. Elle a une année pour se préparer à l'effroi que lui procurera le passage suivant à l'an nouveau.

Elle a voulu retrouver le nom du type à moto, elle a porté plainte mais elle a préféré envoyer Claramunt se renseigner. Il faut que tout se fasse discrètement. Elle ne veut pas que cette histoire lui échappe. Claramunt dit, C'est à cause de tapetiteroberouge, et puis aussi,

C'est à cause de ce que tu dis dans la presse sur les hommes, il dit même, Tu regardes toujours les hommes dans les yeux, tu ne te rends pas compte mais ça les rend dingues, tes airs de petite chatte farouche, tes airs d'infante boudeuse, Claramunt prononce toutes ces phrases, c'est de nouveau Neandertal, il lui conseille aussi de s'inscrire à un club d'autodéfense et il dit, Je ne peux pas te protéger tout le temps, et tout cela est exécrable à entendre. Il est allé enquêter, comme elle le lui a demandé, au Château Marmont parce qu'elle n'est pas en état de le faire mais personne n'a pu lui donner l'identité du type qui est reparti à moto et sans casque vers deux heures, le soir du réveillon.

Après son hospitalisation elle déménage, elle annule tous ses déplacements, refuse toutes les invitations, elle prend ses cliques et ses claques, c'est Judy Garland qui l'aide, il dit, S'il te plaît, laisse-moi faire, et il contacte deux types pour lui donner un coup de main, ils transportent tout, elle a l'impression d'être une princesse en porcelaine sur une chaise à porteurs, elle réfute le soulagement que cela lui procure, elle emporte le chat de Claramunt, et elle se trouve un appartement à Santa Monica dans la résidence avec piscine où elle est encore au début de ce récit. Elle se remet à écrire.

Elle passe la majeure partie de l'année au calme et ne reprend que prudemment ses déplacements – ses investigations, dit-elle.

En octobre, Claramunt n'a pas le Nobel.

Il vient le lui annoncer. Et lui dire qu'il ne peut plus habiter à l'Hotel Paradise. Qu'il va se louer un petit quelque chose *en attendant*.

Il est aigre, il est arrivé vers dix-sept heures, Judy Garland l'a accompagné avant de repartir faire une course, Claramunt a pris de quoi être agressif et accablé.

Elle lui sert à boire, il vient de l'interrompre dans son travail mais elle comprend son désarroi, elle est assise sur un tabouret haut face au bar qui sépare la cuisine du salon et lui s'est affaissé dans un fauteuil devant la baie vitrée et la piscine – on entend les bruits rafraîchissants d'éclaboussures et de divertissements polis.

– Nous sommes dans un système de dévalorisation de la compétence et du talent, commence-t-il.

Il tourne ses glaçons dans son verre en faisant semblant de réfléchir à ce qu'il veut déclarer, alors qu'il est très clair qu'il est venu précisément déclarer ce qu'il énonce là.

– Nous sommes dans un monde de la visibilité.

– Que veux-tu dire ? fait Maria Cristina légèrement sur la défensive.

– La beauté est une donnée nécessaire.

– C'est ainsi depuis longtemps.

– Non. Les femmes ont maintenant la possibilité d'être connues et visibles et pas seulement au moment où elles épousent quelqu'un. D'ailleurs tu es une très belle jeune femme.

– Je n'aime pas ce que tu insinues.

– Je n'insinue rien. Je constate que tu es un écrivain célèbre et photographié.

– Et tu penses que si tu as loupé le Nobel c'est parce que tu es un homme avec un problème de surpoids.

– Je n'ai pas dit ça.

– Tu penses que si tu n'es plus un écrivain célèbre et photographié c'est dû à la différence de nos physiques.

– C'est du moins une option à considérer.

– Tu penses que je suis partie à la conquête de la visibilité…

– Comme tout un chacun.

– … Et que ma notoriété n'a rien à voir avec mon talent.

– C'est une hypothèse.

Maria Cristina se lève.

– Barre-toi d'ici, lui dit-elle. Je ne veux plus te voir.

Et elle part s'enfermer dans son bureau.

Claramunt considère que ce jour-là non seulement il a loupé le Nobel mais que Maria Cristina l'a quitté. Il a tendance à toujours se donner le beau rôle.

La patience

Maria Cristina passe les neuf années suivantes dans une relative solitude, elle continue de voir Joanne et Judy Garland et puis Claramunt quand sa colère contre lui s'est apaisée. Elle peut dès lors jouir du plaisir de la conversation de ce dernier et de l'impression que c'est bien elle qui mène dorénavant la danse et la discussion. Il lui semble parfois le regarder de très loin, il est à côté d'elle et pourtant il lui paraît fort éloigné, comme lors des vertigineuses grippes enfantines quand le monde devient fiévreux, mouvant et à géométrie variable. En général elle est d'une grande douceur avec lui, d'une certaine façon il lui plaît et lui plaira toujours. Mais elle a renoncé à lui. Elle lui parle souvent avec une distance courtoise. C'est lui qui avait dit un jour : La force c'est un degré d'indifférence de plus.

Il est étonnant qu'à vingt ans à peine ou plutôt dès les premières années de sa deuxième décennie, Maria Cristina ait choisi une existence emplie de dignité et de solitude. Pendant cette période elle publie trois romans, le premier est une fresque sur plusieurs générations de personnages qui se croisent et défilent entre le Canada des Inuits et celui de l'Ontario, quarante voix différentes qui s'entrelacent pendant cent années tumultueuses, c'est un texte plein d'embardées poétiques et encyclopédiques, plein de fausses pistes et d'impasses. Le deuxième est une sorte de thriller écologique : un ninja décide d'éliminer tous les grands pollueurs de la planète par là où ils ont péché (les tueurs de baleines se retrouvent étouffés dans la graisse des cétacés, au cœur même des bestioles qu'ils viennent de sortir de l'eau, les dévastateurs de jungle thaïlandaise sont pendus haut et court aux branches des palmiers à huile qu'ils plantent en éradiquant toute autre essence d'arbres, les rois de l'agroalimentaire sont traités avec les mêmes hormones que les poulets dont ils abreuvent la planète entière, un ministre de l'Environnement d'un pays d'Europe, trop complaisant, est irradié, etc.). Le ninja en question est une femme, faut-il le préciser. Le troisième roman raconte la déambulation d'une femme perdue dans Los Angeles, sa trajectoire et son effondrement se retrouvent concentrés dans l'unique journée de cette narration tronquée, c'est un texte contemplatif, lumineux, sans plus rien de spectaculaire.

Maria Cristina dit parfois, Plus la forme est simple, plus le fond aura de chances d'être compris. Mais le plus souvent elle récuse ses propres allégations et serine, Je me fous que vous me trouviez trop complexe et énigmatique, je ne crois qu'à l'effort de compréhension.

Elle écrit également, mais de loin en loin, son journal, source qui demeure, malgré son caractère sporadique, la plus précieuse pour moi.

Parallèlement à cela, Maria Cristina s'inscrit dans plusieurs associations humanitaires et politiques, ne participe aux actions d'aucune d'entre elles mais donne de l'argent pour la sauvegarde de tout un tas de créatures en perdition.

En 1983, on la contacte pour lui annoncer dans le

même temps qu'on a retrouvé son violeur, aveux complets de cinquante-trois viols, mais qu'il s'est pendu dans sa cellule avant sa comparution. Maria Cristina reste très calme au moment où on lui communique cette information, un flic est venu, deux flics se sont déplacés pour le lui dire, ils ont l'air consternés par cette nouvelle ou par autre chose, elle leur a servi un thé, ils n'ont pas voulu de bière, Jean-Luc Godard est sur ses genoux, elle le caresse et lui grattouille le crâne entre les oreilles et il plisse les yeux et ronronne pendant qu'elle écoute le policier le plus jeune (le plus vieux ne parle pas, c'est peut-être un test pour le plus jeune, Montre-moi comment tu te dépatouilles avec les mauvaises nouvelles) et elle ne peut que s'étonner qu'il soit encore possible de se pendre en prison.

Elle informe Joanne et Garland de la nouvelle. Ils disent la même chose tous les deux, qu'ils auraient adoré étrangler ce fils de pute de leurs propres mains. Elle n'en parle pas à Claramunt. Allez savoir pourquoi.

Elle se rend compte que ce qu'elle a pu dire à la sortie de *La Vilaine Sœur* ne découlait que d'une posture enfantine et formaliste, une sorte d'intuition qui manquait alors d'étais. Elle a, depuis, beaucoup voyagé pour enquêter, et elle s'est intensément documentée.

Ses trois romans après *La Vilaine Sœur* ont connu un égal succès.

Mais elle n'a plus accepté que très peu d'invitations – seulement si elles avaient lieu dans des universités ou des lieux comparables et servaient à débroussailler, stimuler et manifester sa pensée.

On la dit féministe, lesbienne, gauchiste – elle apparaît en 1984 le crâne rasé lors de l'une de ses communications à l'université de Princeton.

Mais comme nous le savons, elle demeure une jeune

femme vulnérable, introspective, peu sûre d'elle-même, irritable et solitaire.

Elle n'est en rien malheureuse. La vie qu'elle mène est peut-être plus isolée et plus humble que celle qu'elle avait aspiré à vivre, plus dépouillée dirons-nous, puisqu'elle avait désiré du tumulte et du chahut comme tous les enfants taciturnes le désirent, mais au fond cette existence est assez en accord avec ce dont elle rêvait, petite fille, assise sur les marches du perron en ciment de la maison rose, cette existence ressemble à ce qu'elle projetait quand sa mère leur attachait à elle et sa sœur les mains dans le dos avant qu'elles aillent se coucher afin d'enrayer le vice qui possédait leurs doigts et leur entrejambe. S'endormir les mains ficelées pour ne pas être tentée de se masturber est une position qui permet d'alimenter idéalement le désir de liberté et de transgression. Pendant que sa sœur gueulait dans son lit et se débattait, essayait de desserrer ses liens en se contorsionnant et appelait leur père malgré son évidente incapacité à protéger ses filles de la dinguerie de sa femme, il y avait quelque chose en Maria Cristina, immobile et le regard fixe, qui répétait, *Je prends mon mal en patience, ils ne peuvent rien contre moi.*

Alors il est bien évident que ce n'est pas pour répondre à l'appel de sa mère que Maria Cristina s'est rendue en juin 1989 à Lapérouse mais bien plutôt à cause de l'attachement qu'elle avait envers sa sœur, un attachement silencieux, entravé, vrillé, mais assez fort pour qu'il pût lui faire quitter son refuge californien et aller à la rencontre du petit Peeleete.

V

PEELEETE

Rappelez-moi votre nom

Elle a du mal à retrouver le chemin de la maison rose parce que la ville a changé, parce que les rives de l'Omoko ont été assainies et ont vu se construire une flopée de petites maisonnettes en lotissement, toutes identiques, de même couleur – un jaune crème glacée un peu écœurant –, le tour des fenêtres en blanc, le toit gris, le barbecue à droite et la bâche antineige protégeant l'allée du garage et enlaidissant considérablement le paysage avec son plastique qui ne sait pas vieillir, son côté pratique et moche.

C'est touchant toutes ces maisonnettes sur leur terrain inondable qui paraissent braver les éléments avec une ténacité et un optimisme de fourmi. Pourquoi personne à Lapérouse n'a parlé aux nouveaux habitants de ces lotissements des crues régulières de l'Omoko ?

À moins que l'Omoko ne déborde plus.

Les éléments climatiques qui semblaient devoir toujours exister ont l'air de plus en plus fragiles, n'est-ce pas, comme dans ces stations de ski de moyenne montagne qui ne voient plus jamais la neige et périclitent puis s'effondrent, servant de squat ou de refuge pour les animaux.

Maria Cristina sait que si elle pense aux stations de ski et aux bouquetins c'est pour éloigner d'elle la pensée des retrouvailles avec sa mère et sa sœur, pourquoi n'a-t-elle pas préparé le moindre discours, pourquoi n'a-t-elle pas anticipé leur conversation, pourquoi n'a-t-elle rien apporté, quand on se rend chez quelqu'un, quel qu'il soit, on ne vient pas les mains vides (même si cette personne a décrété ne plus vouloir vous voir dix ans plus tôt ? Même si c'est elle qui vous réclame un service et vous demande instamment de rappliquer ? Existe-t-il un code de conduite en pareil cas ?). En tout état de cause, Maria Cristina se sent soudain paniquée à l'idée d'aller chez sa mère sans rien à lui offrir, et son esprit tourne à vide, elle est comme prise de stupeur, elle a stoppé la voiture dans l'avenue principale de Lapérouse pour faire le tour des boutiques. Pas de chocolats ni de bonbons, la gourmandise est un péché, pas de fleurs, ce serait absurde, Maria Cristina sort de la voiture, elle marche maintenant sur le trottoir, regardant les devantures, il y a les boutiques de souvenirs et les épiceries, les choses sont différentes mais pas de façon spectaculaire, on dirait que les dés ont été secoués dans leur gobelet et qu'ils sont retombés sur des faces différentes, rien qui ne soit reconnaissable. Du vin ? Elle le prendrait mal. Du tabac, n'en parlons pas. Un livre ? Trop acrobatique. Un foulard ? Ignoble coquetterie. Du sirop d'érable, elle en a plus que son compte. Maria Cristina s'arrête net devant une mercerie qui était là dans son enfance, elle n'a pas changé, il y a toujours en vitrine un canevas avec un cerf au milieu d'une clairière, des rangées de boutons et d'écussons sur la porte, la mercerie semble simplement plus gênée aux entournures, elle a l'air un peu écrabouillée entre le Starbucks sur sa droite et un restaurant spécialisé dans la viande de bison à sa gauche, Maria Cristina pousse la porte qui fait tintinnabuler la clochette, et ressort un quart d'heure plus tard avec un paquet de vingt-deux pelotes de laine beige.

Sa mère aimait tricoter quand Maria Cristina était petite.

Ça lui calmait les nerfs, disait-elle. Et c'était un divertissement utile. Marguerite Richaumont aimait les divertissements utiles. Elle fabriquait des pulls pour ses filles et pour son mari, jamais pour elle, elle tricotait des poupées qu'elle remplissait de bourre et de vieux tissus, il s'agissait de petits Jésus sur la croix, elle prenait du rose pour la peau, du rouge pour les stigmates et du vert pour les larmes, elle les ficelait sur deux morceaux de bois qu'elle disposait en croix et les plaçait dans sa crèche personnelle ou les vendait à la kermesse de la Rédemption Lumineuse. Elle avait même tricoté un âne, un bœuf, les trois Rois mages et une étoile pour l'Adoration de Noël 1972. Ce fut son apothéose. Mais le curé lui avait fait remarquer qu'aucun de ses Rois mages tricotés n'était noir et qu'il ne fallait pas oublier que Balthazar était africain. Marguerite Richaumont avait mal pris le commentaire, elle avait récupéré ses poupées et les avait détricotées. Maria Cristina s'était ainsi retrouvée en janvier vêtue d'un pull chiné gris, marron et jaune, ce qui était l'une des couleurs les plus vomitives qui soit.

Donc la seule idée qu'a Maria Cristina dans sa panique c'est d'acheter vingt-deux pelotes teinte neutre pour sa mère – 70 % laine, 30 % acrylique, Marguerite Richaumont déteste la pure laine, elle dit que les mites la mangent et que ça rétrécit. Elle dit que la pure laine c'est fait pour les riches et les snobs.

Maria Cristina balance son paquet sur le siège arrière et reprend sa voiture.

Elle roule au pas jusqu'à l'embranchement du chemin

qui mène à la maison rose. Elle roule si lentement qu'on pourrait croire qu'elle vient de faire un malaise et que ce n'est plus une créature tout à fait en possession de ses moyens qui appuie sur l'accélérateur. La vision de ce qui est immuable (les arbres non arrachés, les panneaux publicitaires et touristiques pâlis, les feux de signalisation) lui donne le vertige. Elle voudrait superposer deux images, celle de son enfance et celle qu'elle voit présentement, et faire le jeu des dix mille différences.

Malgré cette allure exténuée elle finit par arriver à la maison rose – qui est toujours rose mais d'un rose qui se décolle par plaques comme si elle pelait après une vilaine maladie de peau. Elle se retrouve devant la porte sur le perron avec son paquet de laine beige, elle frappe parce que la sonnette rendait sa mère dingue, elle frappe trois petits coups et c'est sa mère qui lui ouvre, ou ce qui peut être sa mère, mais qui s'est recroquevillé, s'est mis à pendouiller, trop de peau pour un si frêle squelette, et le nez qui s'est allongé, les yeux étrécis, les lunettes massives, elles ont l'air de peser une tonne, d'ailleurs elle ne doit jamais les retirer, il a dû falloir créer une petite encoche dans l'os de son nez pour les placer, c'est impossible autrement, alors maintenant inutile de les ôter, elles sont là, elles y restent, elles rempliront leur office jusqu'à la fin, et la robe, la robe en tergal à motifs géométriques bleu foncé et marron, toujours ce goût pour les désaccords colorés, ses cheveux, on ne les voit pas, ils sont sous un foulard grisouille, on se rend compte qu'elle a recouvert son crâne de bigoudis, le foulard est tout bosselé, les bigoudis sont la seule coquetterie admise par Notre Seigneur.

Et puis cette porte qui s'est ouverte, qui s'est ouverte

sur une odeur d'haleine chargée et d'hygiène négligée, oh mon Dieu, mais à quoi t'attendais-tu ?

Et elle dit :

– Je ne tricote plus j'ai de l'arthrite.

Ce sont ses premiers mots, ce sont ceux-là, choisis, parfaits, souverains. On croirait qu'on l'importune, on croirait qu'on vient lui demander de l'argent, qu'on débarque à l'improviste. (Est-ce donc toi dans quarante ans, est-ce toi, est-ce ton portrait futur qu'il t'est donné de voir ? Oh mon Dieu mais à quoi t'attendais-tu ?)

– C'est moi, Maria Cristina.

Et ni l'une ni l'autre ne sait comment réagir. Elles restent pantoises, abruptes, oscillantes.

Alors Marguerite Richaumont se tourne vers la maison et hurle vers le fond du couloir, vers l'escalier, vers les fantômes :

– Peeleete !

La maison a réduit de format, ainsi que le jardin, le perron, le frêne, les mauvaises herbes, les fenêtres, dans dix ans elle aura quasiment disparu, et tout y est sinistre, comme une maison abandonnée au bord des rails, une maison dont on a envie de casser les carreaux à coups de pierre juste pour le plaisir d'entendre l'écho des cailloux qui rebondissent, comment as-tu pu passer tout ce temps dans cette taupinière, comment n'as-tu pas déclaré forfait dès ta naissance, comment as-tu pu espérer t'extraire de là ?

Peeleete apparaît et Maria Cristina gémit intérieurement, l'enfant est près de sa grand-mère, il regarde vers Maria Cristina (il ne la regarde pas elle, il regarde dans sa direction, comme si elle n'était pas là ou ne l'intéressait pas, comme s'il ne la voyait pas et tentait de distinguer quelque chose au loin, au-delà de la grille), il est crasseux et fermé à double tour. Il a trois ans ou quatre ou cinq. Maria Cristina ne sait jamais évaluer l'âge d'un enfant. Elle se dit, Oh non oh non, je n'aurais jamais dû venir. Elle se balance d'un pied sur l'autre avec son paquet de pelotes de laine et sa mère ne lui propose pas d'entrer parce que sa mère ne fait pas entrer grand monde dans sa maison, elle a toujours été comme ça, elle recevait les gens sur le seuil, elle leur parlait sur le seuil, elle pouvait même leur apporter un verre d'eau ou un café sur le seuil, s'il pleuvait elle leur prêtait un parapluie, mais ça ne lui traversait pas l'esprit de les faire rentrer, et s'il faisait trop froid, si elle avait peur que la chaleur de la maison ne s'échappât, elle passait une laine, fermait derrière elle et se tenait sur le perron adossée à la porte pour faire la conversation.

Maria Cristina est là, avec ses pelotes et son sac de voyage, un sac élégant, en cuir, comme une vieille mallette de médecin, ça lui évite le camouflet d'être plantée sur le perron avec une valise, ce sac de voyage pourrait être un sac de tout et n'importe quoi, si sa mère lui interdit l'accès de la maison, Maria Cristina s'en sortira à peu près dignement, elle redescendra les marches, repassera la grille et remontera dans sa voiture avec détachement (comme si se trimballer vingt-deux pelotes de laine lui était coutumier).

Mais Marguerite Richaumont finit par dire, Entre, retire tes chaussures et entre. Et elle s'efface en ajoutant, Il y a tellement de saloperies et de microbes partout, je voudrais pas que le petit attrape quelque chose. Alors Maria Cristina la suit, l'enfant sautille sur le côté, elle ne peut pas lui dire bonjour, elle a trop peur qu'il ne lui réponde pas, elle a toujours peur que les enfants lui battent froid, qu'ils l'ignorent ou la regardent avec cet air supérieur, cet air de savoir quelque chose la

226

concernant, cet air de devin. Finalement le seul gamin qu'elle ait fréquenté dans sa vie c'est Louis le fils de Joanne, elle s'entend parfaitement bien avec lui, mais elle est persuadée que c'est parce qu'il est spécial.

Marguerite Richaumont fait entrer Maria Cristina dans la cuisine qui a sédimenté, décrépite. Sa mère lui demande si elle veut un verre d'eau, Nous atteignons les sommets de l'hospitalité richaumontienne, se dit Maria Cristina qui aurait besoin à ce moment-là de quelque chose de fort, quelque chose qu'elle a dans son sac, elle a acheté une bouteille de gin à l'aéroport, elle se demande d'ailleurs pourquoi elle n'en a pas acheté deux. Elle ne les aurait pas bues. Mais ç'aurait été tellement rassurant.

Maria Cristina s'assoit sur la chaise en formica qui était là quand elle était enfant et qui bringuebale toujours de la même manière (elle essayait de se maintenir en équilibre sur deux des pieds diagonaux de la chaise puisque les deux autres ne touchaient pas terre mais elle échouait, et elle se surprend à tenter encore cette acrobatie minuscule). Sa mère reste debout, elle croise les bras, elle s'appuie à l'évier, ce qui fera qu'elle aura sur sa robe une tache d'eau horizontale au niveau de son absence de fesses, elle commence à parler, et elle parle de Meena sans se préoccuper un seul instant que le fils de Meena soit dans la pièce, qu'il soit assis par terre, l'essoreuse à salade entre les jambes, l'essoreuse qu'il fait tourner et tourner avec une satisfaction évidente, et elle parle de Meena, et elle parle comme avant, on dirait qu'elle a des comptes à régler avec ses filles, son défunt époux, tout le village de Lapérouse et ses ignobles mennonites, elle assène que Meena est devenue une pute, ce qui n'est pas vrai bien entendu, c'est simplement qu'elle s'était mise à coucher avec des garçons du village, avec des hommes mariés et avec des types de passage, les hommes sont ainsi faits qu'ils forniquaient avec elle et s'en retournaient chez eux soulagés, ils allaient même jusqu'à sonner à la porte de la maison rose pour réclamer Meena, et celle-ci se pomponnait, elle sortait quasi nue, elle se maquillait comme une catin qu'elle était presque mais pas tout à fait n'est-ce pas car les catins se font payer ce qui n'était pas le cas de Meena, elle faisait ça par vice, simplement par vice, pour assouvir cette chair indigne, il y avait même un nègre qui avait sonné à la porte une fois, Meena couchait avec des nègres, comment peut-on coucher avec des nègres, ils sentent fort et on dit qu'ils ont des machins monstrueux, n'est-il pas évident que le vice habitait Meena, et son père avait lâché l'affaire depuis tant de temps, il ne regardait pas Meena, il ne la voyait pas, elle ne l'intéressait pas, et le curé avait même dit, le curé qui est fin psychologue, le curé avait dit que si Meena faisait tout ce tintouin c'était pour attirer l'attention de son père qui n'avait jamais eu d'yeux que pour la plus jeune de ses filles

(et Maria Cristina se dit, C'est fou, même les mœurs dissolues de ma sœur sont de mon fait, et puis elle se dit, Nous sommes maintenant deux vilaines sœurs, les deux vilaines filles de Marguerite Richaumont)

mais que pouvait donc faire Marguerite Richaumont de Meena, qui était si lente et avait le cœur si mauvais, quelle malchance n'est-ce pas d'avoir eu deux filles au cœur mauvais, mais Marguerite Richaumont s'était fait une raison, on ne peut plus tenir les filles comme on les tenait quand elle était jeune, les filles couchent avec les garçons et c'est ainsi, c'est le monde moderne, et les hommes ont l'âme si simple et si bestiale qu'un sein dehors et les voilà tout échauffés, et ça pour avoir les seins dehors avec Meena, il y avait du monde, quasi nue qu'elle était, on lui voyait les cuisses et les tétons, et elle avait de ces gestes avec les hommes, ce sont des bêtes, il suffisait qu'elle se montre dans la rue et ils étaient émoustillés, mais ça c'était avant qu'elle rencontre le gourou.

— Le gourou ? demande Maria Cristina tout étourdie.

— C'est le père du petit, répond Marguerite Richaumont.

Et Maria Cristina comprend alors que Meena n'habite plus la maison rose, qu'elle est partie vivre dans la forêt avec un drôle de type, que le bonhomme est polygame, qu'il cherche les brebis égarées et les amène à lui, il a déjà une petite communauté bien à lui, il porte de grandes robes multicolores et une barbe qu'il n'a jamais rasée et qui lui descend aux genoux et Meena est tombée dans ses filets, alors elle ne couche plus avec personne à part avec ce type qui lui fait miroiter le salut de son âme dès maintenant, sur Terre et au Ciel, il récupère les malheureux, les alcooliques et les filles perdues, ils vivent sans eau courante et sans électricité, ils ont des animaux et ils font pousser des pommes de terre, Lapérouse est vraiment un village de fous, comment ont-ils pu croire, Liam et elle, qu'en s'installant ici l'existence s'acquitterait de sa dette envers eux, quelle étrange idée ils avaient eue, penser pouvoir vivre là en paix près de Leur Seigneur et loin du monde, le monde qui décidait de tout à leur place et contre eux, pourquoi avoir choisi Lapérouse, leurs deux filles avaient si mal tourné

(et Maria Cristina pense, N'est-ce pas ce que fait Meena au fond, en s'isolant avec son gourou dans la forêt, s'éloigner du monde et se rapprocher de son Sauveur) et Marguerite Richaumont raconte que Meena est descendue lui donner le petit Peeleete alors qu'il avait à peine quinze jours, parce que là-haut il y avait une épidémie de rougeole et qu'elle avait peur pour le bébé, et puis elle n'était pas revenue, même après la fin de l'épidémie, elle avait rappliqué seulement il y a deux mois, elle avait dit qu'elle voulait le récupérer, bien que ce fût Marguerite Richaumont qui s'en était occupée depuis le début, et Dieu sait que c'était difficile de s'occuper d'un enfant à l'âge qu'elle avait, avec son arthrose, son arthrite, sa descente d'organes et sa vue qui baissait

(Maria Cristina regarde ailleurs, un point plus haut que sa mère, au-dessus de l'évier, d'où un Christ rachitique, ventre gonflé et jambes maigres, s'afflige pour elle et ses semblables)

et Marguerite Richaumont continue et lui dit qu'elle voudrait que ce soit elle qui prenne soin du petit, elle sait qu'elle habite Los Angeles et que c'est un endroit dangereux à cause de la faille de San Andreas et des Watts et de tous ces Noirs et ces Portoricains et des requins du Pacifique mais elle ne peut plus élever cet enfant, elle a peur que Meena ne vienne le reprendre et ce serait pire que tout qu'il parte vivre dans leurs cabanes au milieu de la forêt avec tous ces gens nuisibles, il y a des ex-tôlards là-haut et des Chinois, il y a de la drogue, c'est sûr, et puis ce type n'est pas clair, le gourou qui s'appelle Gérard Bienvenue, le gourou s'appelle Gérard Bienvenue

(et Maria Cristina se demande si l'enfant s'appelle Peeleete Bienvenue)

le gourou prône l'amour libre et on raconte qu'il y a des règles un peu particulières là-haut, le gourou dit que les enfants sont prêts à recevoir l'amour de leurs parents à cinq ans, et le petit n'a pas encore cinq ans, mais ce sera bientôt, et c'est sans doute pour cela que le gourou a dit à Meena de venir le récupérer, et tout le monde fornique avec tout le monde là-dedans, personne ne voit que le monde part à vau-l'eau et que Rome décadente va périr et

(Maria Cristina ouvre de grands yeux, elle se dit qu'il faut qu'elle parte de là au plus vite, sa mère est devenue totalement cintrée, elle regarde le petit garçon assis par terre et elle demande :)

— Comment s'appelle-t-il, quel âge a-t-il, est-ce qu'il est normal ?

et sa mère se précipite pour lui donner tous les papiers, le petit s'appelle Väätonen et il a presque cinq ans, et il n'a jamais vu sa mère ni son père, il est tout à fait normal, il sait que Maria Cristina est venue le chercher, qu'elle est sa tante et qu'elle va l'emmener voir la mer parce que sa grand-mère est malade et fatiguée, il faut qu'elle se repose mais elle les rejoindra un de ces jours

(Maria Cristina aimerait plus d'explications mais elle voit bien que Marguerite Richaumont ne fait que s'agiter d'une manière inquiétante)

ils peuvent passer la nuit là mais le mieux serait de partir dès que possible, Meena va peut-être revenir, avec le gourou et puis d'autres sbires, et voilà Maria Cristina capturée de nouveau par la folie de sa mère, comment résister. Et là sa mère se met à complètement déraisonner, elle secoue l'épaule de Maria Cristina et lui dit :

— Madame, il faut prendre ce petit, je ne peux plus m'en occuper.

Alléluia

Maria Cristina a dormi sur place, elle n'a pas voulu partir tout de suite, parce qu'elle s'est dit que partir tout de suite c'était partir avec l'enfant. Et elle ne voulait pas de l'enfant. C'était sûr, elle avait peut-être eu besoin de venir jusque-là pour s'en convaincre. Elle ne voulait pas de cet enfant qui était né de Meena et de Gérard Bienvenue – il y avait toujours eu des types un peu allumés qui vivaient dans la forêt de Chamawak, des types en rupture de ban qui connaissaient les champignons hallucinogènes et prônaient l'amour libre, il y en avait toujours eu dans ces contrées, des trappeurs qui aimaient les grizzlis et finissaient par se faire bouffer un jour de disette. Que Meena soit tombée dans les rets d'un type de ce genre n'avait rien de surprenant, mais Maria Cristina ne voulait pas récupérer cet enfant, que pourrait-elle faire d'un petit garçon élevé par Marguerite Richaumont pendant presque cinq ans, c'est-à-dire sous la coupe d'une vieille folle et ne jouissant à aucun moment de l'affection de qui que ce soit, il devait être retardé, ou perturbé, ou on ne sait quoi d'autre, d'ailleurs il n'avait pas prononcé un mot de la soirée, et à quel âge déjà les enfants se mettaient-ils à parler, il ne faisait que jouer avec des capsules de couleur et des boîtes Tupperware qu'il rangeait par ordre de grandeur, empilait, faisait tomber, réempilait, concentré, Maria Cristina ne pouvait pas prendre en charge cet enfant qui n'était pas le sien, ce n'était pas acceptable, ce n'était pas possible, c'était même quasiment révoltant comme idée. Alors elle avait décidé de dormir dans le salon – Peeleete dormait dans la chambre qu'elle occupait avec sa sœur quand elles étaient enfants – et de partir très discrètement le lendemain matin, elle avait dit à sa mère, Oui oui je prendrai le gamin, mais qu'avait-elle à offrir à ce petit garçon, rien du tout, sa vie solitaire à Santa Monica, c'était ça sa forêt de Chamawak à elle, son manque d'entrain, son manque de temps, et puis elle était si souvent en déplacement à droite à gauche, et elle ne savait pas comment on élevait les enfants, elle ignorait tout de leur régime alimentaire, elle n'avait réussi à déterminer que deux modèles de mère jusqu'à maintenant, en excluant la sienne qui n'était pas un modèle homologué, il y avait donc les mères qui accompagnaient leur progéniture à toutes les activités périscolaires, celles qui avaient des 4 × 4 avec des carrosseries rutilantes et qui passaient leur vie dans des centres commerciaux, et puis il y avait celles, comme Joanne, qui laissaient leurs enfants s'élever tout seuls comme du chiendent et les entouraient d'une affection encombrante ou distante selon la saison et l'amant du moment. Maria Cristina ne serait à l'aise dans aucune de ces options. Il fallait laisser l'enfant chez Marguerite Richaumont et repartir pour Los Angeles, appeler de là-bas les services sociaux, les alerter, surveiller cela bien entendu, c'était une bonne idée, envoyer de l'argent, ça c'était vraiment bien, elle serait la tante américaine, ce rêve d'orphelin du dix-neuvième siècle, Un jour tout cela sera à toi, mon cher neveu, bon, reprenons, il y avait bien des services sociaux à Lapérouse, ce n'était plus l'âge de pierre, et l'enfant serait avec des professionnels, quel réconfort, c'était ce qui pouvait lui arriver de mieux, avoir le moins de liens possibles avec la famille Väätonen ou seulement un lien lointain, bienveillant, non contagieux.

Maria Cristina dort dans le salon ou du moins elle s'est allongée sur les deux fauteuils qu'elle a placés face à face afin de créer un semblant de banquette. Elle s'est allongée mais elle ne dort pas. Les fauteuils sont les mêmes que lorsqu'elle était enfant, ce qui signifie qu'ils ont une bonne trentaine d'années, qu'ils sont défoncés même si Marguerite Richaumont en a pris grand soin, ayant toujours interdit à ses filles leur usage, mais c'est comme s'ils s'étaient abîmés d'eux-mêmes, leur bourre s'est asséchée, rétractée et les ressorts se sont mis à rouiller bien tranquillement sans que personne ne songe à les maltraiter. Même si elle avait eu l'esprit apaisé Maria Cristina n'aurait pas pu dormir.

Il fait nuit noire dans la pièce, elle s'assoupit par intermittences et se réveille brutalement, affolée. Sur les coups de cinq heures du matin, elle se lève et marche à petits pas de cambrioleuse jusqu'à la cuisine où elle a laissé ses affaires, elle n'ouvre pas le robinet pour se débarbouiller, sa mère doit être aux aguets, comme elle l'était quand Maria Cristina était enfant, sa mère connaît la moindre vibration de sa tuyauterie. La porte d'entrée est fermée avec une multitude de targettes et de verrous mais Maria Cristina descend au sous-sol et passe par le soupirail qui n'a bienheureusement toujours pas de barreaux, elle s'évade, l'odeur forte de la terre humide lui tourne légèrement la tête, quelle ivresse, les oiseaux font du boucan, on est avant l'aube, ils crient si fort qu'on pourrait se demander s'ils ne tentent pas d'alerter sa mère de sa cavale, elle franchit la grille et aperçoit sa voiture dans l'ombre, le soulagement la fait trébucher.

Son apaisement quand elle s'assoit au volant est intense. Il est plus fort que sa culpabilité. Si elle était restée jusqu'au matin elle n'aurait pas pu partir sans l'enfant même si ses résolutions (s'occuper de lui à distance en le confiant à des assistantes sociales) lui paraissent acceptables et pleines de bon sens. Elle pense un instant à sa sœur ; elle l'imagine dans une cahute au milieu de la forêt, dormant nue auprès de son gourou, tous les deux enveloppés dans des couvertures en peau d'élan. Elle chasse cette image, allume une cigarette et l'autoradio – mais très bas, pour ne pas déranger l'ordre de ce petit matin. Et elle démarre. Pendant tout le trajet jusqu'à l'aéroport, elle essaie de comprendre ce qu'elle est venue chercher en obéissant à l'injonction de sa mère de retourner à Lapérouse, elle se dit qu'elle n'a jamais vraiment pensé récupérer cet enfant, qu'elle voulait simplement voir à quoi ressemblait ce monde fossilisé et jouir du pouvoir que lui conférait la demande de sa mère. Sauf que Marguerite Richaumont avait perdu la boule et du coup ne se sentait redevable de rien. Plus elle s'éloigne de Lapérouse plus la décision qu'elle vient de prendre lui paraît justifiée. Elle ne réalise pas que le dédain qu'a affiché Claramunt à l'idée qu'elle vive avec un enfant compte dans sa décision. Mais il ne faut pas qu'elle pense au petit garçon comme à une personne. Elle ne l'a d'ailleurs à aucun moment vraiment regardé, c'est comme s'il était toujours resté dans un coin de son œil, quelque part là-bas dans la diagonale, elle ne saurait dire s'il ressemble à Meena ou si ses traits ont à voir avec les Richaumont-Väätonen. Arrivée à quelques kilomètres de l'aéroport, elle se sent mal à l'aise et un peu nauséeuse. Elle attribue cela à la fatigue. Et puis elle est à jeun depuis le déjeuner de la veille. Marguerite Richaumont ne lui a pas offert à souper, elle avait seulement préparé un bouillon avec des pâtes alphabet pour l'enfant. Elle pense maintenant beaucoup trop à cet enfant. A-t-elle laissé un petit garçon se faire maltraiter ?

Elle se gare sur le parking de l'aéroport près de la cabane de location de voitures. Il est six heures et demie du matin. Tout est fermé. Elle va aller boire un café dans l'aéroport en attendant l'ouverture. Elle se retourne pour attraper son sac sur la banquette arrière et elle aperçoit une petite basket qui sort de la couverture à carreaux protégeant le revêtement des sièges. Au-dessus de cette petite basket il y a une petite cheville. Elle soulève la couverture, Qu'est-ce que tu fous là, hurle-t-elle, paniquée, en voyant apparaître le garçon allongé, si mince qu'il est quasi invisible sous cette couverture, il a les mains posées sur la poitrine, il la fixe, il a peur d'elle, mais il fait l'opossum, il fait le mort, il retient sa respiration, c'est exactement cela, il retient sa respiration, d'ailleurs il devient rouge, son regard se brouille, Maria Cristina bondit hors de la voiture, elle ouvre la portière arrière et le tire pour qu'il s'asseye, les jambes à l'extérieur.

Maria Cristina n'aime pas qu'on lui force la main. C'est ce qu'elle se dit. Il me force la main.

Alors elle énonce, penchée vers lui :

– Je vais te ramener à ta grand-mère, si tu crois que tu peux m'accompagner en avion tu te trompes, tu n'as pas de papiers, tu n'as rien, je ne peux pas m'occuper de toi.

Puis elle se rend compte qu'en fait il a été beaucoup

plus fin qu'elle, il ne l'a pas crue un seul instant quand elle a fait la veille son numéro de tante concernée et qu'elle a promis à Marguerite Richaumont, qui continuait de l'appeler madame, d'emmener le petit garçon. Il a vu clair dans son jeu. Alors elle se tait et le regarde avec perplexité.

— Tu ne veux pas retourner là-bas ?

L'enfant secoue la tête tout en continuant à la fixer.

Elle est soulagée de constater qu'il comprend ce qu'elle lui dit.

— Ok, fait-elle en se relevant, s'étonnant elle-même de se laisser convaincre aussi facilement, mais déterminée par quelque chose de supérieur, quelque chose qui a à voir avec la forêt de Chamawak et les Christ en laine. Ok, répète-t-elle, ne bouge pas, et elle se dirige vers le bureau de location encore fermé sur lequel sont inscrits les correspondants aux États-Unis, « Prenez votre voiture ici, rendez-la là-bas », elle note les numéros et l'adresse de la succursale de Los Angeles, puis elle se retourne vers le garçon, Monte et mets ta ceinture, le petit garçon sérieux fronce les sourcils, et son regard s'éclaire (d'où lui vient cette couleur d'yeux, ce gris ciel orageux, et puis cette manie qu'ont les enfants d'avoir les cils trop longs et les yeux trop grands au milieu de leur tout petit visage, comme s'ils naissaient avec leurs yeux au format définitif et que le reste grandissait plus tard, Maria Cristina se focalise sur les oreilles du gamin, elle remarque qu'il a non seulement des yeux immenses mais des oreilles disproportionnées, tous les enfants sont-ils ainsi ?), elle s'assoit, claque sa portière, jette un œil dans le rétroviseur, sourit mais l'enfant regarde dehors, les voitures garées sur le parking de l'aéroport et les avions qui décollent au loin, il n'a sans doute jamais vu d'avion, il ne montre aucune excitation, aucun enthousiasme, comme s'il se désintéressait de la situation maintenant qu'elle est résolue.

– On démarre, dit-il.

Ce sont les premiers mots qu'elle l'entend prononcer. Elle le détaille dans le rétroviseur – chemise à carreaux sous pull Shetland qui gratte, blouson molletonné marron avec écusson Jeunesse chrétienne de Vancouver cousu en biais sur la manche pour cacher raccommodure, et puis le visage, les yeux gris tels que plus haut, le nez retroussé, tous les enfants ont le même nez à cet âge non ? les lèvres fines, gerçures, cicatrices ouvertes et réouvertes, peau claire, quelques taches de rousseur, le soleil de Californie ne lui conviendra pas, ongles rongés, petites mains, sensibilité, on dirait un garçon du siècle dernier atteint de tuberculose, ossature frêle, manque de vitamine D, attention aux os qui se brisent et se ressoudent mal, pas de peluche, pas de doudou, pas de sac à dos, il est parti comme ça, comme une fleur, il n'a rien emporté.

Tout cela en une fraction de seconde.

Maria Cristina démarre, et prend la direction de la frontière.

La clémence

Quand ils se sont arrêtés près de Chamoiseau personne ne leur a rien demandé. Il était évident pour tout le monde qu'une femme seule qui voyage avec un petit garçon est la mère de l'enfant. Ils sont allés à l'hôtel, elle a choisi un motel très simple, presque miteux, c'est comme si elle voulait ne pas brusquer cet enfant, ne pas l'emmener tout de suite dans une chambre à quatre cents dollars, elle sait combien les contrastes peuvent être déboussolants. La chambre sent le tabac froid et le DTT. Le sol est en carrelage et le fauteuil est recouvert de plastique. Des stratégies antiretour de cuite. Le garçon en arrivant allume la télé et s'assoit sur le rebord du lit sans ôter son blouson ni ses chaussures.

— Tu veux manger quelque chose ? lui demande-t-elle.

— Ce serait gentil, répond-il, j'aimerais bien une escalope panée avec des brocolis.

Elle reste figée en l'écoutant prononcer ces mots. Il n'a même pas détaché son regard des Simpson, ses lèvres bougent comme s'il priait ou baragouinait quelque chose.

Elle trouve qu'il parle trop bien puis elle se reprend. Les enfants qui parlent bien mettent les adultes mal à l'aise. Elle sait très bien que les adultes confondent souvent cette habileté avec de l'arrogance ou du dressage de singe savant – Restons-nous donc toujours de petits enfants jaloux, se demande-t-elle.

Elle part chercher quelque chose à manger. Elle ne verrouille pas la porte de la chambre qui donne sur une coursive devant le parking. Elle se dit que s'il veut s'en aller il le peut. Puis elle se souvient qu'il n'a que cinq ans alors elle remonte dans la chambre et elle lui dit, Tire le verrou derrière moi. Elle le voit faire de petits pas titubants pour rejoindre la porte. Elle comprend qu'il ne veut marcher que sur les traits noirs du carrelage, ce qui produit une chorégraphie slalomante. Elle ferme et entend qu'il tourne le verrou. Elle est soulagée de se retrouver seule sans lui. Quand elle sort du parking en voiture elle croise un véhicule, un van marron qui va se garer à la place qu'elle a laissée vacante. Elle a un sursaut. Elle a cru reconnaître le visage de sa sœur dans la lumière des phares, assise à côté du conducteur, un barbu, c'est tout ce qu'elle a vu, une barbe noire et un homme derrière cette barbe.

Est-ce possible ?

Elle fait demi-tour au milieu de la rue et retourne au motel. Le temps qu'elle se gare, le couple n'est plus là, en tout cas il n'y a plus personne dans le van, elle s'assoit sur les marches qui grimpent aux chambres, fume une cigarette avec l'impression d'être devenue en un instant le garde du corps de l'enfant qui regarde là-haut les Simpson, assis bien droit sur le lit, avec cet air concerné, hypnotisé, qu'ont tous les enfants qui regardent la télé.

Puis renonçant à cette sortie qui pourtant la réjouissait si fort, elle monte les escaliers, une enclume à chaque pied. Elle frappe à la porte, C'est moi, c'est moi, Peeleete (c'est la première fois qu'elle prononce son prénom pour s'adresser à lui), elle cogne au carreau, entend le verrou se tourner, il lui ouvre mais ne la regarde pas, il a l'œil rivé sur la publicité pour du dentifrice qui passe à l'écran. Elle lui dit, On va commander une pizza d'ici, tout était fermé en ville, et au lieu d'être déçu de ne pas avoir une escalope selon les modalités qu'il avait indiquées, au lieu d'approuver sa décision, il répond, Trente-deux.

– Trente-deux quoi ?

– Trente-trois, trente-quatre, trente-cinq secondes de publicité.

Et il continue à décompter silencieusement en retournant s'asseoir sur le lit.

Oh non, se dit-elle, un autiste amoureux des chiffres.

– Tu fais quoi ? demande-t-elle pendant qu'elle compose le numéro de la réception.

– Je compte.

– Tu comptes quoi ?

– Tout.

Comme elle ne sait pas quoi ajouter après cette déclaration, elle dit :

– Et tu aimes bien les Simpson ?

Après un instant de réflexion le gamin répond :

– À 70 %.

– C'est-à-dire ?

– Il y a 30 % de blagues que je ne comprends pas.

Elle commande les pizzas, vient s'asseoir près de lui et entreprend de lui expliquer les 30 % qui lui manquent.

La Dernière Frontière

La route est belle, bitumineuse et noire, magnifique-
ment neuve, on croirait l'utiliser pour la première fois.

Ils traversent le Nebraska et le Colorado, l'Utah et
un petit bout du Nevada, ils voient au loin les lumières
de Las Vegas, ils filent dans le désert, le voyage dure
des jours et des jours, personne ne sait où ils sont, et
personne ne s'inquiète d'eux, ils sont seuls et ils ont
disparu, avec une carte de crédit et une voiture de
location qui a perdu son odeur de moquette neuve.
Ils pourraient s'ils le voulaient poursuivre jusqu'au
Mexique, et puis passer l'équateur, le tropique du
Capricorne et traverser la Patagonie, s'arrêter là au bout
du bout du continent, le cap Horn, la terre qui prend
fin si abruptement, ils pourraient rester en équilibre
au bord des falaises et attendre une grande tempête.
Rien ne les en empêche n'est-ce pas. Ils parlent tous
les jours de cette possibilité. Maria Cristina parle du
cap Horn et des baleines comme si elle savait de quoi
il retourne. Peeleete n'a jamais vu la mer. Ce qui les
fait s'abstenir de dériver si loin de leur point de départ
c'est peut-être la certitude que cette course finira par
les lasser et que cette lassitude tuera ce qu'il y a de
précieux dans les prémices qui se jouent entre eux à
cet instant.

Peeleete est en général silencieux, il ne fait que compter, il compte les arbres, les maisons, les panneaux indicateurs, les McDonald's, les pharmacies, les étangs, les parcs d'attractions, les filles blondes, les hommes qui marchent avec des santiags bleues, les cinémas, les enfants noirs, les voitures rouges, les gares routières, les motels qui portent un numéro pour tout nom, les plaques d'immatriculation se terminant par 666, il ne perd jamais le fil de ses relevés.

Peeleete a découvert la pizza avec Maria Cristina. Quand elle s'est étonnée qu'il n'en ait jamais mangé auparavant, il lui a répondu, C'est parce que c'est italien.

Après cela ils choisissent ce qu'il y a de plus exotique à chacune de leurs étapes, soupe won-ton, poulet tandoori, rouleau de printemps, carpe farcie, lychees et lasagnes.

Il ne leur arrive aucune mésaventure, ils ne se font voler ni leur argent ni leur voiture de location, ils n'ont pas d'accident, personne ne les escroque, les Indiens ne les attaquent pas, et ils ne souffrent d'aucune intoxication alimentaire, Peeleete agit comme un grigri, Maria Cristina est sûre qu'il la protège.

Un soir à quelques centaines de kilomètres de leur destination, ils rencontrent un couple qui voyage dans un combi VW, ils se sont tous arrêtés sur le même parking en bordure de la route, ils vont partager leur repas sur une table de pique-nique à côté d'un faux totem couvert de scarifications obscènes, il fait doux et c'est un endroit agréable pour manger des sandwichs au rosbif, c'est ce que dit Maria Cristina en sortant de voiture et Peeleete la regarde un peu moqueur, parfois elle force son enthousiasme, elle le fait moins souvent qu'avant, elle était auparavant tellement sûre que c'était ainsi qu'on parlait aux enfants, en articulant et en haussant le ton, elle se surprend tout de même encore à dire des choses comme, C'est un bon endroit pour manger des sandwichs au rosbif, avec une inflexion qui laisse entendre qu'elle va entamer une ritournelle, l'air est si transparent ce soir qu'on n'a pas tout à fait l'impression d'être sur le bord de la route, il y a ce couple avec son combi VW jaune et la femme est belle, elle a un air de tristesse paisible, l'homme est aux petits soins pour elle, on dirait une convalescente, elle porte une blouse en soie au-dessus de son jean, et cette blouse est chic et sans doute chère et contraste avec leur véhicule, Maria Cristina se dit qu'elle l'a volée, qu'elle est cleptomane, ou alors c'est lui qui l'a volée pour elle, lui il est barbu, blond, plus jeune que sa femme, il semble encombré par sa propre bonne santé, il voudrait s'en excuser, Maria Cristina tombe un peu amoureuse de lui, ou plutôt elle tombe amoureuse de ce que ces deux personnes paraissent être, il dit qu'ils sont partis faire le tour du monde, et quand la femme s'éloigne (elle s'éloigne et elle chantonne comme si elle voulait lui laisser le temps et la possibilité de raconter quelque chose à son propos, ils sont comme ça, pleins de prévenance l'un pour l'autre) il dit, assis à la table de pique-nique, En fait je crois que j'ai échoué en tout. Vous pouvez citer n'importe quelle activité eh bien je l'ai essayée et j'ai échoué. J'ai échoué avec ma famille, j'ai échoué en affaires, et en amitié, j'ai échoué avec mon agence de publicité, j'ai échoué quand j'ai été soldat, j'ai même tenté de m'installer à la campagne et de produire des fromages biologiques, mais j'ai dû rentrer en ville au bout de six mois, j'ai échoué en tout mais je n'ai pas échoué avec cette femme remarquable. Alors je ferai ce qu'il y a à faire avec elle et pour elle. Maria Cristina approuve,

244

elle apprend qu'il a tout laissé tomber, qu'il était sans doute criblé de dettes, et qu'ils ont entrepris ce voyage car la femme est malade, ils n'ont jamais pris la peine d'entreprendre grand-chose avant parce que le temps qui leur était imparti semblait encore si long, et parce que lui était juste occupé à échouer. S'ils n'arrivent pas au terme de leur tour du monde la femme aura peut-être au moins vu l'Alaska. Maria Cristina pourrait deviner comment le voyage va se terminer mais elle ne veut pas, elle n'a pas envie d'être découragée, alors elle ne fait que contempler avec eux et avec Peeleete, depuis le bord de la route, le soleil qui se couche rouge au bout d'un défilé entre les montagnes, ils se souhaitent bonne chance, et la femme donne un petit scarabée turquoise au bout d'un lacet de cuir à Peeleete, il se laisse faire, il n'est même pas réticent quand elle le prend dans ses bras, il est simplement absent, ou non pas vraiment absent, c'est plutôt comme s'il acceptait ce geste et cette étreinte parce qu'elle a besoin de serrer un petit garçon dans ses bras et qu'il le sait, il n'a pas le cœur à ne pas se prêter au jeu.

Maria Cristina se dit parfois que c'est comme si ce petit garçon n'avait pas de passé. Ou du moins pas de passé connaissable, rien de bien aisé à appréhender.

Elle achète des cassettes parce que les fréquences radio sont souvent difficiles à capter et qu'elle veut partager avec lui le plaisir de rouler en musique. Il découvre Michael Jackson et Madonna. Elle tente de moins boire que d'habitude. Elle ne commence qu'à partir de 17 h 30, elle recule l'échéance de cinq minutes chaque jour, Peeleete ne fait jamais aucune remarque, il ne s'étonne pas de la voir boire du gin à la bouteille en tenant le volant de la main gauche, il est magnanime ou indifférent.

Une fois il lui dit, J'ai soif moi aussi.

Alors elle comprend que depuis le début il croit qu'elle boit de l'eau et qu'elle lui réserve les sodas. Il ne faut pas qu'elle oublie qu'il ne s'agit pas d'un adulte modèle réduit mais seulement d'un petit garçon plein de secrets.

Décillée

Elle avait dit, Personne ne nous attendra. Quand ils sont arrivés après avoir déposé la voiture à l'aéroport et récupéré la Mustang, il y avait quelqu'un devant la porte. Quelqu'un qui attendait, regardait le ciel, adossé au bâtiment, chevilles croisées, et fumait en écoutant les sarcasmes courtisans des deux vieux clodos du trottoir.

– Qu'est-ce qu'il fout là ? dit Maria Cristina contrariée.

Maria Cristina et Peeleete sont poussiéreux et fourbus comme s'ils avaient traversé tous ces États à dos de canasson.

– Je passais par là, dit-il avant qu'elle ne lui fasse la moindre remarque.

Et il est évident qu'il ne passait pas par là, il est évident qu'il a attendu pendant tous ces jours et toutes ces nuits, qu'il avait peur pour elle, parce que Garland est un homme qui a maintenant peur pour les autres, cela lui vient de très loin, d'une période de l'enfance où il était un individu résolument circonscrit aux limites de sa carcasse et de son ombre et il a souffert de cet isolement forcé, mais ç'aurait été impossible de s'en sortir autrement à ce moment-là de son existence quand il vivait clandestinement dans le parc d'attractions western, il avait été un individu qui ne voulait pas se

247

préoccuper des autres parce que sa survie dépendait de son indifférence, et maintenant il est devenu un autre homme, un homme qui peut attendre plusieurs jours sans bouger, qui peut chercher en lui et mettre la main sur sa structure minérale, jouir de son immobilité de pierre, il peut attendre, mettre de côté son inquiétude, il est en faction, il est un sniper, un narcotrafiquant, un flic, un chasseur d'ours, il est un homme immobile, c'est quelque chose de fondamental chez lui, quelque chose qui a à voir avec les soutènements d'une maison, c'est la cave, les roches creusées pour élever l'édifice, Garland sait attendre, il est chauffeur de taxi et exilé, il est pauvre, relativement pauvre, c'est un homme qui sait attendre, ce pourrait être une particularité latino-américaine, pourtant Garland n'est pas latino-américain, mais vivre à Los Angeles c'est vivre dans une extension latino, c'est un sprint du sud vers le nord, une conquête de l'espace et du territoire, le galop de la poussière et du vent, et de ce temps lent et vrillé que connaissent ceux qui patientent et qui s'ennuient, et il faut du courage pour s'ennuyer, l'ennui est comme une longue insomnie, il faut regarder le visage de la terreur et de l'anxiété, il faut savoir apaiser ses nerfs, contenter son âme, et donc de ce temps lent et vrillé il a tiré la substance et il en a fait cette qualité chagrine mais aussi élégiaque qu'ont ceux qui sont affamés et n'ont de place nulle part mais qui n'ont rien d'autre à faire que d'attendre qu'on leur en fasse une, ils ne la prendront pas de force, ils attendront qu'elle se libère, et Maria Cristina se rend compte qu'elle n'a jamais rien voulu savoir de lui parce qu'il était là, et que c'était sa qualité principale, parce que de loin en loin elle pouvait l'apercevoir, l'envisager comme un recours, et par là même ne jamais faire appel à lui

248

puisque Maria Cristina est si viscéralement indépendante, si farouchement solitaire, et à présent la voilà accompagnée de cet enfant, qui est celui de sa sœur folle, et que va-t-elle faire de cet enfant, la seule chose qu'elle puisse faire, c'est donner cet enfant à Garland, le lui confier, c'est la pensée qui lui vient là quand elle voit qu'il l'attend en faisant mine de prendre le frais, elle se dit que cet homme est un paysage, qu'elle ne sait pas d'où il vient mais que sa lenteur, non, pas sa lenteur, mais sa conviction de vivre chaque seconde comme un répit supplémentaire, un répit, pas un bout d'éternité en plus, il n'est pas idiot, donc sa lenteur, puisque aucun mot ne lui convient mieux, est ce qui sera le plus adapté à Peeleete. Et elle ne trouve pas absurde de lui passer cet enfant comme un flambeau ou le témoin d'une course de relais.

L'ignorance

Garland n'a pas demandé qui était le garçon, il avait pourtant l'air aussi surpris de la voir accompagnée d'un enfant que si elle avait déambulé avec une bande de manchots empereurs mais il a gardé sa perplexité pour lui, il était là à côté de la grille d'entrée de la résidence, sur le seuil, il était le genre de type qui reste toujours sur le seuil, il portait l'un de ses sempiternels cols roulés noirs légèrement transparents (usés peut-être ou simplement de qualité médiocre) censés cacher ses bizarres tatouages mais qui ne faisaient que rendre plus étranges les formes qu'on voyait apparaître en transparence sur son torse, ses bras et son cou – un lierre grimpant semblait avoir élu domicile sur sa peau. On avait dû lui en faire la remarque, alors il ne retirait plus son blouson en public, il restait assis chez vous, sur le bord du fauteuil, prêt à partir, en blouson, il buvait des bières et passait sa main sur son crâne rasé pour activer sa réflexion.

Maria Cristina dit en posant les doigts de sa main droite sur l'épaule de Peeleete :

– Garland, je te présente mon jeune ami, numérologue de son état.

Garland se penche pour serrer la main de Peeleete,

faisant une moue pour montrer qu'il apprécie à leur juste mesure les capacités du jeune garçon.

Ils entrent dans l'appartement, Jean-Luc saute du bar pour venir les accueillir ou s'assurer qu'il s'agit bien de quelqu'un qui va le nourrir. Quand il reconnaît Maria Cristina il lui tourne le dos et il part faire la gueule dans la salle de bains.

Maria Cristina demande à Garland et Peeleete de s'installer pendant qu'elle aère. On a l'impression d'être dans la gueule d'un alligator. Ça sent la vieille eau et la viande putréfiée. Peeleete est subjugué par la piscine qu'on voit depuis le salon.

– Tu es riche, dit-il.

Quand il comprend qui est Peeleete, Garland dit à Maria Cristina :

– En fait tu as enlevé cet enfant.

Elle se récrie :

– C'est absolument faux. Sa grand-mère me l'a confié.

– Mais sa grand-mère n'a pas le droit de te le confier. Sa mère ou son père oui.

Et comme il s'aperçoit que cette remarque la fait paniquer il modère la chose :

– Considère que c'est temporaire. Dans ce cas-là ce n'est plus vraiment un enlèvement. Ce sont des vacances.

Maria Cristina regarde Garland en plissant les yeux comme si elle le regardait de très loin et tentait d'ajuster le peu qu'elle connaît de lui à ce qu'il lui donne à voir, elle a tout à coup envie d'en savoir beaucoup plus sur lui, quel genre de type il est et aussi quel genre d'endroit il habite, il y a des années qu'elle l'a rencontré et tout comme Claramunt, elle n'est jamais allée jusqu'à son domicile, c'est un fait, c'est inscrit, Garland est l'homme qui se déplace. En réalité rien de tout cela n'est vraiment décidé, elle serait bien en peine de justifier son intérêt soudain pour la vie de Garland, ce n'est pas rationnel, c'est simplement qu'il ferait une meilleure mère qu'elle, parce que les mères sont inquiètes quand vous n'êtes pas là et qu'elles ont des trésors de patience, elles attendent toute la nuit que vous reveniez et ne s'assoupissent que lorsque vous avez enfin tiré le verrou derrière vous. Elle lui sert une bière. Et elle se concocte une margarita. Elle se rend compte qu'elle est soulagée qu'il ait été là pour les accueillir. Elle ne veut pas écouter son répondeur qui clignote à la vitesse de la lumière sur la console, elle ne veut pas prendre une douche et se délasser du voyage, elle veut garder ce voyage en elle, que sa propre maison fasse partie du voyage, elle veut pouvoir dire à Peeleete, Allez enfourchons nos fidèles destriers, et qu'ils repartent et traversent de nouveaux territoires, leur mule attachée derrière eux, et leur carabine Springfield sur l'épaule.

Trois rêves simultanés

Cette nuit-là Peeleete rêve que Michael Jackson est mort. Peeleete a la clé. Il sait pourquoi Michael Jackson est mort. C'est parce qu'il a vendu son âme au diable. Peeleete assiste à une scène primordiale : quand Michael Jackson est adolescent (ou juste avant d'être adolescent, quand il a encore cette voix d'ange que lui a fait écouter Maria Cristina), il brigue une paire de baskets bleues dans un magasin de sport. D'énormes baskets bleues scintillantes avec une épaisse semelle en caoutchouc blanc. Un homme se matérialise à côté de lui et lui promet les baskets bleues en échange de son âme. Michael Jackson se dit – Peeleete est à l'intérieur même des pensées de Michael Jackson – si ce type est un dingue j'aurai au moins la paire de baskets. Si ce type est vraiment le diable j'ai du temps devant moi et on verra bien. Ce « on verra bien » est la clé de la mort de Michael Jackson.

Cette nuit-là Maria Cristina rêve qu'elle est dans un supermarché. Elle est avec Peeleete. Ils se cachent. Des gens tournent autour d'eux et tentent de les protéger des fauves qui rôdent dans les allées du magasin. Maria Cristina se réfugie avec Peeleete dans une grande cage tout au fond du magasin près du rayon boucherie. Elle voit une lionne, une magnifique lionne à la démarche chaloupée, se mettre à dévorer une à une les personnes qui les protégeaient. Elle cache les yeux de Peeleete. Il est totalement indifférent à la scène, il ne se préoccupe de rien et joue avec ses doigts. Elle se demande comment faire pour sortir de la cage et du supermarché sans être réduits en morceaux. Mais rien ne lui vient à l'esprit d'astucieux et d'assez rapide pour que le rêve puisse se résoudre avant qu'elle se réveille.

Cette nuit-là Garland rêve qu'il est de retour à Summerfield, que la ville et le centre sportif où il a vécu ont été dévastés. Des obus ont été balancés depuis des bombardiers. Garland est à la fois triste et soulagé. C'est un rêve en noir et blanc cotonneux comme les flash-back dans les vieux films. On a même l'impression que la bande-son du rêve criquaille.

La déroute

Un mois après leur retour de Lapérouse, Claramunt débarque à Santa Monica chez Maria Cristina. Il prend un taxi, un vrai taxi, avec une licence et un chauffeur au teint verdâtre qui se fabrique des phlébites dans les dessous de son habitacle. On pourrait deviner que Claramunt est d'humeur belliqueuse rien que dans le choix de son moyen de locomotion. Lorsqu'elle lui ouvre la porte, Maria Cristina a oublié que la dernière fois qu'ils se sont vus, la veille de son départ pour Lapérouse, ils se sont plus ou moins quittés en froid. Et c'est vrai qu'elle ne l'a pas rappelé depuis son retour, elle n'en a pas eu envie, cela leur arrive régulièrement, elle part à l'étranger, elle revient au bout de quelques semaines avec des cadeaux et ils reprennent leur relation évasive là où elle en était. Pas de quoi fouetter un chat. Quand elle lui ouvre, elle est au téléphone, et elle est au téléphone avec un jeune type, un étudiant en doctorat de littérature qui veut analyser la figure de la victime dans les romans de Maria Cristina Väätonen. Elle lui parle gentiment, elle lui donne rendez-vous pour la semaine suivante, et quand Claramunt se présente il n'est pas d'humeur à la laisser recevoir des compliments d'un quelconque étudiant adulateur. Il lui fait signe de raccrocher, il va s'asseoir près de la fenêtre. Presque personne ne sort dans le patio près de la piscine, ça semble un endroit trop dangereux ou trop policé, avec le maître nageur plein d'urbanité qu'emploie la copropriété, ses coups de sifflet et son bronzage caramel. Maria Cristina et ses visiteurs se contentent de rester derrière la baie vitrée à surveiller le miroitement de l'eau. Il n'y a que le petit Peeleete pour passer ses journées dans la piscine, d'ailleurs il y est à cet instant, il ne sait pas nager et il préfère patauger dans le pédiluve malgré les récriminations du maître nageur qui dit qu'il s'agit d'un nid bactérien, il faut qu'il s'assoie ailleurs, répète-t-il, mais Peeleete aime regarder depuis cet endroit les gens se baigner, ou bien les gens qui nettoient la piscine, ou ceux qui arrosent les plantes au-delà du solarium, ce pédiluve est une piscine à sa mesure, sans risque identifiable, il est sans doute en train de compter des choses mais il garde pour lui le fruit de ses additions, on voit ses lèvres qui remuent parfois et son air de contentement.

La veille, il semblait si joyeux en rentrant dîner, une joie qui pétillait sur lui comme des bulles de soda que Maria Cristina lui avait dit :

– En route pour la félicité.

Et depuis il répète ses mots dès qu'on s'adresse à lui. En route pour la félicité en route pour la félicité.

Maria Cristina raccroche et va saluer Claramunt. Il attaque tout de go en lui disant qu'il ne comprend pas ce qu'elle fabrique, elle disparaît et elle se met à coucher avec Garland, quelle idée de coucher avec Garland, est-elle sotte, Garland n'est pas un type recommandable, et puis il paraît qu'elle lui laisse le gamin et qu'il l'emmène au cinéma ou faire du roller, ou je ne sais quelle autre activité inepte de bipède bas du front, mais n'a-t-elle pas conscience qu'il va en faire une mule de ce gamin, il va le charger de cochonneries et l'expédier au Mexique, mais bon Dieu pourquoi couche-t-elle avec ce type, c'est tellement décevant, c'est un chauffeur de taxi, Maria Cristina, un chauffeur de taxi dépressif et violent, c'est agaçant ce mauvais goût qu'elle cultive, ça lui vient d'où cette absence de discernement, sers-moi un whisky, ils vont former une petite famille, c'est ça qu'elle voulait en fait, elle cachait ses rêves petits-bourgeois, elle faisait l'écrivain, l'artiste solitaire, la poor lonesome mon cul, mais en fait c'est ça qu'elle voulait, un gamin et un mari tatoué, bientôt elle s'inscrira à un club de tennis et il l'accompagnera et il émoustillera ces dames dans leurs jupettes plissées, avec son crâne rasé et ses tatouages, c'est donc ça qu'elle voulait, elle voulait se mésallier, n'est-ce pas misérablement orgueilleux de se mésallier, tout le monde remarquera qu'elle est bien mieux que lui, plus cultivée, plus talentueuse, plus célèbre, cela va sans dire, et plus riche, ressers-moi un whisky, que croit-elle, que c'est ça le secret des couples qui durent, l'exotisme de l'autre, laisse-moi rire.

— J'aimerais bien savoir qui te renseigne aussi précisément sur ma vie.

— J'ai mes informateurs.

— De quoi es-tu jaloux au juste ?

— Je ne suis pas jaloux, glapit Claramunt. Je prends soin de tes intérêts.

Qu'y a-t-il de plus agaçant que les gens qui vous offrent des choses inacceptables, pense Maria Cristina, et qui portent chacun de vos refus systématiquement à votre passif, ces gens qui comptent sur votre politesse ou votre docilité pour vous faire accepter ce que vous n'avez jamais réclamé. Et accepter fera de vous leur obligé. De quelque côté que votre regard se pose, quelle que soit la position que vous adoptez vous voilà piégé.

Elle s'assoit, il est temps de clarifier les choses, ils entendent Peeleete qui revient, ses pas sur les dalles du patio produisent un petit bruit de pluie, la porte-fenêtre est entrouverte, il y passe le nez, les regarde, il comprend, on ne sait pas ce qu'il comprend, mais il comprend quelque chose, ce qui lui permet de dire :

– J'y retourne encore un peu.

Il repart, il est minuscule et brun et hirsute dans la grande serviette blanche en éponge. Elle adore ce gamin.

Elle se tourne vers Claramunt et lui met la main sur l'avant-bras, elle commence :

– Moi aussi j'ai mes informateurs, Clar.

– À quel propos ?

– À propos du contrat d'apporteur d'affaires que tu as signé avec Rebecca Stein pour *La Vilaine Sœur*.

Il soupire bruyamment. Il cherche une parade peut-être, ou alors il abandonne, il est en train d'abandonner, il lui faut un instant pour l'accepter, il doit se dire que les dés sont jetés :

– C'est tout à fait légal, tente-t-il.

– Alors pourquoi ne m'en as-tu jamais parlé ?

– Je pensais que tu étais au courant.

– Si j'avais été au courant, je crois que j'aurais été choquée par le pourcentage que tu as touché.

– Je ne me souviens pas bien.

Il a l'air songeur. Il est là dans le fauteuil devant la baie vitrée, dans ses habits blancs un peu crasseux, on dirait un roi déchu, un roi dépravé déchu, un roi avec des palpitations, des démangeaisons et qui suerait abondamment.

– Je ne savais pas combien Rebecca Stein te donnait, précise-t-il.

– Vraiment ?

Maria Cristina fronce les sourcils pour qu'il comprenne qu'il ne peut s'en sortir avec de pareils mensonges. Que d'ailleurs il ne peut pas s'en sortir, il faut qu'il accepte sa défaite.

– J'ai participé à ton succès, dit-il pensivement.

– Tu y as participé et tu en as aussi profité.

– Je ne suis pas sûr.

– Tu le sais parfaitement.

– Et puis à cette époque-là, tu étais mineure.

– Pas officiellement, Clar, souviens-toi. Du coup je n'avais aucunement besoin d'un tuteur.

– Je m'occupais de tout.

– Qui plus est d'un tuteur qui me baisait.

– Ah non ça je ne veux pas entendre ce genre de choses. Pour qui veux-tu me faire passer ? Pour un pédophile ?

(Il a du mal à prononcer le mot comme s'il s'agissait d'un terme provenant d'une langue étrangère dont il maîtrise mal l'accentuation.)

– Pas le moins du monde. Mais tu n'étais pas seulement l'auteur respecté qui prend soin de la carrière balbutiante de la jeune romancière.

– Je m'occupais de tout, répète Claramunt.

– Et n'as-tu pas essayé de présenter à Rebecca Stein le manuscrit de *La Vilaine Sœur* comme étant un texte de ton cru ?

– Quoi ?

– N'étais-tu pas sec et aux abois ?

– C'est l'idée la plus stupide que j'aie jamais entendue.

– J'en conviens : imaginer que ma tentative autobiographique puisse passer pour un pur moment de fiction claramuntienne relève de la plus grande vanité, n'est-ce pas ?

– Je ne m'adonne pas à cette sorte de pillage.

– Tu es sûr ? Tu as peut-être simplement été tenté de voir ce qui pourrait ressortir de cette imposture.

– Tu divagues.

– Tu aurais sans doute trouvé hilarant de te payer la tête de tout le monde.

– Je ne suis pas ce genre de personne.

– Tu es un bonimenteur, Clar.

Il semble réfléchir à une parade. Puis ses épaules s'affaissent légèrement.

– Tu penses donc que j'aurais pu trahir ta confiance, dit-il sur le ton neutre d'un psychiatre.

– Ça ne me paraît pas inenvisageable.

Ils parlent tous les deux très doucement, comme pour ne pas réveiller quelqu'un qui se serait assoupi entre eux, ou comme pour ne pas se mettre en colère.

– Tu veux quoi ? demande-t-il. De l'argent ? Si tu veux de l'argent, sache que je suis sans un sou.

– Tu penses vraiment que je te demande de l'argent ?

Il soupire.

– J'imagine que non.

Elle le regarde longuement, lui il regarde dehors, elle a non seulement lu les contrats qui traînaient sur le sol dans le bureau de Claramunt mais elle a fait aussi d'autres découvertes à son propos. Cependant les lui révéler ici et maintenant serait sans doute trop cruel. Il faut qu'il puisse garder un semblant de dignité quand il quittera la scène. Elle se sent méritante de ne pas lui planter une rapière entre les omoplates.

– Eh bien je vais me lever, dit-il, je vais me lever et m'en aller et te laisser coucher avec ton chauffeur de taxi, te laisser élever ce môme et continuer sans moi.

260

– Oui je pense.

Il hoche la tête, pose son verre, pousse force soupirs pour extraire sa carcasse du fauteuil.

– Appelle-moi une voiture, s'il te plaît.

Et il se dirige vers la porte. Il se retourne, fait mine de chercher dans ses poches.

– Je suis parti sans rien.

– Tu étais bien pressé.

Elle va chercher vingt dollars qu'elle lui met dans la main. Il acquiesce et sort en boitillant de la vie de Maria Cristina.

La félicité

Pendant ce mois, entre leur retour de Lapérouse et la déroute de Claramunt, plusieurs événements notoires sont venus bousculer les certitudes que Maria Cristina pensait avoir faites siennes – ou du moins ce qui ressemblait le plus à des certitudes mais prenait souvent la forme d'un dérèglement.

Elle a tout d'abord présenté Peeleete à Joanne qui s'est extasiée sur l'enfant, s'est exclamée qu'elle le voulait, le voulait, le voulait, parce que, lorsqu'il a vu Joanne, Peeleete a dit qu'elle était magnifique, il a vraiment dit : Cette femme est magnifique, et c'était sans doute dû au diadème qu'elle portait dans ses cheveux décolorés, mais qu'importe, il a prononcé cette phrase et Joanne, comme tout un chacun, a la faiblesse d'aimer les gens qui l'aiment ou la choisissent ou la préfèrent, alors elle a déclaré, Je l'adopte, ce qui était une expression, cela allait de soi, mais malgré sa nature velléitaire, elle lui a consacré sa première journée de libre, elle a décidé de l'emmener ainsi que son fils Louis au skatepark et Garland a accompagné Maria Cristina et Peeleete chez Joanne, allez savoir pourquoi, peut-être la voiture de Maria Cristina était-elle en panne, rien ne le certifie, peut-être Maria Cristina voulait-elle s'assurer que Joanne allait bien emmener Peeleete au skatepark et pas remplacer la sortie par une demi-journée mollassonne à regarder des clips sur le câble, en tout état de cause, Garland a accompagné Maria Cristina et Peeleete chez Joanne puis il a ramené Maria Cristina chez elle, et sur le chemin du retour ils se sont arrêtés près de Point Dume pour regarder le panorama, et ils auraient pu sortir de la voiture mais ils sont restés dedans, c'était déjà quelque chose de spécial de contempler l'horizon pacifique à travers un pare-brise dans cette lumière extravagante, et Garland a embrassé Maria Cristina, il n'y a aucune raison à ce qu'il se soit penché vers elle et se soit mis à l'embrasser ce jour-là plutôt qu'un autre jour de toutes ces années passées l'un pas loin de l'autre, mais c'est ce jour-là qu'il a choisi, ce jour-là où il est sorti de sa torpeur ou de sa posture de chien de faïence ou de sa défiance, cela avait-il à voir avec une garde qu'elle avait baissée, simplement il a mis sa main gauche sur le visage de Maria Cristina, il n'a pas pris son visage entre ses mains non, il n'a fait que poser la paume de sa main sur la joue de Maria Cristina, et il a embrassé ses lèvres sans forcer quoi que ce soit, et le cœur de Maria Cristina s'est emballé, elle s'est dit, Mon Dieu mon Dieu que m'arrive-t-il ? Elle est sortie de la voiture et elle s'est assise sur le capot, tout miroitait, la tôle et l'océan et les flaques de pluie de la veille, et le capot était chaud et il a continué de l'embrasser en la serrant dans ses bras comme si elle était quelque chose de si précieux et de si fragile, ce qui était sans doute ce qu'il pensait, et que d'une certaine façon il lui était reconnaissant, et le fait qu'il lui montrât une forme de reconnaissance même floue même indistincte même injustifiée a chaviré Maria Cristina, elle n'a pas trouvé cela ridicule ou geignard (il n'avait pas l'allure d'un type ridicule ou geignard), elle a trouvé cela palpitant, il y avait du vent ce jour-là, un vent odorant et criard, plein de mouettes qui cherchaient pitance, ils étaient au bout d'un parking désert en haut des falaises, il y avait des rochers et de l'électroménager en train de rouiller, et ce que ressentait Maria Cristina à cet instant-là était une sorte de soulagement.

Ils sont rentrés et ils ont bu toute l'après-midi et quand Joanne a appelé pour dire qu'elle gardait Peeleete à dormir parce qu'il était tellement drôle, qu'ils allaient se faire une nuit Bruce Lee chez elle avec Louis parce que Louis, lui aussi, *adorait* Peeleete, ils ont continué à boire et ils se sont mis au lit. Et Maria Cristina s'est dit, Bon bon bon, deux alcooliques qui couchent ensemble.

En plein milieu de la nuit, Garland s'est rhabillé et il est retourné chez lui. Quand il est arrivé, le téléphone sonnait depuis déjà dix minutes. Maria Cristina l'appelait. Elle voulait seulement lui parler, imaginer qu'elle lui parlait et qu'il l'écoutait depuis cet endroit qui lui était inconnu, et elle voulait qu'il lui décrive son appartement. Et tout cela a fait rire Garland, il s'est allongé sur son lit et ils se sont parlé pendant un bon bout de temps la tête sur l'oreiller chacun à une extrémité de la ville, il y avait des moments silencieux où ils s'endormaient, Garland continuait de boire des bières entre ses brefs assoupissements mais pas Maria Cristina, elle sommeillait, se réveillait et lui parlait.

Le lendemain elle a décidé de ne plus l'appeler Garland mais Oz. Elle lui a téléphoné pour l'en informer mais il n'était pas chez lui. Elle lui a laissé un message sur son répondeur en répétant deux cent vingt-deux fois OzOzOzOzOzOz.

Joanne a ramené Peeleete qui avait décidé de se mettre au karaté et qui a annoncé dès l'entrée :

– Hier au skatepark, je me suis fait prendre en photo avec Omer et Marge.

– Super.

– Il s'agissait de gens déguisés.

– Oui, mon chéri, je me doutais que ce n'étaient pas les vrais Omer et Marge.

Joanne pouvait métamorphoser n'importe quel petit garçon, même enfermé cinq ans chez la sorcière de Hansel et Gretel, en un vrai et candide petit Américain.

Le jeune étudiant qui voulait écrire sur la figure de la victime dans les romans de Maria Cristina a commencé à l'appeler ce jour-là, il avait publié un texte dans la revue *Granta* sur l'attribution des prix Nobel et Maria Cristina, à cette nouvelle, n'a pu s'empêcher de demander des précisions sur les années où Claramunt l'avait loupé d'un cheveu, elle a découvert sans surprise qu'il n'avait jamais été en lice, absolument jamais, et que son nom ne disait sans doute rien à aucun des membres de l'Académie.

Il y a toujours ce moment parfait où vous détachez les cordes qui étaient nouées à vos poignets, les cordes y laissent leurs marques et leur brûlure et elles y laisseront longtemps leurs marques et leur brûlure mais quel plaisir de pouvoir regarder vos poignets, de le faire plusieurs fois par jour et de n'y voir que la trace du cordage et pas le cordage lui-même.

Elle a installé son bureau dans sa chambre, et Peeleete dans son ancien bureau, elle a accroché des rideaux et punaisé des posters de Bruce Lee. Les rideaux étaient des fils multicolores que Peeleete a trouvés sublimes. Il a compté deux mille quatre cent cinquante-deux fils.

– Inscris-le à l'école, lui a dit Garland quand il est revenu quelques jours plus tard. Et tout rentrera dans l'ordre.

Mais Maria Cristina n'était pas sûre de vouloir que tout rentrât dans l'ordre.

Quand ils ont passé leur première nuit complète ensemble, elle lui a demandé :

– Qu'est-ce qui nous arrive ?

Et il a répondu :

– C'était inévitable.

Elle s'est interrogée. À aucun instant elle n'avait pensé cette relation inévitable. Était-il donc possible que depuis le jour où ils s'étaient croisés pour la première fois, ou plutôt, soyons plus précis, depuis le jour des orchidées, puisque c'est vraiment là qu'ils avaient passé pour la première fois un moment ensemble et parlé ensemble et bu ensemble, était-il possible que le caractère inévitable et fatal de leur rencontre et de ce vers quoi elle s'orientait fût apparu aux yeux de Garland et non à ceux de Maria Cristina ?

Maria Cristina dès lors a posé chaque composante de sa vie autour d'elle comme autant de petits trésors, elle a essayé de comprendre le genre de résignation tranquille qui habitait Garland depuis si longtemps, cette conviction que ce qui doit advenir advient toujours et donc elle a décidé de laisser les choses apparaître et disparaître le plus doucement possible, n'oublions pas que nous sommes dans cet étrange endroit de l'Amérique cerné par l'océan et le désert, cet étrange endroit de l'Amérique que tant de gens ont tenté de rejoindre et échoué à rejoindre, piégés par l'hiver, perdus et arpentant les vallées et la pierraille sans trouver la sortie, sans trouver la Californie et son rêve d'agrumes talismaniques, son rêve de palmiers et d'or, tournant en rond et sombrant dans le cannibalisme, n'oublions pas que nous sommes dans cet étrange endroit de l'Amérique, stérilisé, pasteurisé et merveilleux comme on pourrait le dire d'un conte pour enfants, ce merveilleux inquiétant et parfait, cosmétique et luisant comme un jouet de plage flambant neuf, et dorénavant Maria Cristina peut s'assoupir, même brièvement, même ponctuellement, auprès de son bien-aimé au nom imprononçable.

Northridge

Il est 4 h 31, le 17 janvier 1994, quand la terre se met à trembler. L'épicentre du séisme se trouve à Reseda, à une trentaine de kilomètres de Los Angeles. C'est à Reseda que les dégâts sont les plus impressionnants, les maisons s'effondrent, les routes s'ouvrent en deux, laissant supposer que sous les routes, il n'y a jamais rien eu d'autre qu'une crevasse, une énorme crevasse avec accès direct au centre de la terre et que nous l'ignorions tous, que nous passions chaque jour sur ce macadam et que ce macadam ne recouvrait rien d'autre que du vide et du feu et des roches à l'état liquide.

Maria Cristina Väätonen et Oz Mithzaverzbki se sont mariés le mois précédent. Personne n'a été convié à leur mariage, ni vous ni personne, à part Joanne, un ami d'Oz au nom tout aussi imprononçable que le sien et bien entendu le jeune Peeleete.

Le mariage a eu lieu le 12 décembre et nous avons mangé dans un restaurant italien sur Melrose Avenue. Tout le monde était joyeux.

Maria Cristina portait une couronne de fleurs blanches sur la tête, des fleurs odorantes et sucrées comme des freesias ou du jasmin peut-être, et sa robe était une robe en laine douce, blanche et courte, brodée de dizaines de petites orchidées, et c'était là un choix sentimental, les orchidées, cela va sans dire, et Oz ressemblait à l'homme le plus heureux, le plus fier et le plus ému qui fût. Peeleete s'est levé à un moment de la soirée et il a lu un poème de son cru, un hommage, une élégie, le tombeau de ma vie de célibataire, aurait dit Maria Cristina, et nous leur avons tous souhaité du bonheur et une longue vie, c'était notre bénédiction et il nous semblait qu'on les leur devait bien, ce bonheur et cette longue vie, nous avons cru à la banalité d'une telle bénédiction.

Maria Cristina a envoyé des photos à quelques-uns de ses correspondants dans le monde, des gens qui s'intéressent à ce qu'elle écrit, à ce qu'elle fait, à ce qu'elle devient.

Le bâtiment dans lequel elle vit est antisismique. Mais cette nuit-là elle n'est pas chez elle. Oz et Peeleete sont au Mexique, ils sont allés visiter des maisons où ils pourraient s'installer tous ensemble. Maria Cristina a du travail, un texte à terminer, les dernières pages de son roman la chagrinent, elle se sent un peu lasse et n'arrive pas à ses fins, rien d'accablant cependant, ce sont les doutes des derniers instants. Tout recommencer depuis le début ? Elle caresse cette idée qui dans sa radicalité même est à la fois jubilatoire et oppressante.

Et Maria Cristina est partie faire un tour en voiture. L'air est frais et humide, elle aime bien janvier car c'est un mois pluvieux et aussi parce qu'on s'éloigne de décembre et du 31 décembre en particulier, on s'éloigne vertigineusement du réveillon, puisqu'il ne pourra plus jamais y avoir de réveillon pour Maria Cristina sans une pensée pour le frottement sec des eucalyptus et sans que sa langue passe sur ses fausses dents, alors janvier c'est une respiration, encore un an pour tenir ce sale souvenir à distance, elle est sortie, elle ne sort pas souvent la nuit seule mais elle est sortie parce que bientôt elle va quitter Santa Monica et qu'elle a besoin de respirer l'odeur de la mer et parce que rouler est devenu une forme de méditation pour elle.

Elle se dirige vers le nord, elle emprunte l'autoroute de San Diego et elle va droit vers Reseda. Et tout à coup alors qu'elle vient de quitter l'autoroute et qu'elle est dans sa vieille Mustang verte et qu'elle se sent à l'abri dans son habitacle familier, le paysage semble se contorsionner devant ses yeux, il se met à trembler, on dirait la pellicule d'un film en train de fondre, la rue et les arbres, tout a l'air souple et animé, la route s'étire comme un ruban ou un drap qu'on secoue avant de l'étendre, et les voitures chavirent, et on pourrait croire qu'on a mal remis les choses à leur place, comme si c'était un tout petit monde, le plateau de Playmobil avec lequel joue Peeleete, oups attention, j'ai tout bousculé, et les alarmes retentissent, les maisons s'effondrent, les parkings sur plusieurs étages, on a tout dynamité, tout cela bien sûr dans une étrange simultanéité et la route s'ouvre devant la voiture, elle se fend simplement en deux, et exactement sous les alarmes et le fracas et les cris du sommeil qu'on brise il y a la désolation du silence, la route qui s'ouvre, la faille sous la Mustang verte, et la petite voiture en papier toute disloquée, chutant dans un endroit qu'elle n'aurait jamais dû voir ni soupçonner, démantibulée et concassée. On est seul quand on meurt, même si on n'a pas eu le temps de suffoquer et de voir s'éloigner les vivants, c'est si désolant de mourir auprès des vivants qui demeurent et attendent leur tour et ne pensent pas à leur tour qui vient ni à ce qui les surveille depuis l'obscurité, ils sont près de vous, démunis, ils vous tiennent la main, et la vie qui s'en va de votre corps, la vie qui déclare forfait, on aimerait qu'elle s'échappe de soi comme des filaments lumineux, mais rien de tout cela n'arrive, c'est juste une extinction progressive des lumières, et cet événement survient, isolé, désolé, je ne suis plus qu'une plaine morte et rase. Tout concourait vers ce moment, je me précipite depuis toujours vers cet instant. Tandis que là, il n'y a qu'un arrêt brutal des loupiotes, une colonne vertébrale qu'on casse, la fragilité de nos corps, malgré l'obstination, malgré le désir, malgré la sève et le sang et le chahut du cœur, il n'y a que la fragilité de nos corps et puis l'obscurité.

Les pendules à l'heure

Mais ceci n'est pas la fin de l'histoire de Maria Cristina Väätonen. Elle va encore se déployer puisque je ne peux pas dire que demain et demain et demain il n'y aura plus rien. Maria Cristina est simplement enfin à l'abri, en dehors des laideurs du monde et des cinglé(e)s qui élèvent les enfants comme on élève les animaux de trait, à la badine ou à la schlague. Ceci est le début de l'histoire de Peeleete qui pendant les cinq années passées auprès de Marguerite Richaumont n'avait pas abandonné un seul instant l'idée que sa tante, sa vilaine tante, viendrait le chercher un jour à Lapérouse, elle arriverait par les airs, elle briserait le mur nord de la maison rose-cul, et elle l'emporterait loin de Lapérouse au milieu des ruines de la maison rose-cul, puisque si Marguerite Richaumont ne parlait pas de Maria Cristina, les gens à l'église autour de Peeleete parlaient d'elle et quand il demandait à sa grand-mère, De qui parlent tous ces gens à l'office, elle disait, De personne, et cette tante qui n'était personne avait pris la forme de l'espoir de Peeleete, et elle était venue, ce fut moins spectaculaire que ce qu'il avait imaginé et ce fut sa grand-mère contre toute attente qui l'avait fait débarquer, elle était venue, oublions s'il vous plaît qu'elle a tenté de l'abandonner à Lapérouse, elle est venue ce qui signifie que toutes les

272

petites magies auxquelles Peeleete s'adonnait chaque jour depuis qu'il avait découvert les chiffres avaient atteint leur objectif, il ne serait plus jamais le fils de Meena et du gourou et le petit-fils diabolique de Marguerite Richaumont (elle l'appelait ainsi parfois, Diavolo, ou monsieur le Diable, ou Méphisto), il serait le fils de Maria Cristina Väätonen. Il a appris avec le tremblement de terre du 17 janvier 1994 que le confort vous amollit, alors il a repris ses comptes et il est devenu le fils d'Oz Mithzaverzbki, ce qui était la meilleure chose qui pouvait lui arriver, il ne voulait pas savoir ce qu'étaient devenus Meena et monsieur Bienvenue le gourou et la vieille Marguerite Richaumont, les moins bons survivent aux meilleurs, c'est ainsi dans ce monde imparfait, et il ne pouvait que vivre sa douleur auprès d'Oz et c'était la meilleure personne qui fût pour partager votre douleur et votre espérance, et Claramunt lui aussi a survécu à Maria Cristina Väätonen, et tout ce qu'il a dit après le 17 janvier 1994 n'est que mensonges, il s'est drapé dans un grand deuil romantique comme il se serait drapé dans une cape de soie, il s'est inventé un veuvage chic, et j'ai tenté ici d'atténuer la portée de ses mensonges et du rôle flamboyant qu'il s'est octroyé mais Oz me dit toujours que ce n'est pas important, ce n'est pas le plus important, Claramunt s'était déjà en partie affaissé quand il avait appris qu'Oz et Maria Cristina s'étaient mariés, quel plaisir la déconfiture des ingrats, quel plaisir l'effondrement des affreux, et Maria Cristina aurait dit, Ne t'occupe pas de Claramunt, laisse-le chavirer en paix, il y a une certaine grâce chez les perdants, les plagiaires et les brigands.

Table

Le Sommeil des poissons
Seuil, 2000
et « Points », n° P1492

Toutes choses scintillant
Éditions de l'Ampoule, 2002
et « J'ai lu », n° 7730

Les hommes en général me plaisent beaucoup
Actes Sud, 2003
« Babel », n° 697
et « J'ai lu », n° 8102

Déloger l'animal
Actes Sud, 2005
« Babel », n° 822
et « J'ai lu », n° 8866

La Très Petite Zébuline
(en collaboration avec Joëlle Jolivet)
Actes Sud junior, 2006

Et mon cœur transparent
Éditions de l'Olivier, 2008
et « J'ai lu », n° 9017

Ce que je sais de Vera Candida
Éditions de l'Olivier, 2009
et « J'ai lu », n° 9657

Des vies d'oiseaux
Éditions de l'Olivier, 2011
et « J'ai lu », n° 10438

La Salle de bains du Titanic
« J'ai lu », n° 9874, 2012

RÉALISATION : NORD COMPO À VILLENEUVE-D'ASCQ
IMPRESSION : CPI BRODARD ET TAUPIN À LA FLÈCHE
DÉPÔT LÉGAL : MAI 2014. N° 117442 (3004374)
IMPRIMÉ EN FRANCE

Éditions Points

Le catalogue complet de nos collections est sur
Le Cercle Points, ainsi que des interviews de vos
auteurs préférés, des jeux-concours, des conseils
de lecture, des extraits en avant-première…

www.lecerclepoints.com